부부가 함께 떠난 5개월간의
세계 일주, 역사 · 문화 이야기

황금빛 세상으로
가는 길

①

INDIA
FINLAND
ESTONIA
NORWAY
DENMARK
SPAIN
TURKEY
UNITED KINGDOM
FRANCE
SWITZERLAND
ITALY
AUSTRIA

부부가 함께 떠난 5개월간의
세계 일주, 역사 · 문화 이야기

황금빛 세상으로 가는 길

남동우 글 · 그림

'세상 밖으로'

세상 밖으로 나가라!
집을 나서는 것이 진실로
삶의 보람이 있는 인생이리라.
집안에서 만족을 느끼는 사람
세상을 등진 존재나 마찬가지일 테니……

(In Die Welt Hinaus)

— 괴테 —

평민사

AMERICA SEPTENTRIONALIS
GROENLANDIA
TARTARIA
MAR DEL NORT
MAR DEL ZUR
MARE PACIFICUM
AMERICA MERIDIONALIS
OCEANVS ÆTHIOPICVS
Nova Totius
TERRARUM
ORBIS
TABULA
ex officina G. a Schagen
Amstelodami

여행은 꿈과 환상이며 현실이다. 사람과 자연과 문화가 역사 속에서 만나는 한 폭의 그림이다.

1992년 1월 어느 주말 소설가인 '물과 산의 친구', TV 방송앵커, 나, 그리고 나의 또 다른 친구 M이 부부동반으로 소양강댐 위에 있는 예술농원에서 만났다. 그날 밤 네 쌍의 부부는 불 지핀 벽난로 가에서 매운탕과 산채를 안주 삼아 소주를 마시며 즐거운 시간을 보냈다. 밤새도록 두런두런 나눈 이야기의 주제는 인생과 여행이었다.

수많은 독자의 사랑을 받는 소설가와 세상에 널리 알려진 미남 앵커, 중소기업의 사장인 M, 나, 이렇게 직업이 다른 네 명의 남자들이 술잔을 기울이며 산장에서 보낸 한겨울의 그 밤을 나는 지금도 잊지 못한다. 17년 전 겨울밤의 추억이 지금까지 또렷하게 남아 있는 까닭은 그때 함께 했던 친구들이 내가 평생 소중히 여기는 사람들이기 때문이다.

그 중 친구 M 부부와 함께 우리 부부는 2006년 6월 10일부터 다섯 달 동안 지구를 한 바퀴 도는 여행길에 올랐다. 생전에 이루기 어려운 꿈으로만 여겼던 세계 일주 여행을 마침내 실현하게 되었다.

여행은 즐겁고 행복했으며, 아름다움 이상으로 지울 수 없는 향수와 감동을 안겨주었다. 여행을 떠나기 전 나는 세계 일주 여행을 하게 된 사실을 동갑내기인 물과 산의 친구에게 알렸다. 소설가 친구는 여행길에 오르는 나를 진심으로 축복하고 격려해 주었다. 나는 그의 축하와 격려에 힘입어 여행기를 쓰기로 결심했다. 여행기간 중 매일 썼던 일기형식의 글은 내 인생 최초의 세계 일주 여행 체험을 기록한 소박한 견문기에

불과하다.

　나는 이 견문기를 소설가인 물과 산의 친구와 갓 결혼한 큰아들 내외를 생각하면서 써나갔다. 그리고 늘 함께 벗해온 '다산을 사랑하는 친구'와 '장자를 사랑하는 친구', '새를 사랑하는 친구'에게도 마음으로부터 이 글을 전하고 싶었다. 글에 덧붙여 여행지의 모습을 그림으로 그렸다. 내 눈에 비친 세계의 자연과 문화를 그린다는 것은 그 자체가 즐거움이자 삶의 보람이다.

　빈약한 영혼을 담아 쓰는 이 여행기를 나의 친구들과 아들 내외 그리고 여행을 사랑하는 분들이 산 같은 너그러움과 물 같은 마음의 눈으로 읽어 주시기 바란다.

　2009년 춘천에서 글쓴이

차 례

　　M은 군대시절 한 부대에서 함께 근무하다 제대한 후로 40년 가까이 사귀어 온 친구다. 2005년 가을 어느 맑고 따뜻한 날 친구 부부와 우리 부부는 함께 제주도로 여행을 갔다. 우리는 제주도의 아름다운 풍광을 즐기며 한가로운 시간을 보냈다. 2박 3일간의 짧은 여행기간 중 우리는 살아온 인생, 세상 돌아가는 이야기, 사업에 관한 일, 앞으로 할 일 등에 관해 이런 저런 이야기를 나누었다. 그러면서 친구가 한 이야기가 있었다.

　　인생을 살다보니 어느새 환갑이 되었는데, 이제 그만 사업하는 일, 돈 버는 일에서 벗어나 한 번쯤 지난날의 삶을 되돌아볼 때가 된 것 같아 자기 아내에게 30년 전에 약속했던 세계 일주 여행을 한 번 해볼 생각이라는 것이었다. 그러면서 우리 부부에게 함께 가자는 제안을 했다.

　　세계 일주 여행, 그것은 생각만 해도 가슴 설레는 일이다. 누구나가 꿈꾸는 일이지만 누구에게나 기회가 주어지지는 않는 선망의 대상이다. 그러나 나는 그의 제안에 선뜻 응할 수가 없었다. 세계 여행을 생각해 본 적도 없고 경제적으로도 전혀 준비가 되지 않은 상태였다. 무엇보다도 퇴직공무원으로서 벌어놓은 돈도 없을 뿐더러 집안 형편상 사양할 수밖에 없었다.

　　그런 일이 있은 후 한 달이 지날 무렵 다시 친구로부터 연락이 왔다. 그는 나에게 아무 걱정 말고 부담 없이 여행을 함께 떠나자며 강력하고 간곡한 요청을 했다. 그러면서 값싼 세계 일주 항공티켓이라는 게 있으니 그걸 알아보고 여행계획도 속히 짜보자는 것이었다.

나는 아내와 상의했지만 아내는 아무런 준비도 없이 남의 신세나 지는 여행은 하기 싫다며 한사코 반대했다. 며칠을 두고 생각하며 나는 아내를 설득했다. 모처럼 친구가 초청하는 것이니 함께 가는 것이 어떻겠느냐고. 군대에서 한솥밥을 먹고 제대 후 자취생활까지 함께 했던 친구의 진지한 초청을 뿌리치는 것도 도리는 아닐 것이라고. 그러니 우리 부부도 나름대로 최소한의 준비를 해서 생애 처음이자 마지막이 될 세계 일주 여행을 이틈에 한 번 해보자고…… 나는 이런저런 명분을 내세워 어렵사리 아내의 동의를 구했다.

해가 바뀐 2006년 초, 여행은 큰아이 결혼식을 치르고 나서 떠나기로 하고 우리 부부는 혼사를 준비하는 분주한 과정에서 동시에 여행계획을 짜기 시작했다.

무엇보다도 여행의 목적과 성격을 분명하게 하는 일이 중요했다. 친구와 나는 주로 유럽을 중심으로 한 여러 나라의 역사와 문화를 탐방하는 한편, 틈나는 대로 시장처럼 사람들이 다양한 삶을 살아가는 삶의 현장도 찾아다니며 살펴보기로 했다. 또한 역사의 신비를 간직한 인도와 멕시코 등도 여행 일정에 빠질 수 없는 중요한 방문지로 정하니 세계 일주 여행에 대한 기대감이 한층 부풀어졌다.

친구는 배낭여행이나 단체관광과는 다른 품격 있는 여행, 심신의 여유를 가지고 세상을 돌아보는 자유로운 여행을 원했다. 그의 관심은 낯선 세상 사람들의 삶의 모습과 자연이었고, 나의 관심은 다른 나라의 역사와 문명이었다. 이방인들이 사는 모습과 문명의 현장을 돌아보고 자연을 감상하는 여행은 아름다울 뿐만 아니라 지난 육십 년의 삶을 되돌아보는 계기가 될 수도 있지 않을까.

우리는 의견을 모으고 결론을 내렸다. 두 부부가 가는 여행인 만큼 현지에서 소형 승합차를 한 대 임대해서 가고 싶은 곳을 마음대로 골라 가기로 했다. 각국의 역사와 문화에 대한 설명은 역사를 공부한 내가 맡고 안내와 운전은 그 나라 현지 가이드에게 맡기기로 했다. 그렇게 해서 평생에 한 번 진정한 여행객이 되어 육십 년 동안 축적해 온 심신의 정기와 내공을 쏟아 지구를 한 바퀴 돌아보자는 것이 친구와 나의 공통된 생각

이었다.

 나는 여행국은 20개국 내외, 여행기간은 5개월 안팎으로 세부일정을 짜기 시작했다. 인터넷과 여행사를 통해 '월드 티켓' 이라는 것을 알아본 결과, 정말 경제적이고 합리적인 항공권 제도가 있음을 알게 되었다. 이후 월드 티켓으로 여행할 수 있는 대상국과 행선지를 비교하여 여행지를 선정하고, 여행사를 통해 월드 티켓과 유럽여행 열차표인 유로레일, 호텔 등을 예약해 놓았다. 이 모든 준비를 1월 초부터 시작하여 4월 말까지 차근차근 진행해나갔다.

 1년 안에 세계를 일주할 수 있는 스타얼라이언스 월드 티켓은 이코노미 좌석으로 예약했는데, 항공권 가격이 믿기 어려울 만큼 쌌다(여행 후기 참조). 월드 티켓은 세계 일주 여행에 관심 있는 사람들에게 실속 있는 항공여행의 경제적인 수단이 될 것이다.

 특히 장기 여행을 위한 준비 가운데 빼놓을 수 없는 것이 체력일 것이다. 우리 부부는 체력단련을 위해 2006년 1월 초부터 4개월 동안 매일 저녁 6km의 걷기 운동을 했다. 그렇게 해서 4개월가량의 여행준비를 마무리하고, 5월 초에 아들 녀석의 결혼식도 치렀다. 큰아이의 결혼식은 친지들의 축복 속에 조촐하게 치렀으며, 우리 내외는 사랑스러운 며느리를 맞게 되었다. 어여쁜 딸자식이 한 식구가 되었다는 사실에 뿌듯한 기쁨을 가슴에 안고, 이제 세상을 향해 날아갈 마음의 문을 열었다. 그리고 2006년 6월 10일, 두 쌍의 부부는 마침내 세계 일주 여행길에 오르게 된 것이다.

신비가 흐르는
황금의 삼각지대

인도

INDIA

❝ 인더스강과 갠지스강 사이의 광활한 대지에서 피어난 고대 문명의 향기가 살아있는 나라. 인도인의 정신적 지도자 간디의 숨결이 느껴지고 성자의 영혼이 세상을 향해 은은한 빛을 뿜는 명상의 대륙.

일찍이 아시아의 황금시기에
빛나던 등불의 하나였던 코리아,
그 등불 다시 한 번 켜지는 날에
너는 동방의 밝은 빛이 되리라.

우리나라를 그렇게 찬미한 인도의 시인이자 예언자인 타고르가 인간과 자연의 하나 됨을 노래했던 광활한 나라. 이 위대한 나라의 내륙 중심부에는 황금의 트라이앵글로 불리는 역사와 문화의 중심지대가 있다. 신비와 비밀이 가득한 역사의 현장, 끊임없는 환상을 불러일으키는 깊고 그윽한 문명의 발자취, 무굴제국에 얽힌 이야기가 세계인을 향해 유혹의 손짓을 멈추지 않는 곳, 그곳에 자이푸르, 아그라, 델리가 있다.
세 도시는 여행자에게 아지랑이 같은 향수를 불러일으키며 남국의 푸른 꿈을 꾸게 하는 곳이다. 라자스탄의 길을 따라 달리다보면 며칠 사이에 세계 4대 문명의 하나인 인더스 문명의 영화가 다시 눈앞에 펼쳐지고, 신화 같던 옛 이야기가 귓가에 들리는 것만 같다. … 걸어온 길을 되돌아보면 옛 자취는 어느새 아득한 피안으로 숨어버리는 듯, 그러나 가슴 깊숙한 곳에는 남국의 추억이 쌓여간다. **❞**

오후 7시 40분 인천국제공항을 이륙한 아시아나항공 OZ767기는 영종도 상공을 선회한 뒤 기수를 남쪽으로 돌려 제주도 방향을 향하고 있었다. 창밖은 이미 어두워지고 지상의 불빛은 시야에서 사라졌다. 기내 스크린에 표시되는 비행경로를 보니 여객기는 어느새 상해 남쪽을 거쳐 방콕 북부 지방을 통과한 후 기수를 서쪽으로 돌려 날고 있었다.

비행기는 밤을 타고 날면서 남중국의 만달레이, 곤명을 지나 방글라데시의 다카를 통과한 후, 인도 영공으로 진입하여 바라나시와 칸푸르를 거쳐 인도시간으로 자정이 가까운 시각에 델리공항에 도착했다. 간단한 입국 절차를 거쳐 공항 밖으로 나왔을 때 우리 일행을 맞은 것은 후덥지근한 날씨와 인도인 가이드 비크람이었다. 구레나룻과 짙은 턱수염을 기른 잘 생긴 가이드 비크람은 뜻밖에도 유창한 한국말로 우리를 맞아 주었다. 그의 안내에 따라 7인승 지프를 타고 델리 시내에 있는 인터콘티넨탈 호텔에 와서 첫날의 여장을 풀었다. 그런데 이상하게도 여행의 피곤함은 사라지고 목욕을 한 후에 아무리 잠을 청해도 잠을 이루지 못했다. 여행의 설렘 때문만은 아닐 것이다. 전생으로부터 어쩌면 인연이 있었을지도 모를 이곳에 대한 막연한 그리움이 나를 잠 못 이루게 하는지도 모른다. 세상에 태어나 처음으로 찾아온 나라 인도와 그 수도 델리. 이제 우리의 여행은 이곳에서부터 시작될 것이다.

■ 6월 11일(일) [델리] / 맑음

세계 일주 여행길의 첫 방문지가 화장터라면 사람들이 이상하게 생각할지 모르겠다. 인도 여행의 첫날 아침 독립운동가인 모한다스 카람찬드 간디의 화장터를 찾았다. 왜 하필 화장터냐고 묻는다면 이렇게 답할 수밖에 없다. 위인의 죽음이라는 역사적 사실도 가치 있는 관광거리가 될 수 있을지 모르지만, 그보다는 인도가 곧 간디의 나라라는 생각을 지울 수 없었기 때문이고, 무엇보다 실제로 그가 어떤 인물인지 알고 싶었다.

인도 국민으로부터 위대한 혼 마하트마로 존경받고, 다정한 아버지 바부로 사랑받으며, 가난한 사람들의 가슴속에 기쁨의 다르샨(감격)을 심어준 간디. 그는 어느 모로 보나 인도의 정신적 스승이다. 1948년 1월 세상을 떠난 간디의 유해는 화장된 후 갠지스강에 뿌려졌지만, 그의 영혼을 기리는 불꽃은 그를 화장한 장소에서 오늘도 쉼 없이 타오르고 있다. 간디의 화장터 라즈가트에 대해서는 한 번도 듣거나 읽은 적이 없었는데, 그렇다면 이곳은 무엇을 하는 곳일까. 단순히 위인의 시신을 불태운 곳은 아닐 것이다. 나는 화장터 주변을 둘러보고 나서, 이곳은 인도 사람들이 간디의 영혼과 대화하는 장소라는 생각이 들었다.

수많은 인도인 남녀노소가 몰려와 화장터의 성화와 기념비 앞에서 경배를 올리고 있었고, 그들의 표정은 저마다 무언가 절실한 소망을 담고 있는 것처럼 보였다. 꽃잎을 뿌리는 사람, 꽃다발을 놓고 가는 사람, 꽃을 감싼 두 손을 이마에 대고 기도를 하는 사람, 향을 피우는 사람, 성화 앞에서 즐거운 표정으로 사진을 찍는 가족들…… 나는 간디의 화장터가 마하트마(大聖)의 정신을 기리는 추모의 공간일 뿐만 아니라, 그의 불멸의 영혼을 위무하는 기쁨의 광장이라는 느낌을 받았다. 그래서 이곳이야말로 인도인에게 정신적 풍요를 안겨주는 영혼의 산책로이며 아름다운 관광명소가 될 수도 있겠다는 생각을 했다. 공원으로 가꾸어놓은 화장터 주변 곳곳에서 참파나무의 하얀꽃이 은은한 향기를 풍겼다.

간디 슴리티(Gandhi Smriti)라고 불리는 간디의 피살 장소는 화장터에서 그리 멀지 않은 곳에 있다. 대성 간디의 순교 장소라고 쓴 영문 현판이 걸려 있는 암살현장에는 1948년 1월 30일 저녁 5시 17분 괴한의 총탄에 쓰러지기 직전 마지막 걸음을 내디딘 자리에 그의 발자국이 양각되어 있고, 그 옆 총탄을 맞아 사망한 장소에는 누각을 세워 놓았다.

간디가 살던 작은 집에는 그의 유품인 지팡이, 샌들, 물레, 탁자가 남아 있고, 그가 잠자던 침대에는 베개와 하얀 시트가 가지런히 놓여 있었다. 거실 탁자 위에는 손으로 눈을 가린 원숭이, 손으로 귀를 가린 원숭이, 손으로 입을 가린 원숭이, 이렇게 익살스러운 모습의 세 마리 원숭이 인형이 서 있었다. 그것은 "나쁜 것은 보지 마라, 나쁜 말은 듣지 마라, 나쁜 말은 하지 마라."라고 가르친 간디의 유훈을 전하는 메신저들로, 그 유훈 속에는 또 다른 간디의 외침이 살아 있다.

"살생하지 마라. 최후까지 저항하되 폭력을 쓰지 마라. 참을 사랑하라. 대우주는 소우주 속에 있다. 자아를 드러냄은 곧 절대이며 하느님이니 그 앞에서 겸손하라."

"변한 세상을 보고 싶다면 우리가 먼저 변해야 한다."

믿음으로 죽음을 이겨낸 간디. 온 세계가 그의 죽음을 슬퍼했고 날이 갈수록 세상 사람들은 그를 존경하고 있다. 죽은 간디 한 사람이 수만의 간디를 만들어냈다. 그래서 세계는 빈부 차와 갈등, 폭력 속에서도 삶의 질서를 이어가고 있다. 우리의 여행도 간디가 만들어놓은 질서 속에서 시작되고 있다.

인도의 6월은 무덥다. 정오가 가까워오면서 점점 더 뜨거워지는 열기 속에서 400년 전 무굴제국 시대에 지은 이슬람사원 자미 마스지드(Jami Masjid)를 찾았다. 붉은 사암으로 지어진 델리 최대의 건축물을 만든 샤 자한 왕은 인도 역사 뿐만 아니라 세계사에 이름을 남긴 인물이다. 타지마할을 건설하기도 했던 그가 백성을 위해 기도할 곳을 만들어 그들로 하여금 소원을 빌게 했던 사원 자미 마스지드는 그의 마지막 건축물이기도 했다. 사원에는 여자보다는 남자들, 젊은이들보다는 나이든 사람들이 많았다. 새까만 얼굴에 흰 수염의 어떤 노인 앞을 지나갈 때 노인이 작은 상자를 손으로 가리키며 내게 무슨 말인가를 했다. 나는 헌금을 하라는 뜻으로 알아듣고 동전을 상자 안에 집어넣었다. 노인은 고맙다는 표시로 연신 고개를 끄덕이며 알 수 없는 말을 했는데, 그의 말 가운데 단 한 가지 알아들을 수 있었던 것은 "인 샬라!"였다. '신의 뜻으로' 라는 아랍어를 내게 무슨 의미로 했을까.

8억의 힌두교도와 함께 공존하는 1억 2천만 명의 이슬람교도. 그 외 시크교, 자이나교, 기독교에 둘러싸인 인도… 아직도 계속되는 카스트의 사회적 그늘과 여전히 식을 줄 모르는 종교적 열정. 이 두 가지 사이에 숨겨진 인도인의 참모습은 어떤 것일까. 자미 마스지드는 내세의 구원을 갈망하는 곳일까, 현세의 기복을 발원하는 곳일까. 지금 사원의 광장은 온전히 이슬람의 것일까. 오랜 세월 힌두교에 혼합된 이슬람의 세계관은 어떤 것일까. 종교는 영원히 불가사의한 것일까.

우리가 이어 찾은 곳은 역시 델리 시내에 있는 힌두사원인 락슈미 나라얀(Lakshmi Narayan Temple)이었다. 델리의 대부호 비를라가 거금을 희사하여 세운 사원으로 비를라 만디르(Birla Mandir)라고도 불린다. 인도의 수호신 나라야나(비슈누), 파괴의 신 시바, 악을 쫓는 여신 두르가, 사랑의 신 크리시나가를 모셔놓고 있었는데, 황금색으로 조각된 여러 개의 팔이 달린 힌두 신들은 보살, 마왕, 그리스 여신, 두려운 저승사자의 모습으로 마치 세상에 살아있는 현신 처럼 사람들을 맞고 있었다.

인도 전통의상 사리를 걸친 여인들과 도띠를 입은 남자들이 비슈누와 시바 상 앞에서 합장하며 무언가 열심히 주문을 외우고 있었다. 자아를 초월한 듯한 모습, 속세에서 천국을 꿈꾸는 듯한 맑은 얼굴, 경건하게 기도하는 그들의 표정을 바라보며 나는 전혀 딴 세상에 와 있는 것 같은 생소함을 느꼈다. 사원의 바닥과 벽면을 덮은 대리석 표면에서 무수히 빛나는 크리스탈의 반사광은 기도하는 사람들의 얼굴을 환하게 비춰주었고, 그들의 얼굴에서는 가난이나 슬픔의 기색을 찾아볼 수 없었다. 그들은 현실을 인내하고 관용하는 것일까, 기쁨의 다르마(정신)를 가슴에 안고 명상과 수도의 세계로 향하는 것일까.

인도에서 첫 번째 맞는 점심 식사를 위해 델리 시내 차나키아 푸리 가에 있는 전통음식점 '산자이 미쉬라'에서 탄두리를 주문했는데, 밀가루를 반죽하여 화덕에서 갓 구워낸 빵 난(naan)에 구운 닭고기와 허브양념, 칠리소스를 얹혀 먹는 요리였다. 호기심이 식욕을 자극한 탓인지 생전 처음 맛보는 인도 음식이 마치 진미인 듯한 착각 속에 부지런히 입을 놀렸다. 짙은 카레 냄새가 향기처럼 느껴질 때까지는 며칠 더 기다려야 할 것 같다. 델리에서 소문난 고급식당이라는데 점심값은 봉사료까지 포함하여 2,300루피, 우리나라 돈으로는 5만원이 조금 넘는 금액이었다.

하리아나주의 델리에서 라자스탄주의 자이푸르로 연결되는 270㎞의 길은 인도 역사를 통해 전쟁과 정복, 신화와 전설의 숨결이 스며있는 길이다. 수천 년 동안 성인과 순례자들은 히말라야를 향해 구도와 명상의 행군을 했고, 왕족과 성주들은 정복전쟁을 벌였다. 풍요로운 재물과 노예무역의 길에서 상인들은 숱한 비화와 전설을 만들어냈다. 라자스탄의 길은 권력과 영화를 다투는 길이었고, 신비의 설화를 만든 카라반(隊商)과 여행자들의 길이었다. 오래도록 간직해야 할 전통과 벗겨야 할 역사의 베일이 남아있는 길, 라자스탄으로 가는 길은 앞으로도 인도인에게 영원한 순례와 교역의 길이 될 것이다.

라자스탄의 남쪽으로 향하면서 벌거숭이산이 나타나기 시작했다. 점점 황량해지는 들판과 구릉 너머로 작은 동산이 이따금 스쳐 지나갔다. 둥근 초록색 동산마다 반짝거리는 나무와 풀꽃들이 어울려 숲을 이루고, 밭에서는 일하는 아낙네들의 모습이 자주 눈에 띄었다. 끊임없이 펼쳐지는 넓은 황토색 들판 위로 푸른 호밀밭과 노란 유채밭이 번갈아 눈앞에 지나가고, 도로변의 부겐빌레아꽃은 원색의 화원을 이루어 분홍, 주홍, 노랑, 하얀색 꽃무리가 신비의 나라 인도에 대한 호기심을 끊임없이 불러일으켰다. 라자스탄은 고대 인도의 왕이 살던 땅을 뜻하는데, 이 지방에는 지금도 왕족의 혈통을 이어받은 후손들이 살고 있다고 비크람이 설명해 주었다. 도로변에는 마하라자 레스토랑이라는 입간판이 곳곳에 보였는데, 대왕을 뜻한다는 마하라자의 존명을 이렇게 상업적으로 내걸어도 되는 것인지 의문스러웠다.

인도의 차량통행체계는 우리나라와 달리 좌측통행체계이다. 그리고 어느 곳을 가든지 경적소리를 쉽게 들을 수 있다. 도로를 달리는 차량의 뒷부분에는 거의 예외 없이 이런 글귀가 쓰여 있다. 'Blow Horn, Sound Horn, Horn Please' –경적을 울리면 왼쪽으로 비켜 줄 테니 오른쪽으로 추월하라는 뜻이다. 우리가 탔던 7인승 자동차의 상냥한 총각 운전기사 알리는 때로는 신속하면서도 위협적으로, 때로는 아주 느긋하게 경적을 울리며 가속 페달을 밟았다.

"인도는 추위에 얼어 죽는 사람은 있어도 굶어 죽는 사람은 없지요." 유머있고 신앙심 깊은 시크교도인 비크람이 문득 꺼낸 말이다. 인도에는 굶어죽는 사람이 없다… 그의 말을 며칠 동안 더 음미해볼 것이다.

라자스탄의 서쪽 하늘로 해가 저물고 있었다. 핑크시티 자이푸르에 도착한 일행은 환히 떠오른 보름달을 바라보며 라즈푸타나 팰리스 쉐라톤 호텔로 들어섰다.

자이푸르 시내 풍경. '핑크시티(Pink City)'라는 별명답게 시가지의 건물은 대부분 분홍색 사암으로 지어졌고, 거리는 자동차와 코끼리, 사람들이 뒤섞여 있다.

■ 6월 12일(월) [자이푸르] / 맑음

핑크시티는 자이푸르를 부르는 또 다른 이름이기도 하다. 270년 전 이곳의 거부 바와니는 1만 명이 넘는 상인들에게 자신이 지은 상가건물을 임대해 주고 이 지역의 명실상부한 지배자가 되었다. 성주 바와니의 감독 아래 분홍색 사암을 다듬어 만든 성채와 건물들은 세월이 흐를수록 독특한 아름다움과 견고함을 더해 왔다. 여기 곳곳에 세워진 간판 'Heritage Pink City'는 이 도시가 누렸던 과거의 영화를 되새기며 미래를 꿈꾸는 인도인들의 메시지를 이방인들에게 전하는 것처럼 보인다.

자동차가 자이푸르 시내로 들어섰을 때 우리는 잠깐 동안 차에서 내려 걸었다. 혼잡과 소음, 무질서가 범벅이 되어 벌어지는 기묘한 광경속에, 흰 소떼가 거리를 몰려다니고 돼지들이 군중 틈을 헤집고 여기저기 헤매고 있었다. 친구 부부는 어느새 인파 속에 묻혀 어디에 있는지 보이지 않았다. 자전거, 오토릭샤, 오토바이, 자동차들이 뒤엉켜 인도와 차도의 구분을 지워버렸다. 북새통을 이루는 자이푸르 도심 한복판의 이러한 진풍경이 이방인의 눈에는 그 자체가 이미 현실의 통제라는 것을 넘어선 지 오래된 관행인 것처럼 보였지만, 한편으로는 퍽 자연스러워 보이기도 했다. 나는 한참을 헤매다 친구를 찾아냈다. 그의 머리가 많은 사람들 속에서도 솟아있었으므로 앞으로는 복잡한 거리에서 다시 친구를 찾더라도 그의 큰 키를 발견하는 일은 어렵지 않을 것이다.

　암베르 궁(Amber Fort)은 힌두교 여신의 이름을 딴 성이다. 지금부터 450년 전 힌두왕족 라지푸트들이 산 위에 세운 성채인데, 궁이라기보다는 요새라는 이름으로 더 많이 세상에 알려져 있다. 우리는 성으로 올라가기 위해 코끼리를 타보기로 했다. 코끼리는 조련기사의 명령에 따라 온순한 동작으로 걸으며, 긴 코와 머리를 좌우로 흔들고 신바람 난 듯 움직였는데, 신기하게도 다른 코끼리들이 길 위에 뿌려놓은 배설물을 밟지 않고 비켜갔다. 사람을 지킨다는 힌두의 신, 인도인들이 영물로 여기는 거대한 짐승의 등에 올라타니 조금 두렵고 신비한 느낌이 들었다. 자동차를 타거나 걸어서 갈 수도 있었지만 특별히 코끼리를 타고 언덕을 올라갔던 기분을 제대로 표현하기란 쉽지 않다.

　힌두여신의 정령이 감싸고 있는 듯한 성채는 다른 종족과의 전쟁에서 살아남기 위해 전술상 유리한 산등성에 지어놓은 궁전과 요새의 복합건축물이다. 둘레가 12km인 견고한 성벽은 90년간에 걸쳐 쌓았다고 하며, 미로 사이를 연결한 수천 개의 방과 비밀스런 시설을 갖춘 궁전에서 힌두왕국의 임금 만싱 1세와 만싱 2세가 살았다. 궁의 건축물들은 다양한 문화의 평화공존을 선언이라도 하듯 여러 종류의 변화무쌍한 문양과 조각으로 가득했다. 건축양식 또한 힌두양식의 궁전 기둥과 이슬람양식의 기둥을 떠받치는 주춧돌이 조화를 이루고 있고, 건축자재는 대부분 사암과 대리석이었다. 연꽃과 코끼리가 하나가 된 조각이 사방에 널려 있고, 코끼리의 긴 코끝에서는 연꽃이 피어났다. 성 내부의 벽은 석회석과 요구르트를 섞어 만든 반죽으로 회칠한 것인데, 상아색 벽은 수백 년 세월이 흐른 지금까지 독특한 광채와 견고함을 유지하고 있다.

만싱 1세가 통치하던 당시에는 12명의 왕비와 353명의 후궁들이 있었다고 한다. 왕비와 후궁들을 합한 숫자는 1년의 날짜인 365일과 일치한다. 왕비들의 만남의 장소인 중앙회합소에는 열두 개의 기둥이 세워져 있는데, 기둥은 왕을 떠받치는 왕비들의 숫자를 나타낸 것이다. 암베르 궁의 또 다른 걸작은 만싱 1세 시대 영화로움의 극치를 보여주는 물 커튼이다. 그 당시 여름 더위를 식히기 위해 건물 처마 밑에 설치한 구리파이프의 가는 구멍으로부터 떨어져 내린 물방울들은 커튼 모양을 이루었고, 이 희한한 물 커튼 속으로 재스민, 백단향, 백리향 등 온갖 진기한 화초의 향기가 농축되어 흘러내렸다고 하니 제왕들의 끝없는 야망과 영화에는 심미안적 취향조차 엿보인다.

자이푸르에는 또 하나의 인상적인 명물이 있다. 델리에 있는 잔타르 만타르보다 더 크고 훌륭한 규모의 잔타르 만타르(Jantar Martar: 천문관측소)가 그것이다. 자이푸르를 건설한 마하라자 자이싱 2세가 세운 다섯 군데의 천문대 중 한 곳으로 1940년대까지 사용되었을 정도로 규모가 큰 곳이다. 이 천문대에는 해시계, 북극성측정기, 경위도측정기, 별자리전망대 등 열여덟 종류의 크고 작은 천체관측기가 마치 조각 작품 같은 모습으로 하늘을 향해 줄지어 서 있었다. 코끼리보다 몇 배나 큰 해시계의 그림자는 2초 단위까지 정확한 시각을 가리킨다고 하는데, 신기하게도 그것은 내가 차고 있는 손목시계의 시각과 정확하게 일치했다. 일찍이 인도에 이처럼 정교한 천체과학기기가 있었다는 사실은 놀랍고 신기한 일이 아닐 수 없다.

　인도가 오늘날 세계 IT산업의 중심에 있고, 우주공간으로 로켓을 발사하며 우리도 모르는 사이에 우주공학 연구에 공을 들여 달 탐색 준비를 하고 있는 것도 어떻게 보면 당연한 일이 아닐까. 우리가 쓰고 있는 아라비아 숫자를 그리스보다 먼저 사용했으며, 숫자 '0'을 발견하여 인류 문화를 발전시킨 인도. 나는 잔타르 만타르를 보면서 그동안 카스트 제도나 가난, 일부다처제, 종교 갈등 등 인도의 단면들만을 통해 이 나라를 바라본 것은 아니었을까 하는 생각이 들었다.

　암베르 궁에서 돌아오는 길에 들렸던 반다리 보석상은 여러 나라 관광객들의 방문을 통해 국제적으로 널리 알려진 곳이다. 오직 그곳에만 있다는 세계 유일의 보석을 구경하기 위한 호기심으로 보석상을 찾은 것인데, 보석상 매니저 토니 로보 씨는 정말 수다스럽게 보석 이야기를 늘어놓았다. "이 사파이어는 지구상에서 우리 상점에만 있는 최고의 보석입니다. 우리 상점을 방문했던 클린턴 대통령도 감동한 예술품입니다." 미국 대통령을 감동시켰다는 주먹만한 크기의 사파이어는 짙푸른 초록색의 절단면을 통해 신비한 광채를 뿜어내고 있었다. 그는 계속하여 자이푸르 보석의 빼어난 품질과 예술성에 대해 열변을 토하며 자랑을 늘어놓으면서 자이푸르 보석의 역사적 가치와 아름다움을 앞으로 인도를 찾아올 한국 사람들에게 꼭 소개해달라는 말도 잊지 않았다.

　오후 여섯 시. 다시 돌아온 자이푸르 도심은 오전에 보았던 낯익은 교통수단들과 사람들이 홍수를 이루는 가운데 차도와 인도, 자동차와 사람들, 시끄러운 경적소리가 한데 섞여 거대한 소용돌이를 만들고 있었다. 아무리 가난해도 다가올 내세를 기다리며 세상살이를 낙관한다는 인도 사람들, 어쩌면 그들은 이런 혼잡함까지도 즐기는 것일까. 우리는 무더위에 지친 몸으로 라즈푸타나 쉐라톤 호텔로 돌아왔다.

■ 6월 13일(화) [바랏푸르] / 맑음

쉐라톤 호텔의 수영장 주변에는 반짝이는 잎사귀가 풍성한 참파나무 꽃향기가 은은히 감돌았다. 참파나무는 모양이 기품 있고 재스민 향과 비슷한 향기를 풍겼다. 꽃향기를 맡으며 오전시간 내내 호텔 정원에서 쉬었다. 정오가 지나 우리는 자이푸르를 뒤로하고, 바랏푸르로 향했다. 라자스탄주 동쪽을 향한 2차선 도로를 세 시간을 넘게 달리며 바라보니 한눈에 보기에도 키가 30m는 됨직한 거대한 나무들이 줄을 잇고 있었다. 나무 전문가인 친구는 그것이 말로만 듣던 유칼립투스라고 가르쳐 주었다. 호주를 여러 번 다녀 온 적이 있는 친구의 견문담에 의하면, 고무나무 종류인 유칼립투스는 오스트레일리아가 생태학적인 원산지이며 호주의 대표적 동물인 코알라의 주된 먹이가 바로 이 나무의 잎이라고 한다. 그런데 잎에 함유된 알콜성 마취성분 때문에 나뭇잎을 먹은 코알라는 하루 열여섯 시간 이상 잠을 잔다는 것이다. 또 싱싱한 잎은 향기가 나고 휘발성분과 약성분을 포함하고 있어 여기에서 채취된 유칼리유는 소독약의 원료로도 쓰이며, 목재는 가구와 건축자재로 이용된다는 것이다. 친구의 나무 이야기는 여행에 재미를 더해주었다.

도로 주변의 어느 작은 마을을 지나는데, 길가에 어울리지 않게 짙은 화장을 한 여인들이 누군가를 기다리는 듯한 표정으로 앉아 있거나 서성대고 있었다. 그 가운데는 어린 소녀들도 있었다. 대낮 시골길, 더구나 도시와의 격차가 한눈에 확연히 구별되는 장소에 나타난 화장기 짙은 여자들의 정체가 궁금하여 비크람에게 물었다.

그의 설명에 의하면 그 여자들은 이 길을 오가는 화물 트럭 운전기사들을 대상으로 하는 거리의 여인들이었다. 그녀들은 할머니 시절 이래 어머니들로부터 그러한 생활을 가업으로 물려받으며 구체적인 교육까지 받고 있다고 한다. 그런데 왜 그녀들은 경제가 빠른 속도로 성장하고 있는 뭄바이나 꼴까다 같은 대도시로 일자리를 찾아 나서지 않고 집에서 이런 일을 하고 있는 것일까. 비크람의 설명을 들으며 이것을 단순히 문화적 차이로만 이해해야 할 것인가 하는 의문이 들었다. 그에 대한 답은 그녀들의 부모들이 움켜쥐고 있었다. 집에서 돈벌이를 할망정 도시로 나가지 마라. 도시에는 우리 딸을 지켜줄 신이 떠나버린 지 이미 오래되었느니라. 그렇지만 고향에서는 두르가 신이 너희를 보호해 주리라. 그리고 너희 배필도 이 길에서 만나게 되리라….

길 주위로는 오벨리스크를 닮은 공장 굴뚝에서 연기가 솟고 있었다. 비크람은 그것이 벽돌공장이라고 말했다. 벽돌이라는 말에 인도 고대문명 속에서 벽돌이 지니는 의미를 생각했다. 세상 어디를 가도 흔한 것이 벽돌이지만, 고대의 벽돌은 집을 만드는 단순한 건축자재가 아니었다. 벽돌은 인류의 삶을 지탱하는 데 주춧돌 역할을 한 문명의 거푸집이었다. 고대 인도는 벽돌의 나라였고 인도의 고대건축은 벽돌건축으로부터 시작되었다. 기원전 3000년에 번성했던 도시국가 모헨조다로는 벽돌로 지은 건물이 가득한 신비한 문화 도시로 그것은 인더스 문명의 시작이었다. 그런데 벽돌이 화를 불러올 줄은 그 시절에 살았던 어느 누구도 예견하지 못했다. 벽돌 굽는 데 필요한 땔감을 마련하기 위해 나무를 베고 산림을 훼손한 결과, 모헨조다로는 몇 차례의 홍수에 씻겨 기원전 2500년경 문명세계에서 사라져 버렸다. 도시 문화의 초석으로 이용되었던 벽돌이 문명 파괴의 주범이 돼버리고 말았다.

파테푸르 시크리(Fatehpur Sikri) 성에 오후 늦게야 도착했다. 1571년부터 1581년에 걸쳐 무굴제국의 3대 임금 악바르가 건설했던 시크리 성은 드넓은 평원 한가운데 자리 잡고 있는데, 지금은 원형의 30퍼센트 정도만 남아 있다. 인도 역사에서 특별한 위치를 차지하고 있는 악바르 대제는 재위 당시 모든 종교는 하나라는 믿음을 가지고 너그러운 통치를 한 임금이었다. 그는 힌두교도, 이슬람교도, 불교도, 기독교도들을 널리 포용한 매력적인 정치인이었다. 악바르 대제의 종교적 관용과 정치적 포용력, 예술적 안목은 붉은 시크리 성의 건축양식에도 구석구석 배어 있었다. 성 안에는 특별회의실이란 곳이 있다. 그 한가운데를 떠받치는 기둥이 특이한 건축양식을 보여 주었다. 기둥의 밑 부분으로부터 차례로 위쪽을 향해 이슬람식의 꽃무늬를 새긴 아라베스크 문양, 자이나교 문양, 페르샤식 부등호무늬, 기독교양식의 순서로 조각이 되어 있었다. 제일 윗부분은 힌두교와 불교의 공존을 상징하는 연꽃과 코끼리의 혼합문양으로 장식돼 있었다. 300여 년 전 무굴 인들의 건축기술에는 현대인들도 흉내 내기 어려운 비범한 착상과 예술적 재능이 숨어있었음이 분명해 보인다.

저녁 무렵 우다이 빌라스라는 이름의 호텔에 들어가 짐을 풀었다. 호텔이라기보다는 여인숙같다는 느낌이 들었다. 전깃불마저 자가발전으로 밝히는데, 저녁 식사 도중 두 번이나 정전이 되는 바람에 촛불을 켜야 했다. 우리는 호텔 잔디밭 위에 식탁을 차려놓고 별빛을 바라보며 양고기와 닭고기, 감자로 조리한 음식을 먹었다. 짙은 카레향이 자극적인 남국의 맛을 풍겼다. 북인도 한적한 시골의 호텔이지만, 종업원들의 친절함 속에 길손의 향수를 달래주는 정다움이 넘쳤다.

밤늦게 일기를 쓰고 있을 때 책상 위에서 이상하게 생긴 작은 벌레들이 기어 다니기 시작했다. 딱정벌레 같기도 하고 작은 바퀴벌레 같기도 한 것들이 스탠드 밑에서 빙글빙글 돌며 행진을 하고 있다. 그 숫자가 점점 늘어나는 바람에 나는 불현듯 겁이 나고 징그럽다는 생각이 들어 자고 있는 아내의 침대를 슬쩍 훑어보았다. 다행히 이불 밑에서 벌레 같은 것은 발견되지 않았지만 객실 바닥 위에서는 어디서 들어왔는지 작은 도마뱀 한 마리가 기어 다니고 있었다. 아무래도 오늘밤은 한참동안 벌레들을 감시하며 불침번을 서다 잠이 들 것 같다.

호텔에서 빵과 차로 간단한 아침 식사를 마친 뒤, 8시 30분 바랏푸르에 있는 케오라데오 국립공원(Keoladeo National Park)으로 갔다. 지금은 면적 29㎢인 인도의 대표적 국립공원이지만, 150여년 전 영국 식민지 시절 영국인들이 즐기는 사냥을 할 수 있도록 해주기 위해 인공 늪지대로 만든 사냥터가 오늘날에는 최고의 자연보호구역이 되어 유네스코 세계 문화 유산으로 지정되었다. 사냥용 물새를 불러 모으기 위해 조성되었던 환경은 새의 천국이라는 명칭으로 이곳을 더욱 유명하게 만들어 주고 있다. 364종의 조류와 사슴, 여우, 도마뱀, 보어뱀 외에도 각종 수중생물과 많은 습지 파충류가 서식하고 있다. 숲과 늪이 어우러진 넓은 평원 위로 종류를 알 수 없는 많은 새들이 오르락내리락 춤을 추고 원숭이 무리, 이름 모를 야생동물들이 뛰어놀고 있었다.

우리 부부를 태운 사이클 릭샤 기사 만사 싱이 알아듣기 힘든 영어로 새 종류를 설명해 주었지만, 내가 아는 새의 이름은 거의 없었다. 오래전 싱가포르의 주롱 조류 공원에서 진기한 새들을 본 적이 있지만, 오늘 목격한 야생의 새들은 그것과는 또 다른 별난 볼거리였다. 새까맣게 떼를 지은 철새와 텃새 무리가 한데 어울려 먹이를 찾고 비상하는 모습은 때 묻지 않은 야생의 신비함과 싱그러움 그 자체였다. 비상과 급강하, 좌우 선회를 반복하며 일사불란한 군무를 추는 무리들, 호숫가에서 삼삼오오 짝을 짓고 괴성을 지르며 몸을 부딪치는 새들, 먹이를 찾느라 물속에 머리를 넣었다 빼기를 반복하는 기러기떼들, 사랑을 나누는 이름 모를 자웅들…… 그야말로 자유를 만끽하는 새들의 천국이었다. 문득 부산에 있는 '새를 사랑하는 친구'가 생각났다. 부부가 새를 끔찍이 사랑하여 새로 지은 집의 당호를 여조당(與鳥堂)이라고 했을 정도니 그들 부부가 함께 이곳에 왔더라면 틀림없이 기뻐하고 감격했을 것이다.

사이클 릭샤를 타기도 하고 걷기도 하면서 공원 안 숲속을 오전 내내 돌아다녔다. 걸어가다 고개를 들어보니 나무 위에서 아기를 업은 원숭이들이 겁먹은 표정으로 우리를 지켜보고 있었다. 길에서 열매를 줍던 원숭이 무리에게 과자를 던져주며 다가가자 일제히 경계하는 모습을 보이고 재빨리 숲속으로 도망쳤다. 우리와 꽤 멀찍이 거리가 떨어졌을 때에야 숲으로 숨어버린 원숭이 무리가 나와서 과자를 줍고 있었다. 이런 야생의 현장을 가까이서 구경하기는 처음이다.

한 시간 뒤 인도 여행에서 거의 모든 사람이 빼놓지 않고 찾는다는 인구 250만 명의 도시 아그라에 들어서자마자 우리는 엄청난 인파와 자동차의 소음 속에 파묻혀버렸다. 자이푸르에서 이미 보았던 거리의 모습은 이곳도 예외는 아니었지만, 우리는 혼잡한 시내의 풍경에 이제 어느 정도 여유를 가지고 적응하고 있다.

아그라 시에는 100여 년 전부터 건축 중인 유명한 힌두사원이 있다. 우리는 다얄 바그(Dayal Bagh), 1861년 라다 소미 종파의 본부이며 스와미지 마하라지(Swamiji Maharaj)로 더 유명한 곳, 1904년에 건축이 시작되어, 현재까지도 공사가 한창 진행 중이며 아마도 21세기 안에 완공된 모습을 보기란 어려울 역사의 현장에 도착했다. 한창 대리석 기둥과 받침돌, 천장, 돔의 공사가 진행되고 있는데, 오래 전부터 정성을 들여 만든 기둥에서 연꽃, 포도, 장미, 석류, 대추야자의 음각과 양각이 섬세하고 치밀한 조화와 균형미를 발산하고 있었다. 사원의 모든 공사가 끝나게 될 서기

2104년이 되면, 타지마할과 비교할 만한 또 하나의 불가사의한 건축물이 탄생될 것만 같다. 200여 년간의 오랜 공사를 끝냈을 때, 그러니까 지금부터 98년의 시간이 지난 그때 우리는 어디에 있을까. 여전히 안식처를 찾지 못한 영혼이 되어 대기 속을 떠돌고 있을까. 흙이 되어 풀꽃들의 거름이 되어주고 있을까. 그때 우리의 후손들은 어디서 무엇을 하고 있을까. 인간은 죽은 뒤 천계, 공계, 지하계를 돌며 삶과 죽음의 윤회를 반복한다고 힌두교인들은 믿고 있다. 영겁의 시간 속에서 보면 사람의 인생은 찰나에 불과하지만, 그럴수록 나그네에게 여행은 더 아름다운 추억을 쌓게 한다.

오늘 점심을 먹기 위해 찾아간 아그라 시내의 식당은 조금 특별한 곳인데, 우선 상호부터가 길었다. 다사프라카쉬 남인도 채식식당-남인도식 채식요리가 주된 메뉴인 곳으로 조용하고 분위기 좋은 식당이었다. 쌀을 가루 내어 누룽지처럼 만들어 튀긴 넓적한 과자를 코코넛소스, 토마토소스에 찍어 먹고 카레스프를 곁들이는 요리는 적당히 매콤한 맛과 카레향이 미각을 자극하여 식욕을 북돋았다. 닭요리 탄두리와 나머지 카레요리를 먹고 나자 후식으로 나온 홍차는 입을 개운하게 하고 기분을 맑게 해 주었다. 점심값은 1,000루피를 지불했다. 1루피가 22원 정도이므로 한화로 22,000원쯤 될 것이다.

우리는 자이피 팰리스 호텔에 여장을 풀고 나서 곧장 아그라 성(Agra Fort)으로 갔다. 무굴제국의 3대 황제 악바르 대제가 짓기 시작하여 아들 자한기르, 손자 샤 자한, 증손자 오랑제브 대에 이르기까지 공사를 진행했던 유서깊은 유적, 아그라 시 동쪽 자무나(Jamuna)강 언덕 위에 위치한 아그라 성은 무굴제국의 옛 수도에 얽힌 이야기들을 간직하고 있다.

아그라 성의 성벽과 성문은 붉은 사암으로 지어져 '붉은성'으로도 불린다. 외관의 견고한 모습과는 달리 내부는 다양한 크기와 화려한 아름다움을 지닌 궁전, 모스크, 정원, 테라스 등이 건축미의 극치를 보여준다. 기둥, 벽, 천정의 모든 공간에 섬세하고 정밀한 음양각의 문양과 조각이 새겨져 있고, 샤 자한 왕의 접견실 기둥에는 루비, 오팔, 호박, 에메랄드로 상감된 꽃무늬장식이 지금도 선명하게 남아 있다. 샤 자한 왕이 생애 마지막 8년동안 막내 아들 오랑제브에 의해 유폐되었다는 8각형 큰 탑의 테라스에서 바라보니, 멀리 동쪽으로 타지마할의 돔이 오후의 햇빛에 반사되어 순백의 빛을 은은히 뿜고 있었다.

샤 자한 왕이 이 성에 갇혀 지내며 겪은 슬픔과 고독은 젊은 시절 그의 격정적이고 감성적인 행위가 불러온 결과였다. 유폐된 아그라 성에서 자무나 강물 위에 떠오르는 타지마할의 그림자를 바라보는 샤 자한의 모습은 무자비하게 얻은 권력을 방종의 탓으로 잃어가는 통치자의 쓸쓸한 말로였을 것이다. 아그라 성과 타지마할, 이 두 개의 기념비적 건축물은 앞으로도 오랫동안 샤 자한, 오랑제브 부자 사이를 가로막았던 원망과 한숨, 세대 간의 갈등과 한, 권력과 욕망으로 얼룩진 모습들을 인도역사의 한 페이지에 새겨놓게 될 것이다. 우리는 내일 그 중 하나인 타지마할을 구경할 예정이다.

오늘밤 주변경관이 아름답고 아늑함과 화려함의 조화가 돋보이는 핑크빛 호텔 자이피에서 하루를 되돌아 보는 이 시간, 밤하늘을 밝히는 별빛과 함께 인도여행의 추억과 향수가 한층 깊어지는 여운을 부추기듯 열린 객실 창문으로 플루메리아 알바꽃의 짙고 매혹적인 향기가 풍겨온다. 인도에 온 지 나흘밖에 되지 않았지만, 오랜 문명과 자연의 숨결을 느끼면서 점점 더 인도의 매력에 빠져들고 있다.

■ 6월 15일(목) [아그라] / 맑음

어느 날 흘러내려 영원히 마르지 않을 눈물은
시간이 흐를수록 더 맑고 투명하게 빛나리니
그것이 타지마할이라네.
오 왕이여, 그대는 타지마할의 아름다움으로
시간에 마법을 걸려고 했구나.
그대 신비의 화환을 만들어 우아하지 않은 주검을
죽음을 잊게 하는 우아함으로 덮었도다.
무덤은 안으로 뿌리내리며 먼지를 털고 일어나
추억의 외투로 죽음을 부드럽게 덮어주려 하는구나.

인도의 시성(詩聖) 라빈드라나드 타고르(Rabindranath Tagore)는 타지마할 (Taj Mahal)의 아름다움을 마법에 비유하여 이렇게 시로 읊었다. 타고르가 그렇게 찬미했던 타지마할은 불멸의 건축미와 경이로움으로 일찍이 유네스코 세계 문화 유산의 목록에 이름을 올렸다.

오늘의 날씨는 섭씨 40도를 오르내리는 폭염이다. 그동안 다양한 영상이나 책에서 보았던 타지마할 앞에서 나는 더위조차 잊은 채 끝없는 신비감과 적막한 황홀감에 빠져들었다. 하얗게 빛나는 둥근 돔 위에는 첨탑이 솟아있고 대리석 벽면에는 복잡한 무늬를 장식해 놓았다. 완벽한 대칭의 아름다움을 갖춘 왕관 모양의 묘지궁전은 순수한 대리석으로 지은 건물인데, 건축자재는 이곳에서 40km 떨어진 라자스탄의 마크라나 산에서 채석한 흰 대리석을 사용했다고 한다. 높이 72m, 지하 깊이 28m, 네 개의 미너렛을 사방에 두른 타지마할은 좌우 22.5도의 경사를 유지하도록 세워졌는데, 그것은 지진이 발생하더라도 좌우로 균형 있게 무너져 내리게 해서 궁전 전체에 손상이 가지 않도록 하기 위한 치밀한 공학적 설계 때문이라고 한다. 타지마할은 오늘날 알함브라 궁전, 이스파한의 모스크와 더불어 페르시아 건축 문화의 으뜸으로 꼽히고 있으며 인간이 남긴 세계 7대 불가사의 중 하나로 회자되기에 모자람이 없다.

왕관을 뜻하는 타지(Taj), 왕비의 이름 마할(Mahall). 그러므로 타지마할은 마할의 왕관이란 뜻이다. 샤 자한 왕은 1632년부터 1654년까지 22년 동안 하루 평균 일만 명의 인력을 동원하여 공사를 완성하였다. 건축공사는 아마도 세기의 대역사였겠지만, 대규모의 공사로 인해 나라의 재정이 바닥날 정도였으니 백성들의 원망도 컸을 것이다. 무굴제국의 5대 임금 샤 자한은 낭만적 성격의 소유자로 뛰어난 미술 감각과 건축에 대한 탐닉으로 유명한데, 통치기간 중 만든 타지마할, 델리 성, 자미 마스지드, 아그라 성은 이러한 그의 풍부한 영감과 지도력 없이는 불가능했을 것이다.

그는 왕비 뭄타즈 마할을 사랑했다. 한시도 왕비 곁을 떠나지 않는 샤 자한의 열렬한 사랑 때문에 뭄타즈는 강행군과도 같은 전국순회 여행에 남편을 동반하지 않으면 안 되었다. 그래서였을까, 과중한 여행에 지친 왕비는 젊은 나이로 세상을 떠났다. 서른아홉 나이에 열네 명의 자녀를 남기고 요절한 왕비를 잊지 못한 샤 자한은 아내에 대한 사랑을 영원히 추모하기 위해 전대미문의 묘지궁전을 세웠다. 사랑하는 여인에 대한 한 남자의 열렬하고 애틋한 마음이 담긴 영혼의 휴식처이자 기념비인 타지마할, 온갖 환상과 낭만적인 상상을 불러일으키는 왕비의 묘궁은 주검이 안치된 무덤이 아니라 죽음을 승화한 예술품이 되어 아름다움의 상징으로 사람들의 가슴에 자리 잡고 있다. 그렇게 샤 자한 왕의 사랑이 담긴 경이로운 건축물 앞에 오늘도 세계 각국으로부터 수많은 사람들이 몰려들어 감동과 찬사의 시선을 던지고 있다. 한낮의 찌는 더위 속에서 타지마할의 모습을 바라보면서 나는 우리 부부에게 남아있는 이승에서의 삶을 생각하며 속으로 중얼거렸다. '샤 자한 임금처럼 나도 여생에 그렇게 아내를 사랑할 수 있을까…'

타지마할은 세상의 모든 연인과 부부들에게 사랑을 다시 확인하고 다짐하도록 타이르고 다독여주는 듯 했다.

아그라에서 델리까지는 200km가 조금 넘는다. 그런데 델리로 돌아오기 위해 아그라 시가지를 막 벗어나려고 할 무렵 난데없는 모래폭풍과 마주쳤다. 라자스탄의 사막지대에서 느닷없이 불어 닥친 거대한 폭풍이 삽시간에 대지를 덮고 사방이 갑자기 컴컴해지기 시작했다. 암갈색 모래먼지가 시가지를 휩쓸며 도로의 10m 앞을 구분할 수 없을 만큼 시계를 어둡게 만들었다. 달리던 자동차들이 전조등을 켜고 거북이걸음을 했다. 도로는 포장도 제대로 되어있지 않았고 구간마다 확장공사가 벌어지고 있어서 자동차가 주행하기 어려웠는데, 그나마 그런 도로 위를 휩쓰는 폭풍은 자동차의 느린 진행마저도 가로막았다.

폭풍은 쉬지 않고 거세게 몰아쳤으며, 지표면을 몰아치는 기세는 바람기둥과 꼬리만 보이지 않았을 뿐 마치 토네이도를 방불케 했다. 우리가 탄 자동차는 가다 서다를 반복했다. 사리를 입은 여인들이 얼굴을 천으로 칭칭 두르고 자동차 뒤에 숨거나 건물 뒤로 피신하고 있었으며, 간신히 버티며 걷고 있는 행인들은 자칫 바람에 날아가 버릴 것만 같았다. 휘몰아치는 황색 바람을 타고 온갖 쓰레기와 나뭇가지가 날리고, 떨어져나간 간판이 길가에서 미친 듯이 뒹굴고 있었다.

가슴을 조이며 차 속에 웅크린 채 델리에 도착한 다섯 시간 동안 폭풍은 그렇게 계속되었다. 호텔에 들어섰을 때 나의 눈은 충혈되고 목이 몹시 따끔거렸으며, 아내는 심하게 기침을 했다. 옷 속까지 모래가 스며든 것으로 보아 자동차 내부도 안전하지 못했던 것 같았다. 바람은 저녁 여

넓 시가 넘어서야 잠잠해졌다. 델리의 도심에는 폭풍으로 쓰러진 나무들이 거리에 널려 있고 나무기둥에 깔려 부서진 자동차들이 많았다. 거리 곳곳에 폭풍우가 쏟아 부은 물이 넘쳐나고 있었다. 인도의 열대 폭풍은 영화에서나 보았던 위력을 지니고 있었다. 여행이 아니면 이런 진기한 자연현상을 겪어 볼 기회도 드물 것이다. 열대 폭풍은 한국에서 온 길손들에게는 뜻밖의 체험이었으며, 하늘과 땅이 연출한 바람의 춤은 일생에 좀처럼 보기 어려운 대자연의 공연이었다.

■ 6월 16일(금) [델리] / 맑음

인도를 떠나는 날 델리의 바하이 사원(Baha' l Temple)을 구경했다. 인도의 국화 연꽃은 볼수록 아름답고 신비한 꽃이다. 연꽃은 불교와 힌두교에서 똑같이 귀하게 여기는 성스러운 식물인데, 연꽃 속에는 어딘가 탈속과 정화의 보이지 않는 힘이 숨어있는 것처럼 보인다.

1986년 바하이교 신도들이 건축한 바하이 사원은 건물을 연꽃모양으로 만들었는데, 이곳은 연꽃사원(Lotus Temple)으로도 유명하여 많은 사람들이 그렇게 부르고 있다. 하얀 대리석으로 만든 27개의 거대한 연꽃잎 모양의 사원 외벽은 마치 거대한 조각품을 보는 것 같았다. 또한 드넓은 사원을 9개의 연못이 둘러싸고 있는데 잘 정돈된 잔디와 어우러진 모습만으로가 아니라 이 연못들이 사원 내 기도실의 자연냉방장치의 역할까지 한다는 사실이 놀라웠다. 인도는 세계적 명소가 많지만 연꽃사원 역시 인도의 대표적 관광명소로 일일 방문객이 가장 많은 곳 중 하나로도 알려져 있다. 아마도 그 이유는 사원의 빼어난 건축미 때문이기도 하지만 다른 사원들과 달리 타 종교를 가진 사람들도 침묵을 지키기만 한다면 누구든 기도할 수 있도록 입장을 허용하기 때문이 아닐까 한다. 바하이교에 대한 자세한 내용을 알 수는 없지만 모든 바하이 사원들에는 공통적인 특징으로 사원을 아홉 개의 면으로 구성하고 있다는 점인데, '9'는 아라비아 숫자 중 가장 큰 숫자인 동시에 포용, 단일, 융합을 상징한다고 한다. 그것이 바하이교의 이념을 함축한다고 하니 유형의 건물만을 둘러봤을 뿐인 내게도 바하이교 신도들의 종교에 대한 태도와 넓은 마음이 전해지는 듯하다.

날짜를 하루 넘긴 6월 17일 새벽 2시 25분, 델리 국제공항에서 독일 프랑크푸르트로 가는 루프트한자 항공 소속 LH761기에 탑승했다. 다음 목적지인 헬싱키로 가기 위해서는 프랑크푸르트에서 환승을 해야 하기 때문이다. 비행기가 이륙할 때 마음속으로 말했다. '인도, 타지마할… 너희가 곧 그리워지겠지….' 인도를 떠나면서 나의 뇌리를 떠나지 않는 것이 있다. 그것은 구걸을 하던 사람들의 모습이다. 어느 곳을 가든 우리가 탄 자동차가 멈추기라도 하면, 갑자기 어디에서 나타났는지 여러 명의 남녀노소가 차창으로 몰려들어 손을 내밀곤 했다. 깡마른 소년 소녀들, 불구의 노인들, 육신이 온전치 못한 여인들이 일제히 달려들어 손을 뻗치는 모습을 한두 번 겪은 것이 아니었다. 비크람은 그들 대부분은 진짜 걸인이 아닌 직업적 앵벌이들이기 때문에 그들에게 크게 신경 쓸 필요없으며, 동전 몇 닢이라도 섣불리 주지 말라고 했었다. 적선하는 모습을 보기만 하면 주위에 있던 사이비 걸인들이 무더기로 달려들기 때문에 큰 낭패를 보기 십상이라는 것이다. 나는 그의 말을 액면 그대로 믿고 싶었지만, 분명 인도에는 빈곤의 그늘이 있고 그 깊이가 너무도 깊으며, 빈부차가 세계적으로 소문난 것도 사실이다. 빈부 차이뿐만이 아닌 성속(聖俗), 근면과 나태, 금욕과 환락, 천국과 지옥, 현세와 내세… 인도는 어쩌면 극과 극이 아무렇지도 않게 공존하는 나라인 것처럼 보인다.

'인도의 추억'. (유화)
연꽃과 코끼리의 나라, 사바신과
불멸의 타지마할이 있는 나라 인도.
그곳의 추억과 꽃을 담아 그렸다.

또 하나 인도를 잊을 수 없게 만드는 기억은 신비의 과일 망고다. 부드러운 과육의 망고를 입 안에 넣고 혀끝에 스며드는 맛과 향기를 천천히 음미하는 일은 즐거움 그 자체다. 우리는 매일 망고를 배가 부르도록 먹었다. 망고를 먹었더니 신기하게도 변비가 사라지고 피로감도 한결 줄어들었다. 6월에서 7월까지 인도는 망고값이 싸서 참외만한 크기의 망고 7~8개를 10달러 정도면 살 수 있었다. 비록 북인도 일부 지역을 짧은 시간 동안 둘러보았지만 나의 눈에 비친 인도는 극심한 지역, 세대, 계급, 빈부 차 속에서도 솟아오르는 태양처럼 어떤 가능성을 향해 나아가고 있었다. 다양한 최첨단 IT · 영화 · 항공우주 등의 산업에서 고대로부터의 신비한 잠재력을 발휘하며 그 옛날 아소카 대왕과 찬드라굽타 시대의 영광을 재현하려는 야망을 꿈꾸고 있는 듯했다.

전설과 신화와 꿈이 흐르는 갠지스강과 인더스강. 이 두 강 사이에서 면면이 이어온 고대 문명의 과거와 현재, 그리고 내세를 넘나들고 있는 것 같은 인도인들의 삶. 문득 내게 "인 샬라"라고 축복했던 노인의 얼굴이 떠오른다. 왜 이 땅을 밟았던 많은 여행자들이 인도를 다시 그리워하는지 알 수 있을 것 같다.

핀란드, 에스토니아

FINLAND · ESTONIA

　　맑은 호수가 육지 속에 가득한 나라 핀란드. 사람들은 이 나라를 수오미 ─ 호수의 나라 ─ 라고 부른다. 아득한 옛날 중앙아시아의 산과 들에서 한민족의 조상들과 이웃하며 살았을 수오미의 선조들은 숲과 호수가 많은 북유럽의 바닷가로 옮겨와 이곳에 아름다운 나라를 세웠다. 맑은 물, 울창한 숲, 깨끗한 정부를 가진 나라의 심성 착하고 부지런하며 인내심 강한 국민들은 인고의 세월을 뒤로 하고 지금 세계가 부러워하는 복지국가를 만들어 풍요로운 삶을 이어가고 있다.

보는 것만으로도 아름다운 나라 핀란드. 핀란드 국민들의 가슴 속에는 시벨리우스라는 음악의 영웅이 살아 있다. 헬싱키의 구석구석에 깃든 핀란드의 역사와 문화, 삶에 녹아있는 평화와 자유의 혼이 여행자의 마음을 조용히 움직인다.

핀란드와 마주보는 가까운 바다 건너에는 에스토니아가 있다. 오랫동안 은둔의 베일 뒤에 가렸던 에스토니아는 중세의 고색창연함과 예스러움을 고스란히 간직한 신비의 나라다. 21세기의 신생국가로 발돋움하고 있는 작은 나라의 국민들은 아시아의 이방인들에게 따뜻한 미소와 친절로 우정의 손길을 보내고 있다. 한번만 찾더라도 그리움이 깊어질 것만 같은 나라, 에스토니아는 어쩐지 나의 외할머니 같은 따사로움이 깃든 나라였다.

■ 6월 17일(토) [헬싱키] / 맑음

프랑크푸르트 공항에 도착하여 현지 시각으로 아침 9시 55분 우리가 갈아탄 LH3102 여객기는 오후 1시 15분에 헬싱키 공항에 도착했다. 공항에서는 어떤 입국 절차도 거치지 않았다. 수하물보관소에서 우리는 여행가방을 찾은 뒤 곧장 공항 밖으로 나왔다. 비행기에서 내려 승객들이 빠져나가는 출구에 이르기까지 어느 곳에서도 출입국관리 공무원의 모습은 보이지 않았다. 세계 최고의 관료청렴도와 국가경쟁력으로 소문난 나라답게 공항 안팎에서 관료주의의 모습이 보이지 않는 것은 이상하다 못해 신선하기까지 했다.

일반적으로 '핀란드'로 부르는 이 나라의 정식 명칭은 핀란드공화국(Republic of Finland)인데, '수오미'(Suomi: 호수의 나라)로 불리기도 한다. 그것은 이 땅의 주 민족이 '핀' 족이므로 그들의 언어로 자기 나라를 가리키는 말이다. 즉 핀란드인 외의 눈으로는 핀족의 나라(land)로 부르는 것이다. 핀란드는 핀란드어와 스웨덴어가 함께 쓰이는데 핀란드어로는 수오미, 스웨덴어로는 핀란드가 되는 것이다. 이름에서 알 수 있듯 핀란드는 맑고 푸른 호수의 나라, 숲의 나라다. 아시아계의 먼 이웃 수오미에 대한 설렘을 안고 터미널 밖으로 나왔다. 공항 출구 앞에는 우리 네 사람을 안내할 가이드와 13인승 미니버스가 기다리고 있었다. 메르세데스 벤츠사 제품인 미니버스는 널찍하고 편안하여 다섯 사람이 타기에는 너무 넓고 과분할 정도였다.

공항에서 헬싱키 시내로 들어오는 도로에는 차량의 소통이 적었으며 차도와 인도는 말끔히 정리돼 있어서 마치 딴 세상처럼 느껴졌다. 도로변에는 활짝 핀 보라색 라일락과 반짝이는 잎들로 무성한 가로수들의 싱그러운 모습이 쉼 없이 이어졌다. 헬싱키의 하늘은 티 없이 맑은 코발트

빛이었고 따뜻한 햇볕과 부드러운 바람은 평화의 기운을 느끼게 했다.

우리는 한낮에 헬싱키 중심가에 있는 소코스 호텔에 도착했다. 작지만 아늑한 시설을 갖춘, 내 집 안방 같은 분위기의 객실에서 앞으로 며칠 동안 머물게 될 것이다. 호텔 창문 밖으로 시벨리우스 음악학원의 간판이 보였다. 평생 존경해 온 음악가 시벨리우스, 그리고 들으면 들을수록 온몸을 떨리게 만드는 교향시 핀란디아와 이 위대한 작곡가의 나라. 이 나라의 현장을 돌아다니며 구경할 생각을 하니 은근히 가슴이 벅차올랐다. 여행자여, 금쪽같은 시간을 아껴라. 머뭇거릴 시간이 어디 있겠는가!

객실에 짐을 푼 뒤 곧장 미니버스를 타고 헬싱키 시내로 나갔다. 시가지 중심부에 있는 원로원 광장(Senattintori), 정부청사, 헬싱키대학 본부, 스웨덴 대사관, 대성당, 시청, 대통령관저 등을 돌아보며 미지의 세상에 대한 신비의 감정이 조용히 소용돌이치는 것을 느꼈다. 그것은 오랫동안 동경해왔던 북유럽 도시에 대한 신선한 감흥이기도 했다. 그림으로 보고 말로만 듣던 헬싱키의 깨끗하고 세련된 모습을 바라보며, 나는 햇볕 가득한 이 도시가 하늘의 축복을 받고 있다는 생각을 했다.

인도에서의 엿새 동안 무더위에 지친 탓인지, 장시간 동안 비행기를 탄 탓인지 알 수 없지만, 나는 입맛이 크게 떨어진 상태였다. 가이드의 안내에 따라 저녁을 먹기 위해 코리아하우스라는 한국음식점으로 갔다. 지난 일주일 동안 한국음식을 먹지 못했는데, 핀란드에 한국음식점이 있다는 사실은 반가운 일이었다. 40대의 한국인 사장이 경영하는 음식점의 메뉴는 제법 다양했다. 우리는 김치찌개, 두부, 오징어볶음, 된장찌개, 해물탕을 주문하여 나눠 먹었다. 핀란드산 보드카 ‘핀란디아’와 생맥주로 목을 축이자 식욕이 솟기 시작했다.

김치를 먹고 집을 떠나온 지 일주일 밖에 지나지 않았는데, 고춧가루와 마늘 향의 김치가 혀를 시원하게 해주었다. 집에서 담근 김치보다 먼

나라에서 맛보는 김치가 더 맛있게 느껴지는 것은 고향으로부터의 문화적 거리가 멀어진 탓인지도 모른다. 다섯 명의 저녁값은 봉사료를 포함해 110유로를 지불했다. 1인당 평균 22유로(27,500원 정도)는 한 끼 저녁값으로 적지 않은 돈이다. 우리는 이미 물가가 비싸기로 소문난 유로화의 영역에 들어온 것이다. 1957년 유럽경제공동체의 탄생으로 첫발을 내디딘 하나의 유럽이라는 실험이 유로화라는 단일 화폐 사용을 실현시켰지만, 2001년 1월 1일부터 유럽 12개국에서 공통화폐로 쓰이기 시작한 유로화는 당초 기대와는 달리 소비자물가를 크게 올려놓았다. 핀란드도 그중의 하나다.

저녁 식사 후 호텔 근처에 있는 슈퍼마켓을 구경했다. 매장은 한국의 그것과 크게 다르지 않았지만, 물건값은 전체적으로 비쌌다. 자두알만한 크기의 사과 한 개 값이 3유로 50센트였으므로 섣불리 살 엄두가 나지 않았다. 슈퍼마켓에서 자일리톨 껌 한 통을 산 뒤 호텔로 돌아왔다. 노키아와 자일리톨, 사우나와 산타클로스의 나라에서 처음 잠을 자는 날인데, 밤 11시가 넘었는데도 불구하고 하늘은 초저녁처럼 환하기만 하다. 북유럽의 태양은 초여름의 하늘을 떠날 생각이 없는 것처럼 보인다.

■ 6월 18일(일) [헬싱키] / 맑음

헬싱키의 6월은 아침 시각이 따로 없는 것 같다. 밤 시간이라야 고작 두 시간 밖에 되지 않는다. 오전 10시 호텔에서 나와 히에따 라흐덴 광장(Hietan Lahden Tori)의 벼룩시장을 구경하러 갔다. 매주 일요일마다 열리는 벼룩시장은 헬싱키 시민들이 직접 나와서 자신이 사용하던 물건을 내다 팔거나 물물교환을 하는 전통적 상설시장이다. 북적거리는 광장의 노점상들은 신기하고 낯선 생활용품, 골동품, 고서, 낡은 레코드판, 2차 대전 당시의 무기와 전쟁용품, 구 소련군 군복과 계급장, 각종 훈장, 각국의 동전을 팔고 있었고, 심지어는 사용하던 여성용 입술연지와 입던 속옷까지 좌판에 늘어놓고 행인을 불러 모으고 있었다. 입던 속옷까지 파는 모습을 지켜보면서 나는 눈을 의심하지 않을 수 없었다. 그런데 좌판을 지키던 아주머니는 팔리기를 기다리는 그 여성 속옷을 가리키며 내력 있는 팬티로 입기만 하면 행운이 찾아올 명품이라고 열변을 토하고 있었다. 어떤 사람이 과연 살까 궁금하여 물었더니, "살 사람이야 많지. 없어서 못 팔고 있는데, 사기만 하면 축복을 받을 테니 얼른 사가기나 해"라고 입담을 멈추지 않았다. 입던 속옷마저 자연스럽게 시장에 나오는 핀란드는 익살이 춤추는 나라인가, 낭만에 목마른 나라인가.

친구가 어느 좌판 앞에 멈춰서 이상하게 생긴 물건을 집어 들고 젊은 여주인과 흥정을 벌렸다. 그것은 몽고의 사냥용 활이었다. 친구는 나를 보며 "정말 멋진 활이지? 그런데 들고 다니는 게 문제 되겠어. 트렁크 안에 넣을 수도 없고. 꼭 사고 싶은데 말이야……." 그는 결국 여행 시작부터 짐 보따리를 들고 다닐 생각에 미치자 포기하고 말았다. 두 아내들이 티셔츠를 고르는 모습 사이로 흥정을 벌이는 유쾌한 표정의 사람들, 목청을 돋우며 손님을 끌어 모으거나 광대복장을 하고 춤추며 노래하는 노점 주인들의 모습이 즐거워 보였다. 시장 한 모퉁이에 있는 간이식당에서는 볶음밥과 생선요리, 맥주를 팔고 있었다.

헬싱키의 벼룩시장은 수오미인들의 소박함, 웃음과 삶의 향기가 그대로 묻어나는 생활현장이었다. 더욱 놀라운 것은 남녀노소를 막론하고 영어를 못하는 사람이 거의 없다는 사실이다. 영어는 핀란드의 국제경쟁력을 높이는 효과적인 수단이 되고 있다.

핀란드의 위대한 작곡가 장 시벨리우스를 기념하기 위해 만든 시벨리

시벨리우스 공원 안에 청동으로 만들어진 시벨리우스의 흉상.

우스 공원은 헬싱키 시내에서 조금 떨어진 바닷가에 자리 잡고 있다. 공원 한가운데 거대한 스테인리스 파이프로 만들어놓은 시벨리우스 기념비는 파이프오르간을 연상시키는 조형물인데 독특한 디자인이 매우 인상적이었고, 그 옆에는 청동으로 만든 시벨리우스의 흉상이 있었다.

시벨리우스의 음악은 맑고 푸른 핀란드의 숲과 호수로부터 영감을 받았고, 자연의 아름다움에 대한 끝없는 사랑을 노래했다. 그러면서도 그의 음악에는 늘 황량하고 우울하며, 민족적이라는 형용사가 따라다닌다. 그의 음악에는 인간과 자연에 대한 근원적인 성찰이 깔려 있는 듯하다. 교향시 '핀란디아'를 들을 때마다 나는 온몸에 전율이 흐르는 감동을 느끼곤 한다. 그리고 그때마다 안익태 선생이 작곡한 교향시 코리아 판타지를 떠올린다. 솔직히 고백하자면, 내게 시벨리우스와 핀란디아는 핀란드를 여행지로 선택하게 한 몇 가지 이유 중에 으뜸가는 것이다. 나의 동행자 친구도 내 마음을 헤아려 준 것 같다.

활짝 핀 철쭉, 라일락, 해당화가 아름다운 꽃밭 주위로 울창한 소나무

루터파 교회 건물인 헬싱키 대성당은 웅장함과 완벽한 균형미를 자랑하며, 연한 녹색의 돔과 상아빛 건물을 코린트양식의 기둥이 떠받치고 있다.

와 자작나무 숲에 둘러싸인 잔디공원은 일광욕을 즐기는 사람들로 가득했다. 남녀노소를 가릴 것 없이 대부분 벌거벗은 차림으로 눕거나 엎드려 볕을 쬐는 모습의 그들은 부끄러운 기색이 전혀 없었는데, 오히려 그들 곁을 지나가는 내가 더 부끄럽고 계면쩍었다. 핀란드인들의 햇볕 즐기기에는 자연에 대한 원초적인 사랑과 갈망이 숨어있는 것 같다. 그들에게 짧은 여름날의 햇볕은 신의 축복이며 선물일 것이다.

헬싱키 시가지 중심부에는 대성당이 있다. 루터파 교회 건물인 헬싱키 대성당은 오후의 햇빛과 코발트색 하늘 밑에서 웅장함과 완벽한 균형미를 뿜어내고 있었다. 코린트양식의 기둥이 떠받치고 있는 연한 녹색 돔과 상아빛의 성당 안으로 들어가니 황홀한 상들리에와 장중한 파이프오르간의 화음이 사람들을 맞고 있었다.

핀란드의 현직 대통령 타르야 할로넨(Tarja Kaarina Halonen) 여사는 6년 전 집권한 후부터 매년 1월 1일 대성당 앞 계단에서 헬싱키 시민과 전국에서 모여든 국민에게 새해의 행복과 사랑을 담은 메시지를 직접 낭독해 왔다고 한다. 눈으로 직접 본 적은 없지만 참으로 아름다운 광경이었을 것이다. 이런 일이 대한민국에서 벌어진다면 얼마나 기쁜 일일까.

성당 아래쪽 원로원 광장 가운데 있는 러시아 황제 알렉산더 2세의 동상 꼭대기에는 갈매기들이 날아와 배설을 즐기고 있었는데, 말라붙은 배설물 찌꺼기가 지존한 러시아 황제의 얼굴을 민망스럽게 만들고 있었다. 핀란드의 심장으로 불리는 광장 남쪽으로 걸어가자 부둣가에 접한 또 하나의 광장이 나타났다. 까우빠또리(kauppatori: '까우빠'는 시장, '또리'는 광장)라는 이름의 광장에는 생선, 고기, 과일, 야채를 파는 시장이 있고, 광장 옆 도로변에는 소박하고 단아한 모습의 대통령 궁이 자리 잡고 있었다. 궁 앞에는 경비병의 모습이 보이지 않았고 아무런 교통통제도 없었다. 그 건물이 정말 대통령이 집무하는 건물일까 하는 의문이 들었다.

대통령 궁 동쪽으로 200여m 떨어진 언덕 위에는 1868년에 건립한 러시아정교회의 우스펜스키 성당(Uspensky cathedral)이 웅장한 모습을 드러내고 있었다. 적색 벽돌로 지은 성당건물 꼭대기의 금박을 입힌 돔 지붕이 햇빛에 반사되어 헬싱키 하늘에 눈부신 빛을 뿌리고 있었다.

점심을 먹으러 간 곳은 수십 개가 넘는 노천식당이 있는 부둣가 까우빠또리였다. 여러 나라에서 온 사람들이 북적대는 광장에서 우리가 들른 곳은 해물볶음밥과 멸치튀김 전문식당으로 음식 값이 종류에 따라 5~10유로였다. 나는 청어절임을 곁들인 해물볶음밥을 먹었는데, 내게는 비위를 조금 상하게 하는 느끼한 맛이었다. 콜라를 주문해서 마셨더니 입맛이 훨씬 개운해졌다. 멸치튀김을 시킨 친구는 맛있게 먹었지만 그의 부인은 입에 맞지 않는지 조금밖에 먹지 못했다. 그렇더라도 핀란드 고유 음식을 체험했던 오늘의 점심 식사는 좋은 추억거리가 될 것이다.

헬싱키에서 25km 떨어진 꾸우시 야르비라는 곳에는 키 큰 소나무와 전나무로 이루어진 숲속 호숫가 주변을 따라 사우나 시설을 갖춘 수십 채의 통나무집들이 늘어서 있었다. 인구 520만 명 중 4분의 1에 육박하는 140만 개의 사우나가 있다는 핀란드를 사람들은 사우나 천국이라고 부른다. 핀란드에 온 기념으로 사우나를 하기로 했다. 사우나 실은 남녀가 함께 사용하는 것이지만, 우리는 남녀로 나누어 각각 다른 사우나 실로 들어갔다.

천장이 낮은 작은 방안에 만들어놓은 욕실에는 3단으로 만들어진 목재 걸상이 있어 입욕자가 앉거나 누울 수 있도록 해 놓았다. 욕실에 놓여 있는 자작나무 가지가 무엇에 쓰이는지 몰랐던 내게 친구는 나뭇가지를 단으로 묶어 피부를 문지르고 때리는 시범을 보이며 그렇게 하면 피부가 단련된다고 알려주었다. 그는 뜨겁게 달군 돌 위에 물을 자주 끼얹었는데 그때마다 생기는 수증기가 피부를 찌르는 듯한 자극이 되었다. 열과 증기로 뜨거워진 몸을 식히기 위해 사우나 실 바로 앞에 있는 호수 속으로 들어갔다. 초여름의 호수는 차가웠지만 온몸이 짜릿해지고 따끔따끔해지면서 시원한 쾌감이 솟는 것을 느꼈다. 말로만 듣던 핀란드 사우나는 생각했던 것보다 훨씬 상쾌했다.

오후 늦게 구경한 템펠리아우키오 교회(암석교회: Temppeliaukio Church)는 아주 인상적이었다. 헬싱키 한복판에 있으며, 자연 상태의 화강암을 이용해 만든 바위 속 교회였다. 반 지하 건물의 둥근 천정에는 길이가

20km나 되는 동선을 빙글빙글 감아 만들었다는 방음벽이 설치돼 있었다. 방음벽은 성가대와 연주자의 음악소리가 울리지 않도록 특별한 공학 기법으로 설계된 것이었다. 교회의 규모는 작지만 소박한 아름다움에 끌려 세계 각국의 기독교인과 관광객들이 찾아오고 일년 내내 청춘남녀의 결혼식이 치러진다고 한다. 예배석에 앉아 기도하는 사람들이 있는가 하면, 국내외 관광객들, 연인으로 보이는 젊은 남녀들이 자유롭게 돌아다니며 구경하고 있었다. 스피커를 통해 바흐의 G선상의 아리아와 비발디의 사계가 은은히 울리고 있었다. 핀란드 교회는 생활 속에 자리잡아 조용한 시민의 벗이 되고 있는 것처럼 보인다.

코리아하우스에서 저녁을 먹은 후 호텔로 돌아온 시간은 밤 10시 40분이 넘은 시각이었지만 그때야 비로소 조금씩 해가 저물어가고 있었다. 저무는 해가 마치 새벽에 떠오르는 해와 똑같다는 착각을 불러 일으켰다. 하늘에는 구름 한 점도 없다. 어찌된 일인지 북유럽의 백야는 가슴을 설레게 만든다.

헬싱키 거리에 관한 인상은 특별히 기록해 둘 만한 가치가 있다. 거리는 깨끗하며 건물의 돌출간판은 어느 곳에서도 보이지 않는다. 거리에는 자동차의 소통도 많지 않고 차량소음도 그리 크지 않다. 궤도를 달리는 전차는 고전적인 모습을 하고 있고 전차궤도 위로 자동차도 함께 달린다. 차도, 인도, 광장이 모두 화강암을 쪼개 만든 보도블록으로 덮여있다. 대로변에는 우아한 바로크양식과 빅토리아풍의 고풍스런 빌딩들이 가지런히 줄지어 있다. 도시 전체가 균형, 안정, 평화의 앙상블 속에서 절제된 아름다움을 풍기며, 마치 누군가를 기다리는 듯한 느낌을 주는 헬싱키는 조용하고 여유로운 삶의 모습이 깃들어 있다. 옛 소련 지배 하에서는 향유할 수 없었던 문화와 품격 있는 삶의 기운이 느껴지는, 아름다운 조화와 균형의 도시 헬싱키는 핀란드 국민의 투혼 어린 독창적인 작품이며 신의 축복어린 선물이다. 헬싱키의 거리는 바라보는 사람에게 따듯한 행복감을 안겨줄 만큼 평화롭고 우아하며 청결하다. 인류가 세계 문화 유산으로 보호하기에 충분한 가치가 있는 도시인 것 같다.

■ 6월 19일(월) [탈린] / 맑음

아침 8시에 에스토니아(Estonia)의 수도 탈린(Tallinn)으로 가는 페리선 수퍼 시캣(Super Seacat) 호를 탔다. 아침의 발틱 해는 호수처럼 고요하고 잔잔했다. 에메랄드빛 하늘에 새털구름이 잔잔히 흐르고, 멀리 스웨덴 쪽 수평선과 맞닿은 곳에서 분홍색의 엷은 운무가 아침 햇살을 받아 빛났다.

스칸디나비아의 내해 발틱 해는 바이킹의 바다였다. 고요함이 깃든 평화의 바다가 아니라 전쟁과 정복, 약탈과 폭력이 춤추는 야만의 바다였으며 삶과 죽음을 다투는 험난한 공간이었다. 고대에서 중세로, 중세에서 근대에 이르기까지 발틱 해는 공포의 주인공 바이킹이 지배하는 거친 싸움터였다. 러시아의 계몽군주 표트르 대제는 부동항을 건설하여 유럽 국가를 지향하는 대망의 항로를 열었는데, 그 출발지는 지구상에서 가장 아름답다는 음악과 미술의 도시, 황금빛 궁전의 도시 페테르부르크였다. 그렇게 해서 러시아의 세계 진출 야망이 담긴 발틱 해는 지금 유럽 해상 실크로드의 기점이 되어 이 지역의 상품과 문화가 대서양과 태평양을 건너고 있다. 발틱 해를 통해 핀란드의 노키아 휴대폰, 스웨덴의 볼보 자동차, 러시아의 수호이 전투기가 세계로 팔려 나간다. 발틱 해는 고요한 아침 바다의 비단결 같은 평화로움 속에서 지금 21세기의 새로운 해상 실크로드를 열어가고 있다.

중세의 전통을 고스란히 간직한 탈린 항은
1991년 소련의 해체와 더불어
새로운 국가로 다시 태어난 에스토니아의 수도이다.
시가지 전체에 중세의 고색창연함과 따뜻한 정감이 넘친다.

우리는 한 시간 뒤에 에스토니아의 수도 탈린 항에 도착했다. 유럽역사책에서 읽었던 생소한 나라 에스토니아는 1991년 소련의 해체와 더불어 새로운 국가로 다시 태어났다. 중세의 전통을 고스란히 간직한 이 작은 나라는 발틱 해로 열린 해상 실크로드의 물살을 타고 자립의 기지개를 켜고 있는 신생국이다. 베일에 가려졌던 은둔의 나라, 오랜 중세 도시 탈린 항 앞바다에는 밝은 아침 햇살이 눈부시게 퍼지고 있었다.

탈린 시내가 내려다보이는 언덕에는 '노래의 동산'으로 불리는 라울루벨야끄라는 곳이 있다. 1869년 에스토니아인들이 민족자각운동의 일환으로 시작한 5년 주기의 민속노래축제는 늘 이곳에서 열렸다. 20세기에 이르러 진정한 주인공이 된 작곡가 겸 합창단 지휘자인 구스타프 에르네삭스는 구소련 지배 시절 소련군 탱크의 엄중한 감시 속에서도 이곳 노래의 동산에서 15,000명의 합창단을 지휘했다. 합창단의 우렁찬 노래 소리는 거대한 메아리가 되어 발틱 해를 넘어 헬싱키까지 울려 퍼졌다.

그 후 에르네삭스는 에스토니아 국민들로부터 음악의 아버지라는 칭호를 얻게 되었고, 그가 작곡한 '나의 조국, 나의 축복 그리고 기쁨'(Mu Isama, mu Onn ju Room)은 오늘날 에스토니아의 국가가 되었다. 라울루벨야끄 동산은 지금도 에스토니아 국민들에게 애국심과 감동을 일깨워주는 자유의 동산이다.

우리는 탈린 시내에 있는 800년 전의 중세 성곽을 돌아봤다. 루터교회, 그리스정교회의 성당, 스물여섯 곳에 세워놓은 감시탑, 건물과 건물 사이를 연결한 도로에 촘촘히 깔아놓은 화강암 보도블록, 교묘하게 위장되어 성곽 안팎으로 연결된 출입문과 계단들, 화강암과 석회암이 만들어내는 중세도시의 옛스러운 아름다움은 정갈한 느낌을 주었다. 작지만 아담한 도시 탈린의 시가지 골목과 관광명소의 입구, 크고 작은 광장마다 빨간색 민속의상을 차려입은 소녀들이 관광안내를 하거나 기념엽서를

중세의 흔적을 물씬 풍기는 탈린의 뒷골목은
에스토니아의 옛 시절에 대한
호기심과 향수를 자극한다.

팔고 있었다. 금발의 소녀 안내원들은 매우 친절했으며 모두 유창한 영어를 구사하고 있었다. 길을 물으면 조금도 머뭇거림 없이 쾌활한 표정으로 알려 주었다.

은둔의 나라 에스토니아가 언제부터 이처럼 개방적이고 활력에 찬 나라가 되었을까. 언제부터 이 나라가 세계를 향해 문을 열고 미소를 띠우기 시작했을까. 볼수록 신기하고 호기심을 자극하는 나라다.

탈린 시내 중심의 광장에 있는 노천식당에서 점심을 먹었다. 빨간색과 검은색이 잘 어울리는 체크무늬의 중세풍 의상을 입은 종업원들이 주문을 받고 음식을 날라다 주었다. 우리가 주문한 중세식의 호밀빵과 보리빵, 야채샐러드, 양배추 스프 가운데 가장 맛있는 것은 쇠고기를 넣어 끓인 상큼한 양배추 스프였다. 에스토니아 전통생맥주의 풍미도 혀끝을 시원하게 자극했다. 친구와 나는 연거푸 1000cc짜리 두 잔을 비웠다. 그 짜릿하고 상쾌한 맛의 정결함이란…….

점심 식사 후 탈린 시 교외에 있는 민속촌을 구경했다. 러시아와 동구권 국가의 농촌을 연상하게 하는 고대와 중세의 움집과 통나무집은 옛 에스토니아 인들의 고단한 삶을 말해 주는 세월의 흔적들이었다. 침실, 부엌, 주방, 화장실, 창고, 곡물저장소가 한군데 모여 있는 통합형 주택은 보온과 방습에 필요한 설비를 갖추고 있었는데, 고대의 집일수록 지붕이 낮았다. 민속촌에 지어놓은 여러 채의 전시용 주택에서는 나이든 아주머니와 할머니들이 안내원 겸 관리인 역할을 하면서 뜨개질을 하거나 기념품을 팔고 있었다. 이곳 민속촌은 우리나라 용인에 있는 민속촌과 비슷하지만 한 가지 눈에 띄게 다른 점은 키가 30m 가까이 자란 울창한 소나무 숲속에 자리 잡고 있다는 것이다.

우리가 투숙한 탈린크 호텔은 놀랄 만큼 훌륭한 시설을 갖추고 있었다. 소련 점령 시절 백화점이었던 건물을 개조한 객실 350개의 이 호텔은 탈린 시내 중심가에 자리 잡고 있고 전망도 뛰어났다. 통유리가 달린 객실 창밖으로 중세 성과 교회의 첨탑들이 그림처럼 보였다. 바닥의 카펫, 침대, 시트, 베개는 고급스러운 객실 내부와 어울리는 현대적 감각의 디자인이었다. 안방 크기만 한 화장실에는 두 개의 변기가 있었는데, 변기 하나의 용도는 알 수 없었지만, 일반 객실의 수준과 청결함은 정말 놀라울 정도였다.

에스토니아의 경제개발 수준은 한국보다 훨씬 낮고, 1인당 국민소득도 유럽연합국가 평균의 절반 밖에 안 되는데도 수준 높은 호텔시설을 갖추고 있는 이유가 무엇일까? 아마도 오늘 탈린 시내 곳곳에서 목격한 수많은 외국관광객들이 그 해답이 될 것이다. 인구 135만 명의 에스토니아가 생존할 수 있는 길은 바야흐로 세계를 향해 문을 열기 시작한 공격적인 기업유치 정책이며, 앞으로도 그것이 최우선이 될 것이다.

■ 6월 20일(화) [헬싱키] / 맑음

오전 10시 20분 어제 타고 왔던 페리선 수퍼 스타캣 호를 다시 타고 탈린 항을 떠났다. 아내와 함께 선상 난간에 서서 멀어지는 탈린 시를 바라보며 이 작은 나라에게 마음속으로 작별의 인사를 했다. 수줍은 처녀 같은 에스토니아여, '나의 조국, 나의 축복 그리고 기쁨'을 소리높이 불러라. 베일을 벗은 발틱의 은자가 축복 속에 날개를 펼 때 우리가 다시 이곳을 찾아오리라….

페리선은 12시에 헬싱키 부두에 도착했다. 선착장을 빠져나오자마자 우리는 예정했던 대로 우스펜스키 성당으로 갔다. '잠들게 하소서'라는 뜻의 우스펜스키 성당은 1868년에 세워진 러시아 정교회의 성당인데, 지

'잠들게 하소서' 란 뜻의 우스펜스키 성당. 붉은색 벽돌로 지은 당당한 겉모습 못지않게 성당 내부 장식 또한 장엄하고 화려하다.

금은 핀란드뿐만 아니라 국제적으로 이름이 알려진 헬싱키의 명소가 되었다. 붉은색 벽돌로 지은 당당한 겉모습 못지않게 성당 내부 장식은 장엄하고 화려했다. 네 개의 거대한 대리석 기둥이 떠받치는 천장의 돔 아래로 창문을 통해 쏟아져 들어오는 햇빛이 자연의 조명장치를 이루고 있었다. 그 아래에 러시아 문자로 쓴 글귀가 있었다.

'일한 자 내게로 오라. 내가 너를 쉬게 하리니. 내 안에 은총이 있으리라.'

두 아내들이 어느새 의자에 앉아 기도를 하고 있을 때, 나는 기도가 아닌 어떤 생각에 사로잡혀 있었다. 그것은 지난 세월 내 자신에 대한 짧은 상념이었다.

살아오는 동안 나는 휴식이 필요할 만큼 일을 했던가. 신의 은총을 받을 만큼 사심 없이 사람들을 위해 헌신했던가. 나는 공직자로서 떳떳하고 아름다운 땀을 흘렸던 것일까. 지금 이 성당 안을 내려다보고 계실 하느님 앞에 맹세컨대-비록 기독교 신자는 아니지만-한 번도 부정과 타협해본 적이 없음을 늘 명예롭게 여겨왔지. 그러나 그것만으로 공직자로서 할 일을 다 했다고 자위할 수 있을까. 가난한 사람의 눈에 눈물을 고이게 하고 그렇게 해서 오히려 공공의 적이 된 적은 없었을까. 저 천장에서 쏟아지는 하느님의 빛 아래서 무슨 변명과 거짓을 꾸며댈 수 있을까. 그리고 이제 와서 지난날을 후회한다고 해서 달라질 것은 또 무엇인가…. 나는 성당에서 그런 바보 같은 생각에 젖어 들었다.

오후의 해가 아직 서쪽 하늘에 높이 떠 있을 때, 1952년 하계올림픽이 열렸던 올림픽스타디움을 찾았다. 메인스타디움은 1938년에 지어진 그대로의 모습을 유지하고 있는데, 스탠드의 좌석은 나무로 만들어졌고 등받이까지 갖추고 있었다.

우리나라가 6·25 전쟁을 겪고 있었던 1952년, 전쟁의 상처를 무릅쓰고 출전한 김성집 선수는 역도경기에서 동메달을 따고 시상대에서 눈물을 쏟았다. 핀란드 국민은 전쟁을 겪고 있는 아시아의 가난한 나라에서 온 김 선수에게 기립 박수를 보내며 그를 격려했다. 당시 한국의 1인당 국민소득은 60달러 수준에 불과했고, 생활수준은 아프리카 국가들보다 나을 것이 없었다. 그렇게 가난했던 나라, 전쟁으로 황폐한 조국의 품에 김 선수가 안겨준 헬싱키의 동메달은 너무도 슬프지만 빛나는 눈물의 메달이었다. 나는 메인스타디움 스탠드에 앉아 형언하기 어려운 감회를 느끼며 56년 전의 6·25전쟁을 회상했다. 다섯 살의 아이가 어느새 환갑이 된 것일까. 시간을 늘리거나 줄일 수 있다면 인생은 달라질 수 있을까. 살아온 시간보다 살아갈 시간이 짧아진 여생을 생각하면 그저 아내가 옆에 있다는 사실이 기쁘고 행복하다. 아내와 함께 하는 세계 일주 여행이 이번이 처음이자 마지막일지라도 아내가 즐거워하는 것만으로도 여행은 잃어버린 시간, 놓쳐버린 세월을 넉넉히 메워줄 것이다.

　우리는 핀란드에서의 마지막 저녁 식사를 어느 스테이크하우스에서 했다. 핀란드의 명물이라는 순록의 안심살을 구워 버섯을 곁들이고 소스를 부어먹는 요리인데, 1인당 가격이 22유로였다. 맛은 쇠고기와 조금 달랐고 노린내 같은 역겨운 냄새는 없었으며 육질은 부드러웠다. 생맥주와 함께 먹는 헬싱키의 순록스테이크는 오래도록 잊지 못할 북국의 기억으로 남을 것이다.

노르웨이, 덴마크

“ 입센의 희극 인형의 집과 주인공 노라. 작곡가 그리그와 그가 작곡한 영혼의 멜로디 솔베이지의 노래. 무라카미 하루키의 소설 노르웨이의 숲. 그리고 바이킹. 이들은 노르웨이를 상징하는 고유명사들이지만 이들만이 노르웨이를 설명하는 키워드는 아니다. 노르웨이에는 몇 마디 말로써 표현하기 어려운 웅장하고 맑은 대자연이 살아 있다.

환상 교향곡이 들려올 것만 같은 협곡, 산 위에서 내리쏟아지는 경이로운 폭포수, 가슴을 시원하게 적셔주는 울창한 숲과 푸른 초지, 친절하고 수줍음 타는 시골 사람들…… 피오르드의 작은 마을에서, 바닷가의 아름다운 항구도시에서 우리 부부는 함께 여행을 한다는 사실에 새삼 감사하는 마음을 가지게 되었고, 때묻지 않은 자연을 순례하는 여행객으로서 따뜻한 행복감에 젖었다.

코펜하겐의 중심가인 니하운 거리에 나서면 덴마크 사람들의 삶이 엿보인다. 니하운 거리 한복판으로 끌어들인 운하 양쪽 거리에는 대중적인 노천카페가 즐비하다. 우리는 카페에 앉아 차를 마시면서 오가는 행인들을 바라보며 거리악사들의 연주를 들었다.

코펜하겐 시민의 분주한 걸음걸이 속에서 발견한 것은 자신감에 넘치는 여유와 미소였다. 그들의 얼굴에는 살벌함이 없다. 거의 일 년 내내 우중충한 날씨 속에서도 안데르센 동화의 따뜻한 정감을 잃지 않는 덴마크 인들은 푸른 하늘과 같은 미래의 꿈을 간직하고 있는 것 같다. 바이킹의 후예가 세운 나라 덴마크는 앞으로도 아름다운 강소국으로 남을 것이 분명하다. 덴마크에서 여행용 배낭에 담아가야 할 것은 희망이라는 키워드일 것이다. ”

■ 6월 21일(수) [오슬로] / 흐리고 비

우리는 핀란드의 푸른 하늘이 안겨준 화창한 날씨의 축복 속에 세 번째 여행지 노르웨이로 향했다. 그리그가 작곡한 솔베이지의 노래에 담긴 애절한 그리움과 향수, 그 음악 속에 각인된 노르웨이는 어떤 모습일까.

스칸디나비아항공 KF506편으로 오슬로공항에 도착한 시각은 오후 1시 15분. 헬싱키에서 오슬로까지의 운항시간은 정확하게 1시간 10분이었다. 공항에서 오슬로 시내로 들어가는 도중 소나기가 쏟아지기 시작했다. 핀란드의 청명했던 날씨가 갑자기 그리워졌다. 왕궁 근처에 있는 스칸딕 호텔에 도착하여 여장을 풀기가 바쁘게 자동차를 타고 오슬로 시내로 나갔다.

서기 1000년 바이킹이 세운 후 격변과 비운을 겪어온 도시 오슬로는 2000년에 시 창건 1000주년 행사를 성대하게 치렀다고 한다. 오슬로는 1624년 대화재가 발생한 것을 계기로 도시이름을 크리스티아나로 바꿨지만, 1686년에 다시 시가지의 3분의 1이 불타는 재난을 겪었다. 1811년에는 오슬로대학이 설립되었고 1814년에는 덴마크와의 동맹이 깨지면서 노르웨이는 헌법을 만들고 스웨덴과 새 동맹을 맺었다. 우리가 묵을 스칸딕 호텔 근처에 왕궁이 세워진 것은 1848년이었다. 1905년에 독립국가가 되어 하콘(Haakon) 7세가 왕위에 오르고, 1925년에 시는 옛 이름 오슬로를 되찾았다. 1952년 제6회 동계올림픽을 개최한 노르웨이는 2005년 독립 100주년 기념행사를 치렀다.

오슬로 시의 주요 건물들은 대부분 1870년대에 지은 것들인데, 주로 화강암과 벽돌을 사용해서 만든 빅토리아양식의 우아한 건물들이다. 시가지 전체에 숲이 울창한 공원이 조성돼 있고, 그 사이로 뻗은 간선도로에는 작은 사각형 화강암이 촘촘히 박혀 있었다. 도로 한복판으로는 전차와 대형 트롤리버스가 달리고 있었다.

북해 유전개발로 부유한 나라가 된 노르웨이의 기름 값은 비쌌다. 오슬로 외곽에 있는 어느 주유소 가격표지판에는 휘발유 1리터당 11.99크로네(원화 1,800원)로 표시돼 있었다. 서울의 1,500원 수준에 비해 훨씬 높은데, 거기에는 그럴만한 그 이유가 있었다. 노르웨이 정부는 차세대를 위해 의도적으로 고유가정책을 유지하고 있기 때문이다. 석유기금을 만들어 후대를 위한 다방면의 투자에 노력하고 있는 노르웨이 정부는 한국의 주식시장에도 상당액을 투자하고 있다고 한다. 철저하게 합리적이고 구두쇠 같은 바이킹의 후손들이지만, 현재를 사는 사람들에게 내핍과 절약을 요구하고 미래세대에게 그 혜택을 돌려주겠다는 노르웨이 정부의 정책은 시민의 감성을 자극하는 인기영합 정책이 아니라 미래를 생각하는 역사의식에 바탕을 둔 정책임이 분명하다.

오슬로의 자동차 값이 한국의 두 배가 넘는 것은 그런 까닭에 자연스러운 일이라고 해야 할 것이다. 배기량 2000cc의 한국산 소나타의 현지 소비자가격은 4,500만원이 넘는다. 수입가격에 200퍼센트의 관세가 붙고, 여기에 환경세와 특별소비세가 추가되기 때문이다. 여행 가이드의 설명에 따르면, 노르웨이 사람들은 그럼에도 불구하고 자동차를 사는 데 주저하지 않는다고 한다. 그러나 일단 자동차를 산 뒤에는 수전노처럼 기름 값을 아끼는데, 1인당 국민소득 43,000달러가 넘는 나라 노르웨이 국민들이 살아가는 방식에는 그들 나름의 철학과 지혜가 숨어있는 것 같다.

오슬로 시내에서 10km 떨어진 호멘콜렌 산에는 오슬로의 명물 스키 점프대가 세워져 있다. 산 위에서는 오슬로 시내가 한눈에 내려다 보였다. 시가지 숲 사이에 펼쳐진 나지막한 평지와 언덕 위에는 빨간 지붕을 한 주택과 아파트들이 단지를 이루고 있었다. 리아스식 해안에 만들어진 항구가 바다를 껴안고 있었다. 산 위에는 곧게 뻗은 자작나무와 소나무가 울창한 숲을 이루고, 길가에는 검정색 통나무집 지붕마다 풀밭이 덮여 있었다. 지붕 위의 풀밭은 지붕의 습기를 흡수함으로써 가옥을 보호하기 위한 수단이라고 한다.

산 정상 부근의 도로변에는 노르웨이의 2대 국왕 올라브(Olav) 5세가 스키를 타는 모습의 동상이 서 있었다. 우리는 그 앞에서 사진을 찍었다. 노르웨이 국민의 존경과 사랑을 한 몸에 받았던 왕의 동상을 바라보며 한국의 역대 대통령들을 생각했다. 한국 현대사에 국민의 사랑과 존경을 받은 대통령, 국민에게 자부심을 불러일으킨 대통령이 몇 사람이나 될까. 노르웨이에 여행을 와서 이런 생각을 하는 까닭은 내가 노르웨이 사람이 아니기 때문일 것이다. 하지만 존경할 만한 사람을 존경하는데 국경이나 민족주의 따위가 무슨 의미를 지닐까.

■ 6월 22일(목) [톰보스] / 흐림

오슬로 시내에 있는 비겔란 조각공원은 구스타프 비겔란(Gustav Vigeland)이라는 탁월하고 영감에 가득 찬 한 천재 조각가의 꿈과 삶이 녹아있는 창작예술의 요람이다. 그곳은 이미 노르웨이의 세계적인 명소가 되어 있다. 자기 자신을 모델로 삼아 작가가 세상에 던지는 작품의 메시지는 생로병사를 겪는 인간의 기쁨과 슬픔이다. 브론즈로 만든 수십 개의 조각들은 고민하는 인간의 다양한 표정과 동작을 표현하는 것들이다. 공원 중심부에 있는 화강암으로 만든 거대한 화합의 탑은 아흔두 명의 사람들이 서로 엉겨 극적인 조화를 이루는 모습을 표현하고 있었다.

비겔란은 이 화합의 탑을 완성하기 위해 8년간 조각공원 현장에서 숙식을 하며 작업을 벌였다. 오슬로 시는 그의 창작활동을 위해 시유지를 공원부지로 제공하고 재정지원을 아끼지 않았다. 그 결과 조각공원은 오슬로 시의 명소를 넘어 세계인들이 찾는 노르웨이의 필수 관광코스가 되기에 이르렀다. 오슬로 시의 공무원들은 선견지명이 있고 용기 있는 문화 투자가들이었다. 투자의 효과는 오래전부터 나타났고 본전을 뽑고도 남은 지 수십 년의 세월이 흘렀다.

넓은 공원에는 잔디밭과 장미화단이 조성돼 있고, 공원 입구에서 화합의 탑으로 가는 길에는 너도밤나무 숲이 무성했다. 상식을 뛰어넘는 역동적인 예술성과 철학은 아름다운 조각으로 형상화되고, 조각은 주변의 조경과 어울려 현대와 고전이 어우러지는 격조 높은 풍광을 만들어 놓았다. 바이킹의 나라에 이런 문화적 명소가 있었다는 것은 놀라운 일이다. 반갑게도 한국 단체관광객들의 모습이 잠깐 보였지만, 그들은 곧 어디론가 사라져버렸다.

우리는 바이킹 배 박물관을 구경한 후 오슬로 시청을 찾았다. 1950년에 완공된 시청사 본관의 강당은 1990년부터 매년 노벨평화상 시상 장소로 이용되고 있다. 강당 벽면에는 노르웨이 화가들이 강렬한 색조와 특이한 기법으로 그려놓은 노동자들의 모습, 문화 예술인들의 활동상, 평화를 위해 봉사하는 인간의 모습이 그려져 있었다.

부자 나라의 선심인지 예술에 대한 관심의 표시인지는 알 수 없지만, 오슬로 국립미술관은 놀랍게도 무료입장이었다. 전시실마다 노르웨이 작가들의 수준 높은 작품들이 수두룩하게 걸려 있었다. 그 가운데서 특히 놀라움과 반가움을 안겨준 그림은 노르웨이 출신의 화가 에드바르트 뭉크의 작품 '절규'의 진본이었다. 미술책과 화집에서 본 명작이 바로 그곳에 걸려 있었다. 공포에 질려 비명을 지르는 인간의 놀란 얼굴은 보는 이의 가슴을 섬뜩하게 하는 데가 있다. 우리는 그 자리에 한참동안 서서 뭉크의 절규를 뚫어지게 바라봤다.

친구가 나를 보며 말했다. "이게 잘 그린 그림인지 모르겠다. 네가 그린 그림이 더 낫다." 뭉크가 그 소리를 들었다면 관 속에서 벌떡 일어나 절규했을 법한 말투로 그는 그렇게 너스레를 떨었다.

오슬로를 떠나 네 시간 만에 릴레함메르에 도착했다. 호숫가에 자리 잡은 인구 2만 명의 이 작은 마을은 숲과 전원주택이 조화를 이루며 신비로운 분위기마저 풍기는 곳이었다. 1998년 동계올림픽을 역대 어느 대회보다도 성공적으로 개최한 장소답게 마을의 시설과 환경은 깨끗하고 아름답게 가꾸어져 있었다.

릴레함메르에서 오늘의 행선지 톰보스로 가는 길은 흔해빠진 속세의 길이 아니었다. 그것은 자연이 빚어낸 환상 교향곡의 길이었다. 강변을 끼고 북쪽으로 달리는 양안의 암벽 위로 웅장한 산이 이어지고 산허리에는 짙고 푸른 침엽수림이 무성했다. 산중턱 곳곳에 그림 같은 농촌가옥들이 보이고 가옥 주변에는 융단 같은 호밀밭이 펼쳐져 있었다. 차창 밖으로 쉴 새 없이 나타났다 사라지는 산천의 풍경에 매료되어 우리 일행은 줄곧 침묵을 지키고 있었다. 톰보스가 가까워지면서 도로변의 아기자기한 집들이 웅장한 산수를 배경으로 만들어내는 자연의 풍경화는 마음을 편안하고 즐겁게 만들어 주었다. 보라색과 하얀색의 라일락, 함박꽃, 해당화, 수선화가 집 앞뜰마다 피어 있고 창가와 베란다에도 예쁜 화분들이 놓여 있었다. 문득 이 지역에 유난히 하얀색 꽃이 많은 이유가 궁금해졌다. 길가에 끊임없이 이어지는 흰꽃의 무리들이 알 수 없는 신비감을 불러일으켰다.

한참을 달려가고 있을 때 어느 순간 페르귄트(Peer Gynt)라고 쓴 마을 간판이 눈에 들어왔다. 그리고 그 순간, 페르귄트 조곡과 솔베이지의 노래, 작곡가 그리그야말로 잊을 수 없는 내 인생의 아명(雅名)들이었음을 기억

속에서 끄집어냈다. 슬프도록 아름다운 솔베이지의 노래는 고등학교 시절부터 내 가슴에 그리움과 향수를 심어준 어머니 같은 노래였다. 우리는 이 노래의 전설이 담긴 마을 페르귄트를 조금 전에 지나왔던 것이다. 꿈속에서도 잊을 수 없었던 그 페르귄트를……

저녁 8시에 톰보스에 도착하여 노를란디아 도브레프옐 호텔에 여장을 풀었다. 한적한 시골의 산장 같은 호텔은 규모는 작지만 아담했다. 호텔 뒤 숲 쪽으로 산책로가 나 있었는데 냇가의 물소리가 객실 창가로 들려왔다. 늦은 저녁을 먹고 쉬면서 객실 창밖을 바라보고 있을 즈음 시계가 밤 12시를 가리키고 있는데도 하늘은 여전히 훤하기만 했다. 북국의 6월에는 하얀 밤이 한창 진행 중이다.

■ 6월 23일(금) [게이랑게르] / 흐림

호텔 식당에서 아침을 먹고 나올 때 식당 입구에 놓인 낡은 피아노 앞에 앉아 무심코 노르웨이 국가를 연주했다. 노르웨이 국가는 우리나라 초등학교 동요와 비슷한 멜로디를 지닌 노래다. 지나가던 남자 종업원이 멈춰 곡이 끝날 때까지 지켜보다가 엄지손가락을 치켜세웠다.

오늘은 톰보스에서 서쪽으로 150km 떨어진 게이랑게르로 가는 날이다. 톰보스를 떠나 자동차가 해발 400m 협곡을 지나갈 때, 협곡의 양쪽 산꼭대기로부터 폭포수들이 암벽을 타고 여기저기서 흘러내리고 있었다. 머리 위로 골리앗과 헤라클레스 같은 거인 형상을 한 봉우리들이 스쳐갔다. 일행이 잠시 휴게소에 멈췄을 때 흐렸던 하늘에 구름이 걷히고 해가 비쳤다. 햇빛에 반사된 거대한 봉우리와 암벽이 거무스레한 보라색으로 빛나면서, 희미했던 산맥의 스카이라인이 하늘과 맞닿은 곳에서 또

럿해지기 시작했다.

노르웨이의 장대한 자연이 천천히 경이로운 모습을 드러내기 시작했다. 다시 자동차는 15번 도로인 골든 루트를 따라 '요정의 길'을 향해 달렸다. 길가의 풀밭에는 노란 야생화가 환하게 피어 있었다. 머리 위에서는 여전히 골리앗과 헤라클레스들이 우리가 탄 자동차와 함께 달리고 있었다. 어느 지점에선가 차가 언덕을 오르기 시작했으며, 길 아래 계곡에서는 옥빛 냇물이 철철 흘러내리고 있었다.

잠시 후 차는 지그재그형의 좁은 도로를 따라 깎아지른 듯한 낭떠러지 위를 조심스럽게 오르기 시작했는데, 어찌나 아찔한지 차마 눈을 뜨고 아래쪽을 내려다 볼 수가 없었다. 우리는 고개 정상에 올라 잠시 동안 차를 멈추고 사방을 둘러봤다. 산 정상에서 흘러내린 물줄기가 바로 눈앞에서 폭포가 되어 아득한 절벽 밑으로 떨어지는 모습에 넋을 잃을 지경이었다. 그때 갑자기 산허리에서 짙은 안개가 몰려와 사방이 희미해졌는데, 마치 전설에 등장하는 노르웨이 요정들이 짓궂은 장난을 치는 것 같은 느낌이 들었다.

고갯마루를 넘어서자 고원이 펼쳐졌고 그 가운데 작은 호수가 있었다. 경사로를 따라 산의 반대쪽으로 내려가는 길 양쪽에는 만년설을 뒤집어 쓴 뾰족한 봉우리들이 솟아 있었고 산등성이에서는 양떼가 풀을 뜯고 있었다. 우리가 탄 자동차 앞에는 빨간색의 한국산 자동차 소렌토가 달리고 있었다. 계곡 주변에는 군데군데 오토캠프촌이 자리 잡고 있는데, 가족으로 여겨지는 사람들의 모습이 자주 눈에 띄었다. 노르웨이는 지금 방학과 휴가의 계절이다.

도중에 샌드위치와 구운 감자로 점심을 때우고 난 뒤 우리는 가까운 선착장으로 가서 목적지로 향하는 페리선에 올라탔다. 페리선으로 피오르드를 건넌 다음 한참동안 커다란 산을 구불구불 넘어 또 하나의 작은

게이랑게르 협곡에 펼쳐진 피오르드는 하늘과 산과 바다가 빚어낸 감동의 파노라마다.

피오르드 마을에 도착했다.

오늘 저녁 우리들이 묵을 게이랑게르 호텔은 피요르드를 굽어보는 언덕에 자리 잡고 있었다. 호텔은 유럽 여러 나라에서 여행을 온 노인들로 붐볐다. 로비에 앉아 있을 때 입술을 빨갛게 칠한 백발의 할머니 한 분이 다가와 어디서 왔냐고 물었다. 나는 허리를 굽혀 인사를 하고 한국에서 왔노라고 대답했다. 유창한 영어를 구사하기에 미국인으로 알았던 할머니는 노르웨이 분이었다. 호텔 뷔페의 저녁 식사는 메뉴가 다양하고 먹음직했다. 세계적인 수산국답게 이름조차 알 수 없는 다양한 해산물 요리가 가득 준비돼 있었다. 그 중 훈제연어의 싱싱하고 부드러운 맛은 그 여운이 오랫동안 혀 속에 남았다.

저녁 식사 후 피오르드 주변의 길을 따라 산책을 하는데, 해발 1000m의 산에 둘러싸인 호수 같은 바닷물의 색깔은 완전한 에메랄드빛이었다. 물결은 잔잔했다. 산책로의 반대편에 도착했을 때, 일행이 투숙한 호텔과 주변 건물들의 그림 같은 풍경이 한눈에 들어왔다. 산책을 하다말고 친구는 길가에서 이상하게 생긴 풀을 살피고 냄새를 맡으며 식물을 관찰했다. 나무와 식물에 대한 그의 관심과 호기심은 특별한 데가 있다. 산책로 주변에서 오리나무, 해당화, 질경이, 쑥, 참나물을 발견했는데, 그것들은 우리나라에서도 흔히 보던 것들이어서 반가운 생각마저 들었다. 특히 질경이는 우리가 여행했던 인도, 핀란드, 에스토니아에서도 보았던 식물로 그 분포와 강인한 생명력을 다시 한 번 확인할 수 있었다.

하지가 하루 지난 오늘 저녁에도 저녁 같은 느낌이 들지 않는다. 밤 10시가 넘었는데도 하늘은 여전히 밝고 새들의 울음소리는 그치질 않는다.

■ 6월 24일(토) [라에르달] / 맑음

게이랑게르에서 헬레실트, 브릭스달을 거쳐 라에르달로 가는 날. 아침 9시 30분, 자동차를 탄 채 피오르드 관광페리선에 올랐는데, 페리선은 자동차 70여 대를 실을 수 있을 만큼 큰 것이었다. 선상 스피커에서 그리그의 페르귄트 조곡이 은은히 울려 퍼졌다.

페리선은 협곡 사이를 흐르는 에메랄드빛 물결을 가르며 천천히 나아갔다. 갈매기 떼가 배 주변을 날면서 승객이 던져주는 먹이를 받아먹느라 아우성을 쳤다. 바로 그때 협류의 양쪽 바위산 위에서 크고 작은 폭포수들이 떨어지는 장관이 펼쳐지기 시작했다.

무명 실타래를 늘어뜨린 모습의 굵은 폭포, 명주 실오라기 같은 모습의 가는 폭포, 그 오른쪽에는 높이 250m의 일곱 자매 폭포가 일곱 가닥의 물줄기를 내리쏟고 있었고, 왼쪽에는 일곱 자매에게 청혼을 했다는 전설 속의 구혼자 폭포가 두 갈래가 되어 흘러내리고 있었다. 100여 미

터 높이의 암벽 위 경사지에는 세금을 피해 달아난 도망자가 숨어살았다
는 전설을 간직한 농가 두 채의 외로운 모습도 보였다. 바람결은 쌀쌀했
지만 피오르드 물빛의 신비로움과 협곡의 장엄한 경치에 압도된 승객들
은 저마다 경탄과 감동의 시선을 감추지 못했다.

　헬레실트라는 작은 마을에서 하선한 우리는 브릭스달의 빙하를 구경
한 후 다시 라에르달로 향했다. 자동차로 이동하던 중 친구와 나는 잠시
멈추어 피오르드의 물맛을 보았다. 그것은 소금물이 아니라 싱거운 민물
에 가까운 것이었다. 물가에는 보리톳으로 보이는 해조류가 가득 밀려와
있는데, 가까이 가서 만져보니 그것은 틀림없는 보리톳이었다. 우리나라
동해안에서 나는 보리톳은 양념을 해서 무쳐먹으면 그 향이 입안에 퍼져
식욕을 돋우는데, 노르웨이의 보리톳은 어떤 맛이 날까. 친구는 남달리
호기심이 많은 만큼 이제 가는 곳마다 바닷물 맛을 보게 될 것 같다. 그
는 이미 발틱 해의 바닷물이 짜지 않고 밋밋하다는 판정을 내린 바 있다.

　피오르드를 낀 경사지에 펼쳐진 드넓은 초지에는 붉게 파헤쳐진 땅을
찾아볼 수 없었다. 빈 땅이나 유휴지는 어느 곳에서도 보이지 않았다. 농
촌주택들은 모두 자연지형을 이용해 지은 것들이었다. 대지의 높낮이와
지형지물의 굴곡을 그대로 이용해 실용적이고 멋스럽게 지은 집은 결코
자연을 해치는 일이 없다.

　라에르달로 가는 길가의 호숫가에는 한 개의 바위가 하나의 산을 이
룬, 엄청난 크기의 바위산이 솟아 있었다. 고래 등처럼 생긴 산등성이 한
가운데 옹기종기 가옥들이 모여 있는 마을을 바라보면서 나는 문득 저런
마을에 한번 살아보았으면 하는 생각을 했다. 길고 짧은 여러 개의 터널
을 통과한 후 어느 바위산 아래 강가에 자리 잡은 작은 호텔에 도착했는
데, 우리가 묵을 라에르달 호텔이었다. 라에르달은 한적하고 조그마한
시골마을이었다.

저녁 식사를 마친 후 친구와 함께 마을을 산책했다. 마을에는 아담하고 예쁜 집들이 모여 있었다. 집집마다 꽃을 심은 정원이 달려있고 창가에는 화분이 놓여 있었다. 산책 도중 어느 집 앞뜰에서 놀던 소녀 세 자매를 만났다. 말을 건네며 인사하자 자매들은 부끄러운 듯 얼굴에 홍조를 띠웠다. 나는 그 중 언니로 보이는 소녀에게 태극기문양의 기념배지 세 개를 주었다. 소녀는 배지를 받고나서 기쁜 표정을 지으며 고맙다는 말과 함께 손을 흔들어보였다. 그렇게 마을길을 산책하던 중 질경이, 냉이, 크로버, 쑥 등을 발견한 나는 쑥을 한 움큼 뜯어 호텔로 돌아와 친구의 아내에게 주며 잠자리 머리맡에 두라고 일렀다. 그녀의 감기기운과 편두통이 다소는 가라앉을는지 모른다.

서쪽 협곡의 끝자락에서 태양이 잔광을 뿜어내고 있다. 시계는 밤 10시 30분을 가리키고 있는데 백야는 아직 지평선 위에서 푸른색 향연을 펼치고 있다.

■ 6월 25일(일) [베르겐] / 맑음

세상에 태어나 터널을 통과해 보지 않은 사람은 없을 것이다. 출생 자체가 어머니 자궁의 터널을 빠져나오는 생명의 통과의례이기 때문이다. 우리는 오늘 지구상에서 가장 긴 자동차터널로 기네스북에 올라 있는 한 터널을 통과했다. 라에르달에서 베르겐으로 오는 도중 세 번째로 통과한 라에르달 터널은 길이가 24.5km였다. 이 터널을 빠져나오는 데 17분 30초가 걸렸다. 터널의 일정 구간마다 비치는 푸른색, 녹색, 분홍색 조명이 환상적인 분위기를 연출했다. 조명은 운전자의 졸음을 쫓기 위해 만들어 놓은 과학과 미학의 합성물이었다.

오늘 점심을 먹기 위해 들른 발달 마을의 어느 패스트푸드점의 음식값은 그 비싼 가격이 머리에 각인될 만큼 인상적이어서 아무래도 적어놓아야 하겠다. 1크로네가 한국 돈으로 160원이니 그 계산이 어떻게 될 것인가. 닭다리 3개에 105크로네, 튀긴 감자 한 봉지에 25크로네, 치즈버거(중) 한 개에 66크로네였다. 작은 닭다리 세 개에 16,800원을 받다니! 오슬로에서 톰보스로 오는 도중에 들른 주유소 매점에서는 작은 코카콜라 한 병에 20크로네(3,200원), 작은 물 한 병에 25크로네(4,000원)를 받고 있었다. 가이드의 말로는 노르웨이 전체 19개 주의 물가상황이 비슷하다고 한다. 이제 북유럽의 물가가 왜 살인적이라고 하는지 그 이유를 이해할 것 같다. 한국인이 북유럽 국가의 물가를 '살인적'인 것으로 느낄 것이 아니라 '감내할 만한' 것으로 받아들일 수 있는 한 가지 방법이 있다. 그것은 한국의 1인당 국민소득을 하루빨리 북유럽 수준으로 끌어올리는 것이다.

이처럼 긴 터널을 자동차가 통과하는 동안 차의 배기가스와 통풍을 어떻게 처리하는가 하는 의문이 생겼다. 그런데 의문에 대한 답은 아주 명쾌했다. 자동차가 운행하는 주 터널 옆에 보조터널을 뚫고 이를 통해 주 터널의 매연을 흡수하여 수직으로 연결된 파이프를 통해 산위로 배출시키는 장치가 만들어져 있었던 것이다. 동시에 외부의 신선한 공기를 주 터널 안으로 주입시키는 파이프를 보조터널에 설치하여, 일 년 내내 매연 없는 쾌적한 상태를 유지하도록 만들어 놓았다. 자연과 과학의 완벽한 조화를 꿈꾸는 노르웨이인들의 자연 사랑과 환경보전 노력에 감탄과 존경을 보내지 않을 수 없다.

오후에 베르겐 시에 도착한 일행은 먼저 부둣가에 있는 어시장을 찾았다. 어시장의 규모는 작았다. 일요일인 탓에 문을 닫은 가게도 많았다. 그러나 몇몇 가게에서는 연어, 송어, 광어, 고등어, 도미, 뱀장어, 아귀 등의 생선류와 함께 왕게, 새우, 바다가재, 고래고기 등을 소매가격에 팔고 있었다. 어시장에서 술안주 감으로 연어회 1kg, 삶은 새우 500g, 대구포, 체리를 샀다. 연어회 1kg의 값은 200크로네, 우리 돈으로 32,000원 정도였다. 그리고 잠시 후 베르겐 시 교외에 있는 베르겐 에어포트 호텔로 와서 여장을 풀었다.

객실에서 연어회를 안주로 소주를 마실 수 있었는데 종이팩 소주를 미리 챙겨두었던 친구 덕분이었다. 가이드가 호텔 주방에서 얻어 온 설탕과 식초, 올리브기름을 고추장에 섞어 즉석에서 만든 초장은 그럴 듯한 맛을 냈다. 친구와 나는 대낮에 기분 좋게 취해 버렸다. 흐렸다 개다를 반복하던 날씨는 오후에는 맑게 개 눈부신 태양이 베르겐 하늘을 비추고 있었다.

베르겐 시의 인상에 대해서는 특별히 기록해 두는 것이 좋을 것 같다. 베르겐 시의 심장부는 브리겐이다. 박공으로 처리된 지붕을 쓰고 있는 건물들은 이 지역의 독특한 심벌로 오랜 전통을 지닌 중세도시의 특이한 윤곽을 만들어내고 있다. 1360년 독일 한자동맹의 상인들이 브리겐에 무역상사를 설립한 후 400년간 이 지역의 무역을 장악했다. 베르겐 시는 번성했지만 1702년에 발생한 대화재로 말미암아 잿더미가 되었다가 다시 재건사업을 거쳐 오늘에 이르렀는데, 지금은 유네스코에 의해 세계 문화 유산으로 등록되어 있다.

베르겐 시가지는 전체적으로 독일풍의 도시 감각을 풍긴다. 바다를 굽어보는 산허리와 언덕 위에는 숲과 어울리는 아름다운 주택들이 밀집되어 있는데, 그 모습이 이 도시의 미학적인 스카이라인을 이루고 있다. 가옥의 모양과 색깔도 아름답고 아기자기하다. 빨간색, 분홍색, 초록색, 하얀색의 배열과 혼합… 그리고 조화. 바다, 산, 숲, 중세건축이 현악 4중주처럼 어우러진 베르겐 시는 세계 제일의 미항

노르웨이 사람들의 집짓기는 관찰하면 할수록 배울 점이 많다. 경사진 곳 또는 울퉁불퉁한 지형에 단정하고 실용적인 집을 짓는데, 아무리 경사진 곳이라도 원래의 지형을 손상하는 법이 없다. 자연지형 위에 기초를 얹고 그 위에 벽과 지붕을 올리는데, 주어진 면적을 최대한 활용하는 지혜가 돋보인다. 가옥의 벽면 색깔은 붉은색과 흰색이 많고, 지붕은 대개 검정색 기와를 올렸다. 검정색 지붕은 태양열을 흡수하여 집안을 따뜻하게 하기 위한 배려일 것이다. 지붕의 경사를 45도 이상으로 유지하게 하여 겨울철에 폭설이 내리더라도 눈이 잘 흘러내리게 만든 것도 북 유럽인들의 집짓는 지혜이며 살아가는 방법이다. 우리가 둘러본 마을과 농촌의 가옥은 모두 목조주택이었으며, 색깔과 형태가 주위 환경과 자연스러운 조화를 이루고 있었다.

이라고 해도 지나치지 않을 것이다.

아침부터 친구의 아내가 몹시 괴로운 표정을 짓고 있었다. 밤새도록 열과 오한에 시달려 몸을 추스르지 못하는 모습이고, 아내를 바라보는 친구의 걱정스런 얼굴에 우리 부부는 더욱 걱정이 되었다. 평소 건강하고 몸이 가벼워 복잡한 공항 안에서도 앞장서서 길을 찾을 정도로 날렵한 몸놀림을 보여 온 친구의 아내가 심한 몸살로 고통스러워하고 있다. 갑자기 무슨 일이 일어난 것일까.

지금부터가 여행의 시작인데 동행자가 몹시 아프니 여행의 일정보다도 건강의 이상 여부가 걱정되어 긴장하지 않을 수 없었다. 급한 대로 집에서부터 가져온 약을 먹게 하고 나의 아내도 친구의 부인을 보살피겠다며 호텔에 남기로 했다. 친구와 나는 두 아내의 권유로 떨어지지 않는 걸음을 옮겨 노르웨이에서의 마지막 행선지로 향했다.

핀란드에 시벨리우스가 있다면 노르웨이에는 그리그가 있다. 에드바르트 그리그가 작곡한 페르귄트 조곡, 그 가운데 솔베이지의 노래는 노르웨이의 자연과 페르귄트 마을의 슬픈 전설이 만들어낸 순수한 영혼의 멜로디다. 음악 애호가의 가슴에 영원히 아로새겨질, 사랑과 애수와 그리움에 가득 찬 선율은 노르웨이 국민들뿐만 아니라 인류에게 주어진 선물이다. 사람들은 진주처럼 빛나는 아름다운 멜로디에서 얼마나 가슴 떨리며 눈물어린 감동을 받는가.

그리그가 살던 집은 트롤드하우겐 마을에 있었다. 지금은 개인주택이 아니라 에드바르드 그리그 박물관이 되어 있었다. 마을 입구 주차장에서

트롤드하우겐 마을에 있는 에드바르드 그리그 박물관.

울창한 숲 사이의 비포장도로를 400m 쯤 걸어갔을 때 그리그 박물관이 나타났다. 그리그는 친구 비온손이 마련해 준 땅에 빅토리아양식의 아담한 2층 목조주택을 짓고 42세부터 64세까지 이 집에서 살다가 아내 니나 그리그보다 2년 먼저 세상을 떠났다. 생전에 그리그 부부가 손수 가꾼 정원에는 이름을 알 수 없는 가지각색 꽃들이 한창 피어나고 있었다. 집 아래쪽의 작은 만에는 호수 같은 바다가 펼쳐져 있었다.

본관에서 조금 떨어진 바닷가 숲에는 그가 작곡에 전념하던 조그만 통나무집이 있고, 그 안에 그가 사용하던 피아노와 침대가 가지런히 놓여 있었다. 본관 부엌에는 그의 모자와 지팡이가 놓여 있고 벽에는 베토벤, 모차르트, 슈만, 바그너의 초상화가 걸려 있었다. 거실에는 검정색의 독일제 그랜드피아노 스타인웨이가 놓여있었다. 키가 152cm에 불과했던 그리그가 덩치 큰 피아노 앞에서 연주하는 모습은 과연 어땠을까. 작곡실이 마주보이는 언덕에는 200여 개의 객석을 갖춘 현대식 연주 홀을 만들어놓았는데, 이곳에서 가끔 음악회가 열린다고 한다. 그리그의 집은 위대한 음악의 탄생지답게 아름다운 장소에 자리 잡고 있다. 그의 납골묘도 집 근처의 남쪽을 향한 바닷가에 안치되어 있다.

기념품 판매소에 들러 그리그의 페르귄트 조곡 CD 두 장을 샀다. 나는 친구의 딸이 이 음반을 좋아하길 바라며 한 장을 친구에게 주었다. 음반은 한때 KBS 교향악단의 상임지휘자였던 드미트리 키타옌코가 지휘하는 베르겐 필하모닉 오케스트라가 연주한 것이었다. 아름다운 노르웨이와 베르겐 시를 찾은 이유 중의 하나인 그리그 생가 방문은 평생 잊지 못할 추억으로 남게 될 것이다.

노르웨이에서 자동차로 770km의 여정을 마친 일행은 오후 5시 베르겐 공항에서 스칸디나비아 항공의 SK2873기를 타고, 1시간 20분 후인 6시 20분에 코펜하겐 공항에 도착했다. 스칸디나비아 항공 여객기의 기내 서비스는 인천공항을 떠나던 아시아나항공 여객기와는 비교조차 할 수 없을 만큼 허술하고 무성의했다. 간단한 음식조차 제공되지 않은 것은 물론이고 승무원들이 오히려 기내에서 샌드위치를 팔고 있었다. 운항시간도 예고 없이 한 시간 이상을 지체했다. 상냥하고 친절한 승무원들로부터 서비스를 받았던 우리나라 국적기가 새삼 그리워졌다.

우리는 코펜하겐 공항 근처에 있는 퀄리티 에어포트 호텔로 와서 여장을 풀었다. 친구 부인의 몸이 아직 회복되지 않아 여간 걱정이 아니다.

■ 6월 28일(수) [코펜하겐] / 흐림

코펜하겐에 도착한 후 사흘째가 되는 날이다. 어제 오늘 이틀 동안 친구와 나는 코펜하겐의 시가지와 중세 궁전을 비롯한 여러 명소와 유적들

덴마크의 역사를 증언하는
살아있는 박물관, 프레데릭 왕궁.

을 돌아봤다. 다행히 친구의 아내는 사흘 동안 호텔에서 쉬며 약을 먹고 몸을 보살핀 덕분에 외출을 할 수 있게 되었다. 장기여행에서 생체리듬의 균형을 유지하는 일이 쉽지만은 않은 것 같다.

코펜하겐 교외에 있는 프레데릭 궁은 1520~1540년에 걸쳐 지은 프레데릭 왕가의 여름궁전이다. 궁전 안의 교회에는 역대 귀족가문의 문장과 중세 기사의 갑옷이 전시되어 있었다. 내부의 벽에는 왕가의 초상화, 풍경화, 기록화가 걸려 있는데, 그 많은 그림들 가운데 특히 1169년 압살론 주교가 코펜하겐을 건설하는 장면을 그린 초대형 유화는 기억에 남을 만한 것이었다. 압살론 주교는 코펜하겐의 창시자이며, 코펜하겐을 수도로 정하는 데 주도적인 역할을 맡았던 덴마크의 역사적 인물이다. 코펜하겐 시청사 앞에는 전신에 금박을 입힌 압살론 주교의 입상이 시청광장을 굽어보고 있었다.

6·25전쟁 당시 덴마크가 병원선을 보내 한국을 도운 사실을 아는 사람이 얼마나 될까. 덴마크는 1951년 1월 23일부터 1953년 10월 16일까지 부상군인과 민간인치료를 위해 병원선 유틀란디아 호를 한국에 파견했다. 인어공주 상 근처의 랑에리니어 부두에서 1951년 1월에 출발한 병원선을 기념하기 위해 만든 석조기념비가 바로 그 자리에 세워져 있었다. 한국의 신세대들이 잊고 있는 6·25전쟁을 기억하기 위해 덴마크 인들은 자국의 역사에 기록될 작지만 의미 있는 흔적을 만들어 놓았다. 덴마크가 고맙지 않은가.

코펜하겐은 덴마크어로 쾨벤하운(København), 즉 '상인들의 항구'라는 뜻이며 중세 이후 상업과 무역으로 번성해온 도시다. 쉬엄쉬엄 걸어 코펜하겐 중심가에 있는 니하운이라는 곳으로 갔다. 새로운 항구란 뜻의 니하운에는 바닷물을 끌어들인 운하 양쪽으로 레스토랑, 카페, 바들이 즐비했다. 사람들이 노천카페에서 맥주를 마시거나 음식을 즐기고, 길거

일명 햄릿 성으로도 불리는 셰익스피어의 이야기가 깃들어 있는 쓸쓸한 고성 크론보르.

리 여기저기서 거리악사들이 바이올린과 아코디언을 연주하고 있었다. 시민 문화가 자연스레 꽃피는 대중적 공간이 도심 한복판에 넓게 자리 잡고 있다는 것은 여간 부러운 일이 아니다.

국회의사당 앞으로 걸어갔더니 그 앞에는 자전거주차장이 있었다. 정원 79명 가운데 40퍼센트가 여성인 덴마크 국회의원들의 사실상의 교통수단은 바로 자전거라고 한다. 국회의원 대부분이 자전거로 출퇴근을 하거나 공무를 보러 다니므로 자연히 시민들도 자전거를 즐겨 타게 되고, 자전거 운행을 장려하는 제도를 운영하고 시설을 유지관리하기 위해 공무원들은 늘 바쁘게 움직인다고 한다. 도심 모든 곳에 자전거 전용도로가 개설되어 있고, 자전거 보관대가 설치되어 있다.

코펜하겐에 있는 크고 작은 정원 가운데 왕의 정원은 왕립박물관으로 사용되고 있는 로젠버그 성에 부속된 아담한 정원이다. 향기로운 허브식물들과 마가렛 꽃들이 가득 피어 있고, 정원 한가운데 있는 안데르센 동상 머리 위에서는 갈매기들이 날아와 배설을 하며 느긋하게 쉬고 있었다. 위대한 동화작가의 얼굴은 온통 갈매기들이 실례한 배설물로 덮여있었다. 정원관리인들이 부지런을 떨지 않으면 그 민망함이 세계로 소문날 지도 모른다.

코펜하겐 북쪽 해안도로를 따라 한 시간쯤 달리자, 셰익스피어의 희곡 햄릿의 무대였던 크론보르 성이 나타났다. 햄릿 성으로도 불리는 고성 입구에는 '세계에서 가장 오래된 왕국 덴마크'라는 표지판이 서있고, 표지판에는 최초의 왕 고름(Gorm den Gamble) 이후 현재의 여왕 마르그레테 2세에 이르기까지 41명의 왕들의 그림이 그려져 있었다. 햄릿 성 입구 안쪽 벽에는 셰익스피어의 햄릿 저작비가 새겨져 있었다. 해자에서 헤엄치는 백조들의 모습과는 달리 성에는 쓸쓸한 분위기가 감돌았다. 셰익스피어가 혹시 이 을씨년스럽고 황량한 바닷가에서 산 적이 있었을까.

돌아오는 길에 마르그레테 2세 여왕이 살고 있는 프레덴보 궁 앞을 지나는데, 정문 앞에서 붉은색 유니폼을 입은 근위병들이 교대식을 진행하고 있었다. 덴마크가 입헌군주국임을 잠시 잊고 있었던 나의 무지를 근위병들이 일깨워주었다.

덴마크 국민은 조국 덴마크를 만든 세 사람의 위인을 기리며 존경하고 있다. 10학년제 학교를 세워 평민교육을 시작한 그룬드비히 목사, 황무지를 개간하고 국민정신운동을 일으킨 달가스, 동화를 지어 세계의 어린이들을 즐겁게 만든 안데르센이 그들이다.

1940년에 지은 그룬드비히 교회, 덴마크 국민의 성금으로 20년간에 걸쳐 지었다는 이 교회는 덴마크 인의 나라사랑과 민족혼이 살아 숨 쉬는 기념비적 건물이다. 우리가 교회 안으로 들어갔을 때 파이프오르간이 연주되고 있었는데, 거대한 고딕양식의 홀 안에는 연주자의 모습도, 기도하는 사람의 모습도 보이지 않았다. 덴마크 인에게 교회는 삶의 이정

표가 되는 네 가지의 중요한 행사를 치르는 장소라고 한다. 생후 4개월의 세례식, 16세가 되어 행하는 성인식, 그리고 결혼식, 장례식이 그것인데, 그에 관한 재미있는 이야기를 여행 가이드가 자세히 들려주었다. 요람에서 무덤까지, 탄생의 울음에서 죽음에의 애도까지 교회는 생로병사의 길에서 인간의 삶을 주관하는 생활과 신앙의 중심이 되어 왔다. 교회는 기독교사회에서 인간의 생활과 운명적으로 얽혀진 장소다.

그룬드비히 교회에서 코펜하겐으로 돌아와 시가지를 한 바퀴 둘러봤는데, 건물의 대부분은 붉은 벽돌로 지어진 5층 또는 6층의 건물이었으며 모두 빅토리아풍의 우아함과 세련미를 갖추고 있었다. 거리의 신문판매대 앞을 지나가는데 정치에 관한 신문보도가 눈길을 끌었다. 현직 수상 라스무센과 각료들이 추진하는 정책에 대한 국민의 지지여론을 코펜하겐의 신문들이 다투어 전하고 있었다. 언론이 정부에게 아부를 하는 것인지, 국민이 정치를 믿는다는 뜻인지, 이런 일에 익숙지 않은 나라에서 살아온 나로서는 오히려 생소하기만 하다. 어쨌든 중요한 것은 국민이 지지하고 믿는 정부만큼 강한 정부가 없다는 사실일 것이다!

작은 나라 덴마크가 살아가는 힘의 밑바탕에는 기업이 있음을 나는 이곳에 와서 뒤늦게 알게 되었다. 나도 마셔본 적이 있는 칼스버그는 세계적으로 이름난 맥주회사의 이름이다. 칼스버그 일가는 1840년 이래 장사로 벌어들인 돈을 코펜하겐의 건축, 미술, 과학연구에 투자해 왔다. 덴마

덴마크처럼 유로화를 사용하지 않는 나라에서는 환율 계산을 정확히 할 필요가 있다. 6월 27일 덴마크 국회의 사당 앞에 있는 전통식당 카날 까페에서 점심으로 전통 바이킹음식을 먹었다. 청어 초절임, 삶은 돼지고기, 절인 양파, 닭고기 샐러드, 양파소스, 치즈를 곁들인 바이킹 정식을 먹고 알코올 농도 40도의 감자 술 녁 잔을 마신 값으로 12,010 크로네(105,000원 상당)를 지불했다. 1인당 2만원 꼴인데, 음식의 양은 푸짐했고 접시에 담은 모양도 바이킹 예술의 특색이 담긴 이색적인 것이었다. 표현하기 어려울 만큼 맛이 좋아 점심값이 아깝지는 않았다.

크 제일의 프레데릭 궁전을 재건하는 데 앞장선 이후 칼스버그는 지금도 메세나활동의 국제적인 모범이 되고 있다. 기업이윤을 문화 예술에 쾌척하는 덴마크 기업인의 도량과 너그러움은 모험가의 개척정신보다도 더 신선하고 진취적이다.

그런 까닭에 칼스버그를 아끼는 덴마크 인들은 칼스버그 맥주를 즐겨마시고, 그렇게 해서 칼스버그를 맥주계의 세계적인 브랜드로 만들어놓았다. 덴마크의 기업은 시민들의 생활 속에서 존재가치를 높이고 있고, 마치 시민들이 손수 가꾸는 정원의 소나무처럼 진취적인 기상과 기업가 정신에 충실한 것 같다. 어느 모로 보나 덴마크의 예술은 기업 활동의 꽃이다.

백조와 마가렛 꽃을 사랑하는 바이킹의 후예들, 그 옛날 스칸디나비아 반도를 지배했던 나라 덴마크는 앞으로도 마가렛 꽃의 향기 속에 풍요로운 강소국의 면모를 유지하게 될 것이다. 우리도 모르게 우리나라를 도왔던 나라 덴마크를 떠나 내일은 스페인으로 간다.

태양의 고원
안달루시아

스페인

SPAIN

❝ 뜨거운 태양, 추수를 끝낸 광활한 갈색 밀밭, 바다처럼 펼쳐
지는 올리브 숲과 해바라기 밭, 라만차의 언덕 위에서 더 이상
돌기를 멈추고 세월을 지켜보고 있는 중세의 풍차.

7월의 스페인을 남쪽으로 달리면 안달루시아의 진주 그라나다
가 역사의 베일을 벗고 알함브라의 아름다움을 노래하며 손짓
한다. 그 아래 남청색 지중해를 낀 태양의 해안지대에서는 현
대의 아름다운 전설이 가득한 마을과 휴양촌이 세계의 여행객
들을 유혹한다. 태양의 바닷가에서 쉬어 가라고, 지중해를 굽
어보는 고성호텔 빠라도르에서 묵어가라고 손짓한다.

아프리카에서 불어오는 부드러운 바람이 해변을 감싸며 속삭
이는 곳에 피카소의 고향 말라가가 있다. 아랍 풍이 가득한 안
달루시아의 고원 지방은 여행을 사랑하는 사람들에게 특별한
추억의 그림자로 남을 것이다.

중세의 시간이 흐르다 멈춘 황금의 나라, 전화가 빗겨간 이 축
복받은 나라에는 웅장하고 화려하며 고색창연한 성당과 유적
들이 넘쳐난다. 1차 대전도, 2차 대전도 전쟁의 상처를 전혀 남
기지 않았던 이베리아 반도의 검은 황소 스페인.

스페인을 일컬어 왜 세계 제일의 관광대국이라고 이야기하는
지 여행자들은 이곳에 와서 그 까닭을 알고 머리를 끄덕이게
될 것이다. 돈키호테와 플라밍고의 나라 스페인에는 여행자가
기대하는 예스러운 아름다움, 장대함과 엄숙함 그리고 낭만이
깃들어 있다. **❞**

■ 6월 29일(목) [마드리드] / 맑음

덴마크 여행을 마친 우리는 '검은 황소'의 나라 스페인으로 향했다. 아침 9시 57분 스칸디나비아 항공의 SK581기 편으로 코펜하겐 공항을 이륙하여 12시 47분에 마드리드공항에 도착했다. 마드리드의 하늘은 쾌청했고 태양은 머리 위에서 빛나고 있었다. 일행을 안내할 여행 가이드 뻬드로 리는 정확한 시간에 약속된 장소에 나와 기다리고 있었다.

마드리드의 중심가에 있는 임뻬라도르 호텔에 여장을 풀고 가까운 한 식당에서 점심을 먹고 나서 곧장 시내구경에 나섰다. 친구 부인이 이제 건강을 완전히 회복한 것이 다행이었다. 그녀는 이제 다시 날렵하게 걷기 시작했다.

인생살이나 여행에 있어서나 시간은 금이다. 아무리 여유를 부린다고 해도 역시 시간은 여행자에게 가장 큰 몫의 자산이고, 이 귀한 자산을 묵혀야 할 특별한 이유가 없다면 여행자는 시간의 전선으로 나서야 한다. 비싼 돈을 내어 빌린 7인승 밴이 우리의 발이 되어주고 있지 않은가. 여행에 있어서 자동차의 기동력은 시간이라는 부동산을 두 배, 세 배 늘려주는 간접자본이다. 그러므로 몸이 멀쩡하다면 잠시도 지체할 이유가 없을 것이다. 우리는 마드리드 시가지로 달려 나갔다.

스페인 인구 4,350만 명 가운데 마드리드 시의 인구 350만 명을 포함한 마드리드 주의 인구는 650만 명이다. 우리가 습관처럼 불러온 마드리드는 사실은 이곳에서는 마드리드 주 전체를 가리키는 호칭이다. 해발 650m의 고원지대에 위치한 태양의 도시 마드리드는 더 이상 과거의 마드리드가 아니었다. 이 활력에 넘친 도시는 1인당 국민소득 25,200달러를 넘어선 세계적인 경제대국의 수도로 변해 있고, 세계관광기구(WTO) 본부가 소재한 관광대국의 심장부가 되어 있다.

세계 8위의 GDP규모(2005년 기준 1조 210억 달러), 세계 2위를 기록한 관광객 수(2005년 5,560만 명)와 관광수입(600억 달러). 한국에 이어 세계 7위의 자동차 생산국. 한국이 외환위기를 맞은 1997년만 하더라도 1인당 국민소득이 한국보다 별로 앞서지 못했던 유럽의 후진국 스페인은 어느새 세계의 일류국가로 탈바꿈해 있다. 스페인의 검은 황소 또로(Toro)는 이베리아 반도 전역에 세워놓은 단순한 홍보용 입간판의 주인공이 아니라, 옛 에스파냐의 저력을 숨기며 지긋이 미소 짓는 21세기 스페인의 상징이다. 스페인이 묵묵히 소걸음으로 행진하는 동안 아시아의 황소였던 한국은 민주, 개혁, 투쟁, 통일을 외치며 소란을 피웠지만, 어떤 성공을 거두었을까. 무지갯빛 꿈을 이룰 수도 있었던 10년 세월이 불안과 갈등의 나날이 아니었던가. 많은 사람들이 그 시간을 허송세월이라고 말하는 것은 어떤 역사적인 의미를 남기는 것일까. 그런 생각을 다 잊기 위해 여행을 떠나왔지만 스페인의 현실은 자꾸 고국의 현실을 되돌아보게 만든다.

자동차를 타고 아카시아와 플라타너스가 우거진 가스떼자나 거리를 지나 스페인 광장으로 갔다. 세르반테스를 기념하기 위해 1916년에 만들어놓은 스페인 광장 한복판에는 돈키호테와 산쵸 판자의 동상이 서 있었다. 비쩍 마른 말 로시난테의 등에 올라탄 기사 돈키호테의 왼쪽에는 그가 꿈꾸던 이상형의 연인 둘시네아가, 바른쪽에는 뚱뚱하고 못생긴 현실 속의 둘시네아가 제각기 '저예요' 하는 표정으로 서 있었다.

성서 다음으로 많이 읽힌 책이라고 스페인 사람들이 자랑하는 돈키호테 1부작이 쓰인 지 400주년이 되는 해가 바로 지난해 2005년이었다. 불후의 애독서 돈키호테 저작에 사용된 언어인 까스띠야는 오늘날 스페인의 표준어가 되었다. 세르반테스는 글을 읽고 글을 쓰는 사람들의 영원한 연인이며 스페인의 자존심이다. 위대한 소설의 주인공, 고전을 사랑하는 독자들의 영원한 영웅 돈키호테의 동상은 친근하고도 위엄 있는 자세로 마드리드의 거리를 굽어보며 마치 세상을 향해 무언가 호령하는 듯한 모습이었다. 푸른색 기운이 감도는 동상 앞에서 살아있는 돈키호테를 마주한 것 같은 반가움을 느꼈다.

우리는 걸어서 스페인 왕궁으로 갔다. 왕립 오페라하우스와 마주보고 있는 왕궁은 해가 지지 않는 황금제국의 영광을 간직한 상징물답게 웅장하고 화려한 자태를 드러냈다. 궁 안에는 2,700개의 방이 있다는 여행 가이드의 설명을 듣고도 실감이 나지 않았다. 왕궁은 화재로 소실된 후 1740년에 재건되었다.

왕궁 옆에는 마드리드 대성당 알 뽀데라가 있었다. 신고전주의 양식의 거대한 화강암 건축물은 가톨릭 왕국의 오랜 전통을 극적으로 표현한 것인데, 이런 기연이 있을까. 대성당은 아랍인의 침공으로 1000년간 땅속에 묻혔던 마리아상이 발견된 바로 그 장소에 세워졌다. 이것은 하느님의 계시이며 성모 마리아의 은총을 받은 것이 아니었을까.

펠리페 3세가 만들었다는 마요르 광장 한가운데서 고등학생 쯤 되어 보이는 앳된 남녀 한 쌍이 주위도 아랑곳 하지 않은 채 짙은 키스를 하고 있었다. 그것은 건성으로 하는 입맞춤이 아니라 영화에서도 본 적이 없는 광적이고 몸부림치는 키스였다. 두 사람이 엉겨 무아지경에 빠진 듯 입술을 비벼대는 모습은 신기하기까지 했다. 그렇게 입을 맞추다가는 입술이 부르트고 혓바닥은 충혈 되어 바늘이라도 돋지 않을까. 같은 나라 사람의 눈에도 민망하게 보였던 모양인지 지나가던 스페인 아주머니들이 그들을 훔쳐보면서 킥킥 웃어댔다.

마드리드 시청 앞에 있는 태양의 광장은 인파로 덮여 있었다. 시청사 본관 앞 인도 위에는 이베리아 반도의 정중앙이자 스페인의 중심을 표시한 작은 표지석이 놓여 있었다. 표지석에는 '고속도로 방위의 원점'

(origen de las carreterasradiales)이라고 쓰여 있었다. 마드리드를 중심으로 뻗어나가는 스페인의 여섯 개 고속도로 A1~A6의 거리가 모두 이 표지석을 기점으로 정해진다고 한다. 광장 맞은편에는 현대 마드리드의 면모를 갖추게 한 국왕 카를로스 3세의 동상이 광장을 굽어보고 있었다. 동상 뒤쪽으로 뻗어 있는 번화가 꾸레시아 거리는 주말의 인파로 넘쳐나는데, 젊은이들이 눈에 띠게 많았다. 마드리드의 명동 입구에는 마드리드 시의 문장인 '나무열매를 따먹는 곰'이 행인들을 맞고 있었다. 활력에 찬 검은 황소의 나라에 또 하루가 막을 내리고 있었다.

■ 6월 30일(금) [마드리드] / 맑음

톨레도는 마드리드에서 자동차로 한 시간 남짓 거리에 있다. 건기를 맞아 누렇게 변해버린 평야지대, 따호(Tajo) 강변 언덕 위에 세워진 성과 요새의 도시 톨레도는 마치 시간이 멈춰버린 듯한 고색창연한 중세도시다. 그 도시의 한복판 언덕 위에 높은 첨탑이 솟아있다.

스페인의 고도 톨레도는 579년 비시고도 왕국의 수도가 되어 정치, 문화, 종교의 중심지로서 번영을 누렸다. 그 후 711년 톨레도는 아랍 왕 타리크(Tariq)에 의해 점령된 후 400년간 이슬람제국의 변방으로 남아 스페인 역사의 중심에서 떨어져 나갔다가 1085년 까스띠야 왕국의 알폰소 6세에 의해 수복된 후 1087년에 왕국의 수도가 되었다. 이때부터 톨레도는 이베리아반도에서 가장 중요한 도시로 발돋움하기 시작해 13세기에 전성기를 맞았고, 현왕(賢王) 알폰소 10세 때에 완전한 중세도시의 면모를 갖추게 되었다.

융성하던 톨레도는 1561년 국왕 펠리페 2세가 수도를 마드리드로 옮기자 다시 정치, 경제적으로 기운을 잃기 시작했다. 그런데도 톨레도는 5세기 이후 줄곧 가톨릭 종교회의의 중심지로서의 권위를 유지했고 지금도 스페인의 수석성당으로서의 지위를 이어가고 있다. 톨레도 대성당은 시내 한복판 언덕에 자리 잡고 있다. 이슬람왕국 시절 회교사원이 있던 장소에 톨레도를 수복한 알폰소 6세가 모스크를 개조하여 성당을 만든 것이 효시가 되어, 1221년 알폰소 8세는 아랍세력을 물리친 나바스 데 똘로사의 승전을 기념하기 위해 대성당을 신축하기로 결정했다. 1221년에 기초공사를 시작하여 1493년 멘도사 추기경 때에 가까스로 석조골격을 완성한 톨레도 대성당은 그 후에도 예술가와 장인들이 총동원된 가운데 온갖 시행착오를 거듭하며 내부 미화작업을 계속했다. 가톨릭 신도들의 자발적인 헌금과 왕실의 꾸준한 재정지원을 받아가며 내부 미화작업을 계속한 끝에, 대성당은 마침내 511년 동안의 공사를 끝내고 1732년 웅대한 모습을 세상에 드러냈다. 톨레도 대성당의 건립은 종교를 초월하여 문명의 기념비를 세우는 세기의 역사였으며 상식을 뛰어넘는 대사건이었다.

톨레도 대성당의 내부는 수많은 성화와 그림, 조각, 보석, 장신구, 고문서, 파이프오르간 등으로 장식되어 있었다. 내부를 종횡으로 연결해 놓은 아치 사이의 트리포리움(triforium)은 바로크양식에서 영감을 얻어 진일보시킨 독창적인 무데하르 양식으로 지은 것인데 그 높이와 우아한 곡선이 매력적이었다. 이 성당의 설계자와 시공자가 누구인지는 아직도 역사의 베일에 싸여있다. 성당 벽면과 아치 기둥 사이로 깊고 넓고 높은 공간인 신랑(nave)이 열려 있고, 여러 개의 화강암 기둥이 모여 하나의 거대한 기둥을 이룬 아치 기둥의 조합은 완벽한 대칭미를 드러내고 있었다. 대제단의 성체현시대 뒤쪽에는 성배를 보관하던 작은 예배실이 있는데, 예배실을 더 밝게 비추고 널찍하게 만든 것이 뜨란스빠렌떼이다. 맞은편 돔을 통해 쏟아지는 햇빛이 뜨란스빠렌떼를 통과하며 빚어내는 모습은 신비하고 환상적이었다. 대 제단 왼쪽의 제의실 안에 있는 둥근 천장에는 뭇사람들의 시선을 못 박히게 만드는 그림이 있었다. 이탈리아 화가 지오르다노가 17세기에 그린 이 천장화는 알데폰소 성인에게 제의를 내리는 모습을 그린 것이다. 깊고 화려한 색상, 천사와 성인들이 보여주는 영적 세계의 신비로움은 정보화시대의 복잡한 기억들을 잊어버리게 만드는 어떤 힘이 있었다.

제의실에는 그리스 출신 화가 엘 그레꼬가 그린 거작 '엘 엑스폴리오'가 있었다. 성의를 벗기려는 주위의 사악한 얼굴들과는 대조적으로 평온과 인자함을 간직한 예수의 표정. 붉은 성의 위에 얹은 예수의 가냘프고 창백한 손… 그림 앞에서 사람들은 숙연한 표정을 지었다. 제의실의 다른 작은 방에는 반 다이크, 벨라스케스, 루벤스 등 이름만 들어도 가슴이 설레는 거장들의 그림이 있었다. 위대한 작가의 진본작품을 만난다는 것이 얼마나 큰 기쁨인가. 대 제단 벽면에 만들어놓은 성모상과 성체현시대, 예수의 생애와 고난 그리고 성모승천을 묘사한 일곱 열의 거대한 조각들이 종교예술의 장엄함을 뽐내고 있었다. 르네상스양식과 후기 고딕양식이 교묘하게 혼합된 이 조각들은 인간의 추악한 모습과 변덕스러움을 망각하게 만드는 영혼의 결집체라고나 할 것이다.

제의실을 돌아본 후 보물실로 들어갔다. 보물실의 중앙 진열장에는 독일 작가 아르페가 만든 성체현시대(Custodia Procesional)가 있었다. 스페인 전성기에 아메리카에서 가져온 18kg의 순금으로 만들었다는 성체현시대에는 금으로 된 나사 12,000개와 수많은 보석들이 박혀있고, 그 중앙에 다이아몬드 십자가가 번쩍번쩍 빛나고 있었다. 이 성체현시대는 현재 스페인의 국보로 지정되어 있는데, 이것은 스페인이 예나 지금이나 변함없이 가톨릭의 전통을 수호하고 있는 로마교회의 계승자임을 말해주는 종교적 물증이다.

친구는 연신 고개를 끄떡이며 "그런데 이게 다 약탈 해다가 만든 거겠지?"라며 혼잣말을 한다. 옳은 말이었다. 에스파냐 왕국의 부는 정복과 약탈로 얻어진 역사의 산물이다. 그러나 그것은 이제 스페인의 영원한 자산이 되어 오늘날 관광대국 스페인의 거대한 밑천노릇을 하고 있다.

스페인의 보물을 본 후 이런 생각이 들었다. 한민족은 왜 남의 나라를 정복하고 경영하지 못했을까. 평화를 사랑하는 민족이라서 그랬을까. 그러나 그것처럼 자가당착적이며 어리석은 소리가 또 있을까. 고구려가 당나라를 정복하고 백제가 왜를 식민지로 만들었다면, 조선이 대마도와 북간도를 편입했더라면 하는 가정이 어리석은 공상에 불과한 것일까. 역사에는 가정이라는 것이 있을 수 없지만 미래는 가정이라는 디딤돌 위에서 꿈꾸는 것이라야 아름다울 것이다. 대한민국의 미래에 대한 꿈과 가정은 영토가 아닌 활동무대의 확장이다. 그것은 기업과 사람이 세계로 나아가는 것이고, 경제력과 문화 역량을 높여 중국과 일본이 만만히 볼 수 없는 아시아의 스페인을 만드는 일이다. 중국과 일본의 틈새에서 날아오르지 못하면 한국이 아시아의 선진국이 되는 것은 무지갯빛 비눗방울이 되는지도 모른다. 상품과 문화가 세계인들의 매력을 끌지 못하고 그들의 마음을 끌어안지 못한다면… 그때에는 두려운 시나리오가 현실화될지도 모른다. 거대자본과 저가상품에 밀리고, 외래기술의 먹이사슬에 포획되고, 두뇌유출이 홍수를 이룬다면… 내가 사는 나라는 중국의 변방으로 전락해버리고 말 것이다. 중국의 야망이 드러나고 있는 동북공정의 끝이 한반도의 실질적 지배에 있다는 가정을 나는 예사롭게 받아들이지 않는다. 중국은 세 자로 된 성명의 전통을 중국 고유의 역사적 특허물로 주장할지도 모른다. 그들은 네 자로 된 일본인의 성명에 대해서는 시비를 걸지 않을 것이다. 성명 세 글자 속에 숨겨진 중국의 음모는 두렵다. 성명 세 글자인 너희 한국은 결국 중화(中華)의 일부가 아니냐…… 한국이 살아

남으려면 스페인 정복의 역사에서 해외 진출을 통한 어떤 실마리를 찾을 수 있지 않을까. 10년, 20년 후 한국은 무엇으로 먹고 살 것인가. 현실을 외면할 수 없는 역사주의자로서 그런 걱정이 앞서는 것이 주제넘은 노파심일까. 톨레도 성당을 돌아보면서 여러 가지 생각에 잠겼다.

세 시간이 넘게 대성당을 구경한 일행은 그곳을 나와 톨레도의 거미줄 같은 미로와 골목길을 걸었다. 골목과 거리마다 골동품, 기념품 가게들이 즐비했다. 중세기사의 갑옷과 검이 가게마다 가득히 진열되어 있어 먼 중세 속으로 시간여행을 하고 있는 듯한 기분이 들었다. 아내도 무언가 꿈을 꾸는 듯한 표정이었다. 인도와 차도가 구분이 없는 골목길 사이로 자동차가 지나다니고 길바닥에는 중세 이래 깔아놓은 화강암 조각들이 촘촘히 박혀 있었다. 톨레도를 벗어나 알깐따라 다리를 건너고 있을 때 뻬드로 리가 말했다. "영화 말씀인데… 혹시 '누구를 위하여 종은 울리나'를 보셨습니까? 이 다리 근처에서 그 영화를 촬영했습니다. 그 영화 때문에 톨레도가 더 유명해졌지요."

스페인 내전을 주제로 했던 영화. 게리 쿠퍼와 잉그리드 버그만이 주연했던 그 영화를 본 지 몇 년이 지나간 것일까. 반란군인가 정부군인가의 군대와 장갑차, 자동차가 지나던 다리… 마리아로 분한 잉그리드 버그만이 말을 타고 언덕 너머로 탈출하며 울부짖던 라스트 신이 가슴 아픈 감동을 남겼던 영화가 기억난다. 그런데 그 영화를 찍은 곳이 여기 톨레도였단 말인가. 알깐따라는 아랍어로 다리라는 뜻인데, 이 다리 근처 어느 곳에서 그 영화를 찍었을까. 다리 주변을 아무리 둘러봐도 나는 영화의 그 장면을 기억해 낼 수가 없었다.

마드리드로 돌아와 햇빛이 아직도 훤할 무렵인 저녁 8시에 그란 비아 거리에 있는 초록인어(Sirena Verde)라는 이름의 레스토랑으로 갔다. 해물 철판구이 3인분, 해물볶음밥 빠에야 1인분, 염장 흑돼지고기 하몬 1인분,

레드와인 한 병을 주문했다. 호기심을 잔뜩 담고 즐기는 맛은 좋았지만
음식이 너무 짠 것이 흠이었다. 스페인 전통음식 하몬(jamon)은 흑돼지 뒷
다리를 소금에 절여 토굴 속에서 숙성시킨 것인데, 쫄깃하고 고소한 맛
과 독특한 향을 지녔다. 그러나 하몬도 짜기는 마찬가지여서 혹시 스페
인 사람들이 한국 사람보다도 음식을 더 짜게 먹는 것이 아닌가 하는 생
각이 들었다. 한 병에 20유로를 받는 스페인산 레드 와인―깜박 상품명
을 잊었는데 지배인 얘기로는 와인가게에서 10유로 정도면 살 수 있다고
한다―은 짙은 향기와 부드럽고 중후한 맛을 지닌 것이었다. 와인전문가
가 아닌 내가 와인 용어를 빌어 표현한다면 그 맛은 스위트가 아니라 드
라이한 맛에 가까운 것이었다. 레스토랑 벽면에 주렁주렁 매달아 놓은
염장된 흑돼지 뒷다리가 마치 조각 작품처럼 보여 묘한 실내 인테리어
효과를 냈다. 그윽하고 부드러운 향기를 풍기는 스페인산 국화차를 마시
고 나서 다섯 사람의 저녁값으로 팁을 포함해 200유로를 지불했다. 1인
당 5만원을 지불한 셈이니 스페인의 음식 값도 노르웨이나 핀란드 못지
않게 비싼 것이다. 그러나 모처럼 마음먹고 스페인의 독특한 음식 문화
를 체험하기 위한 비용지출로 여긴다면 억울하다는 생각은 사라질 것이
다.

　마드리드의 주말인 금요일 저녁 10시, 호텔 부근의 번화가 그란 비아
는 거리를 메운 젊은이들로 활기가 넘쳤다. 해는 아직 완전히 저물지 않
았지만 네온사인은 이미 불을 밝히기 시작했고, 노천카페에는 사람들이
북적대고 있었다. 오후 8시가 넘어야 저녁 식사를 하는 스페인 사람들의
습관 때문인지 식당마다 손님들이 가득 붐비고 있었다. 본격적인 3개월
간의 휴가가 시작되는 6월 마지막 날 마드리드의 저녁. 바깥 날씨는 무더
웠지만 하늘은 아직 맑고 훤했다. 땀을 식혀주는 시원한 바람이 가끔씩
불어와 거리는 한결 상쾌했다.

마드리드에서 꼬르도바까지는 400km, 꼬르도바에서 세비야까지는 150km다. 마드리드를 떠나 꼬르도바로 가는 도중 라만차 지방을 지나는데, 추수가 끝난 밀밭 사이로 키가 나지막한 포도밭이 나타나기 시작했다. 밀밭에는 군데군데 건초더미가 쌓여 있었다. 고속도로 중앙분리대에 심어놓은 분홍색과 흰색의 유도화는 무성한 숲을 이루며 남쪽을 향해 이어지고 있었다. 라만차 지방의 모든 국도와 지방도는 최근 돈키호테의 길(Ruta de Donkijote)로 명명되어, 세르반테스의 향수에 젖은 사람들이 이 길을 따라 소설의 무대가 되었던 마을을 구경하러 다닌다고 한다. 라만차 주와 꼬르도바 주 경계에 걸친 데스뻬냐뻬로스 산맥은 해발 2000m의 고원 준령인데, 도로변 산등성이마다 도토리나무와 버섯 모양의 지중해성 소나무가 빽빽하게 우거져 있었다. 데스뻬냐뻬로스(Despenaperros)는 스페인어로 '개처럼 집어 던진다'는 뜻이다. 스페인 국토회복운동 당시 분노에 찬 기독교도들이 이슬람교도들을 이 산 위에서 개처럼 던져버렸다는 설화에서 유래한 이름이다.

데스뻬냐뻬로스 산맥을 넘어서 남쪽 평야지대로 내려가고 있을 때, 올리브 숲과 해바라기 밭이 나타나기 시작했다. 세계 생산량의 65퍼센트를 차지한다는 스페인의 올리브는 고소하고 깊은 맛으로 유명하지만, 올리브 나무의 숲이 이처럼 울창하고 광활한 데에는 놀라지 않을 수 없었다. 자동차로 몇 시간을 달려도 도로 주변의 올리브 숲은 끊이지 않았다. 그렇게 고속도로 위를 한참 달려가고 있을 때 어느 순간 도로표지판에 아랍어가 등장하기 시작했다. 일행이 달려온 A4 고속도로는 스페인과 프랑스에 거주하는 모로코 인들이 모국으로 돌아갈 때 즐겨 이용하는 귀향의 길이다. 그것은 중세에 정복과 전쟁을 통해 이슬람이 지배했던 지역

임을 일깨우는 역사의 길인 동시에, 아랍인들의 향수가 깃든 추억의 길
이기도 하다. 스페인의 고속도로는 도로공학적으로도 잘 만들어진 것처
럼 보였으며 제한속도는 시속 120km였다.

오후 2시에 꼬르도바에 도착한 일행은 가벼운 점심을 마친 뒤, 회교사
원 메스끼다를 찾았다. 꼬르도바의 전성기인 848년부터 987년 사이에
세 번의 개축을 거쳐 완성된 이 사원은 16세기에 성당으로 개조된 것인
데, 25,000명을 한꺼번에 수용할 수 있는 거대한 모스크였다.

이슬람, 고딕, 로마네스크, 바로크 양식이 절묘하게 혼합된 세계 유일
의 복합건축물은 지금 꼬르도바 시민들에게 더없는 자랑거리가 되고 있
다. 7000평이 넘는 사원의 내부는 다소 어두웠지만, 천년의 세월을 견딘
이슬람 양식의 대리석 기둥과 아치는 선명하고 붉은 윤기를 간직하고 있
었다. 사원의 한가운데 지은 대성당 안에는 톨레도 대성당에서 보았던
것과 같은 성체현시대와 마호가니 조각, 천정 돔과 벽화가 있는데, 종교
를 초월한 예술적 품격과 기교는 여전히 놀라운 것이었다.

우리는 걸어서 사원 근처에 있는 꽃길마을로 갔다. 좁은 골목길 양쪽
건물마다 꽃과 화분이 매달려 이색적인 풍경을 연출하는 꽃길마을은 작
은 규모에도 불구하고 중세도시가 풍기는 고풍스러운 분위기와 잘 어울
렸다. 만일 이 꽃길마을의 규모가 조금만 더 컸더라면 아기자기함은 사
라지고 찾는 사람들도 많지 않았을 것이다. 골목을 환하게 빛내는 꽃의
장식과 화사한 분위기는 작은 것의 아름다움을 간직하고 있었다. 꽃길마
을은 캔버스에 올릴 만큼, 추억의 사진첩 속에 끼워둘 만큼 독특함을 지
닌 마을이다. 집에 돌아가면 이 꽃길마을을 그림으로 그릴 생각이다.

여인숙이 밀집한 골목을 돌아 조랑말 광장(Plaza del Potro)으로 들어서자
소설 돈키호테의 무대가 되었던 뽀뜨로 여관이 나타났다. 그것은 소설의
주인공 돈키호테뿐 아니라 작가 세르반테스 자신도 직접 묵었던 장소다.

사원 근처에 있는 꽃길마을은 좁은 골목길 양쪽 건물마다
꽃과 화분이 매달려 이색적 풍경을 연출하여
작은 마을의 규모임에도 불구하고 중세도시가 풍기는
고풍스러운 분위기와 잘 어울렸다.

이 여관 1층에는 마구간이 있고 2층에 방이 있는데, 서까래와 벽, 기왓장 하나하나가 수백 년 전의 빛바랜 모습을 그대로 간직하고 있었다. 조금은 퀴퀴한 냄새를 풍기는 어두컴컴한 마구간과 방을 둘러보며 마치 세르반테스의 현신을 눈앞에서 보는 듯한 착각에 빠졌다.

세비야 근교에 있는 솔루까르 호텔 창밖으로 보이는 안달루시아의 저녁 하늘은 저물어가는 햇빛 속에서 연보라빛으로 물들고 있었다. 550km가 넘는 장거리를 달려온 탓인지, 많이 걸은 탓인지 우리 네 사람은 오늘 유달리 피곤함을 느낀다. 나이 육십에 추억 만들기란 말처럼 쉬운 것이 아닌가보다.

■ 7월 2일(일) [말라가] / 맑음

솔루까르 호텔 창밖의 아침 공기는 상쾌하고 불어오는 바람은 시원했다. 동쪽으로 펼쳐진 평야 위로는 햇빛 가득한 하늘이 파랗게 빛나고 있었다. 호텔 옆에서는 노랗게 익은 오렌지나무의 잎사귀들이 바람에 찰랑거리고, 대추야자, 종려나무들이 싱그러운 자태를 뽐내고 있었다.

여행을 시작한 지 스무하루가 되는 어젯밤 우리 부부는 오래간만에 꿈자리 없는 편안하고 기분 좋은 숙면을 했다. 친구 부부도 깊은 잠을 잤다고 했다. 여행길에서 우리 네 사람은 아침마다 서로의 건강상태와 혹시라도 아픈 데는 없는지 염려하며 확인하고 있다. 여행 중에는 물을 갈아 마시는 일도 조심해야 한다. 각국의 다른 수질 변화를 받아들이는 오장육부가 있다면 어느 나라에 가더라도 물로 인해 배탈이 나는 일은 없을 것이다. 그러나 배탈이나 설사 예방에는 뜨거운 녹차를 자주 마시고 바나나를 먹는 것이 크게 도움이 된다는 것을 이제 조금씩 터득하게 되었다. 그래서 여행지마다 호텔식당에서 제공하는 녹차, 재스민 차, 홍차, 국화차를 뜨거운 물에 타서 서너 잔씩 마시는 것이 어느새 습관이 되어 버렸다. 배낭 속에 넣고 다니는 상비약도 전혀 먹을 필요가 없게 되었다.

세비야 시내는 온통 오렌지 나무로 덮여 있었다. 거리의 가로수, 공원의 조경수, 성당의 정원수도 대부분 오렌지나무인데, 오렌지는 식용이라기보다는 관상용이었다.

마리아 루이사 공원의 오렌지 길에는 엘 시드의 동상이 서 있는데, 동상의 작은 규모와 수수한 조각은 찰튼 헤스톤과 소피아 로렌이 주연한 영화 ‘엘 시드’를 기억하는 사람들에게 실망을 안겨 줄지도 모른다. 그러나 엘 시드 동상에서 가까운 곳에 있는 세비야 대성당은 스페인 최대의 성당이다. 이슬람사원이 있던 자리에 세운 유럽 최초의 고딕 건축물 내부는 거무스레한 화강암으로 만들어졌다. 성당구역 안에 있는 히랄다 탑은 12세기에 이슬람교도가 세운 것을 16세기에 스페인 사람들이 수리하면서 그 꼭대기에 전망대와 바람개비(풍향계)를 만든 데서 유래한 이름으로 지금은 세비야의 상징이 되어 버렸다. 탑 꼭대기에서는 바람개비와 함께 조각으로 만든 천사가 빙글빙글 돌고 있었다.

성당부근 유대인 거리를 걷다가 스페인의 카사노바로 불리는 돈 후안의 저택 앞을 지났다. 이 집은 모짜르트의 오페라 ‘돈 죠반니’의 주인공 돈 후안이 실제로 살던 집인데, 지금은 다용도 기념관으로 사용되고 있었다. 돈 후안 저택 가까운 곳에는 1730년대 미국의 작가 워싱턴 어빙이 스페인 공사로 재직하던 시절에 머물던 하얀색의 아담한 이층집이 있었다. 이 집에서 워싱턴 어빙은 ‘알함브라 궁전의 이야기’라는 글을 써서 책으로 펴냈다. 어빙의 글을 통해 거지들이 득실거리는 폐허로 방치됐던 알함브라 궁전은 세상에 알려지고, 그의 노력은 알함브라 궁전을 복원시키는 결정적 계기가 되었다. 그가 스페인 사람들에게 은인으로 기억되고 있는 것은 당연한 일이다.

250년 전에 아프리카에서 옮겨다 심어놓은 다섯 그루의 고무나무가
자라고 있는 무리요 공원은 아주 인상적이었다. 뿌리의 직경이 8m, 줄기
밑둥의 직경이 2m, 키가 20m를 넘는 거대한 고무나무는 꽃을 피운 후
도토리 같은 열매를 수북이 맺고 있었다. 세비야 도심 한복판에 있는 무
리요공원은 더할 나위 없이 아늑한 꽃과 나무의 전시장이며 보석 같은
휴식공간이었다.

말라가로 가는 도중에 들른 안달루시아 남부의 고원도시 론도는 신비
한 분위기를 풍기는 휴양도시다. 론도는 아랍인이 지배하던 시절 스페인
이 잃어버린 땅 그라나다를 되찾기 위해 거쳐야 했던 길목의 요새였다.
해발 600m의 고원지대, 100m가 넘는 수직 절벽 위에 세운 이 요새도시
는 사방으로 경이롭고 환상적인 전망이 펼쳐지지만 조금 쓸쓸한 느낌을
주기도 했다. 어떻게 이런 곳에 도시를 만들 생각을 했을까. 식수는 어디
에서 끌어다 썼을까. 황량함이 가득한 첩첩산중에 사람이 사는 도시를
만들었다는 것은 정말 놀라운 일이다. 그러나 지금은 부자들의 별장과
휴양콘도, 고성호텔과 아담한 고급주택들이 들어선 휴양촌으로 개발되
어 호기심어린 여행객들과 이방인들을 불러 모으고 있다. 이 도시가 곧
세계인들의 주목을 받게 될 것 같다는 예감이 든다.

론도를 떠나 말라가로 향하는 왕복 6차선의 지중해변 고속도로는 쾌적
함과 낭만이 가득한 도로였다. 도로에서 지중해의 짙푸른 바다가 보이고
바닷가에는 아기자기한 마을과 빨간색 지붕의 휴양촌이 끊임없이 이어
졌다. 지중해의 휴양도시 말라가는 오후의 햇빛에 반사된 하얀 건물들이
남청색 지중해와 어울려 이색적인 분위기를 풍겼다. 시가지는 중세의 흔
적을 찾아보기 어려웠고, 정돈된 도로와 상가건물, 주택단지와 아파트,
그 사이를 연결하는 대추야자 가로수들이 북쪽을 가로지르는 산맥의 스

카이라인과 기묘한 대조를 이루었다.

　일행이 묵을 빠라도르 호텔은 말라가 시내와 지중해를 굽어보는 언덕 위에 있었다. 중세 아랍인의 성을 개조한 호텔 주변에는 부겐빌레아 꽃이 만발했고, 호텔 아래쪽으로는 남청색의 지중해가 하늘처럼 펼쳐져 있었다. 평생 이렇게 전망이 멋진 호텔에 투숙하기는 처음이다.

　나는 인도 바랏푸르의 여인숙 같은 시골호텔의 기억을 더듬으며, 이처럼 멋진 고성호텔에서 묵게 된 행운에 감사했다.

■ 7월 3일(월) [그라나다] / 맑음

윤미에게

네가 우리 집안 며느리로 들어와 한식구가 된 지도 벌써 두 달, 여태껏 없던 딸을 얻게 되니 우리 부부는 행복하다. 다만 너희들의 신혼살림을 제대로 뒷바라지해주지 못하고 불쑥 떠나온 게 미안하구나.

그동안 어떻게 살고 있을까. 하루하루 재미있게 살고 있을까. 결혼은 사랑의 완성이 아니라 시작이라는 것을 다시 한 번 마음속에 간직해 두렴. 너희 부부를 생각하며 오늘은 네게 우리들의 이야기를 전하마.

간밤에 묵은 히브랄화로 고성호텔은 지중해를 굽어보는 언덕 위에 있는데, 1000년 전에 아랍인들이 세운 고성을 개조해서 만든 이 호텔의 시설이 얼마나 근사하고 전망과 분위기는 또 얼마나 낭만적인지 상상을 할 수 있겠니?

오늘 아침 우리는 지중해의 햇살과 산들바람을 맞으며 호텔식당의 테라스에서 지중해식 메뉴로 아침 식사를 했단다. 오렌지, 망고, 야자나무 어린순, 채소, 샐러드 등 가벼운 메뉴는 입안을 상쾌하게 하고 몸을 가볍게 만들어 주었지. 너희 부부와 함께 여기 지중해가 보이는 식탁에 둘러앉아 음식을 먹으며 이야기를 두런두런 나누는 모습을 상상했는데, 그랬다면 얼마나 좋았을까?

재스민 향기는 미풍에 날리고, 레몬 향기는 찻잔 속에 잠기고, 올리브의 풍미는 식탁 위에서 감도는 향취 가득한 지중해 음식들…. 아무래도 우리 인생의 오랜 추억으로 남을 것만 같구나. 이곳 말라가의 언덕에서 지중해의 햇살을 받으며, 넘실거리는 남청색 물결을 바라보며 나는 그윽한 인생의 향기 같은 것을 맡았단다. 귀국하면 우리 식구 한데 모여 지중해식 음식을 함께 만들어 보기로 하자. 시아버지가 아닌 아빠로서 내가 너를 도우마….

자동차를 타고 말라가 시내를 둘러본 뒤, 지중해변의 국도를 따라 그라나다로 가는 도중 말발굽비치라는 이름의 작은 해수욕장에 들러 수영을 하고 점심을 먹었다. 지중해의 파도는 잔잔했지만 물은 차고 수심은 깊었다. 바다는 남색과 엷은 비취색으로 반짝였고, 조용하고 한적한 해변에는 휴가철을 맞은 가족과 남녀들이 파라솔 아래서 책을 읽거나 담소를 하면서 한가로이 시간을 보내고 있었다.

해변에서 한참동안을 쉬다가 다시 차를 달려 모뜨리알이라는 곳에서 그라나다 쪽으로 접어들었을 때 눈앞에 시에라네바다 산맥이 나타났다. 산 밑에서 사막의 신기루 같은 모습을 한 이상한 물체들이 번쩍거리고 있었다. 하도 신기해서 가까이 가서 보니 그것은 햇빛에 반사되어 번쩍이는 비닐하우스 모양의 차단막들이었다. 이곳 스페인 남부 태양의 해안 지대(costa del sol)에는 여름철 강렬한 햇볕으로부터 농작물을 보호하기 위해 덮어씌운 차단막이 대규모 단지를 이루고 있다고 한다. 농사짓는 방법도 나라마다 각양각색이다.

산 정상에 올랐을 때였다. 눈앞에 갑자기 수십 개의 거대한 풍력발전기들이 나타났는데, 그 모습이 마치 골리앗을 연상하게 했다. 지브롤터 해협에서 스페인 남부해안에 이르는 지역은 풍력발전 벨트를 이루고 있다는 여행 가이드의 설명을 듣고 제주도와 강원도 대관령에 만들어놓은 풍력발전기를 생각했다. 석유의 시대가 끝나면 인류는 어떤 동력에 의존해야 할까. 원자력, 태양에너지, 수소, 물이 인간의 삶을 안정적으로 지속시킬 수 있을까. 에너지라는 것이 당장 사람들의 생활과 경제에 영향을 미치는데, 그 에너지라는 것이 과연 무한하고 영속적인 것일까. 에너지가 고갈된 세상은 어떤 모습일까. 차 안에서 그런저런 생각을 하다가 해가 저물어 안달루시아의 고도 그라나다에 도착했다.

해발 800m의 고원도시 그라나다의 밤하늘에 떠오른 달은 노란 색의 반달이었다. 1000년 전 아랍인들이 살던 알바이신마을 언덕의 성(聖) 니꼴라스 성당 광장에서는 젊은이들이 밤새 기타로 플라맹고 춤곡을 연주하며 노래를 부르고 있었다. 기타 곡 '알함브라 궁전의 추억' 으로 세상 사람들의 기억 속에 남아있는 아름다운 노래, 그 노래 속의 궁전이 조명을 받아 신비하게 빛나고 있었다. 그런데 조금 전까지만 해도 우리는 소극장 알바이신의 문(Cuerta de Albajsin)에서 스페인 민속춤 플라맹고의 감흥과 열기에 푹 빠져있었다는 걸 말하지 않을 뻔했다. 세 명의 여성무용수 에스터 뻬르난데스, 키까 께사다, 빠뜨리시아 게네로의 빠른 율동, 마루를 울리는 구두뒤축의 박력 있는 진동, 열 손가락의 재빠른 놀림에서 울려나오는 경쾌한 박자, 관객을 쏘아보는 강렬한 시선, 관능적이고 박진감 넘치는 춤사위… 이 모든 것이 관객을 사로잡았다. 남성무용수 하비에르 마르또스도 회전과 반전을 거듭하면서 땀을 흘렸다. 그들이 춤추며 부르는 노래 가운데는 우리나라의 창과 비슷한 구성진 가락이 있었다. 1시간 30분 동안의 플라맹고 춤은 그렇게 끝이 났지만, 무용수들의 열정어린 춤사위는 정열의 나라 스페인의 추억을 깊게 해줄 것이다. 플라맹고 춤은 역시 역동적이고 멋있는 춤이다. 내일은 알함브라 궁전을 구경할 예정이다.

■ 7월 4일 (화) [마드리드] / 쾌청

물과 산의 친구에게

요즘 새 소설을 쓰느라 골몰하고 있을 그대에게 오늘은 알함브라에서 이야기를 전함세. 자네도 알다시피 알함브라는 아랍어로 붉은성을 뜻한다네. 그라나다의 꽃으로 불리는 알함브라 궁전은 유럽에 남아있는 이슬람 건축물 가운데 최고의 걸작으로 꼽힌다는군. 자네도 이곳을 다녀갔다면 잘 알 걸세.

1238년 이슬람왕국의 나시리 왕 때 짓기 시작한 알함브라는 시에라네바다 산맥이 굽어보는 언덕에 자리 잡고 있다네. 1492년 1월 이사벨 여왕이 780년간의 아랍지배를 끝내고 이 지역을 수복해서 알함브라에 입궁했을 때, 아랍인들은 이미 알함브라의 영화를 버리고 스스로 물러간 뒤였지. 그런 알함브라를 아랍인들이 잊을 수 있었을까.

폐허가 된 안달루시아 지역의 궁전마다 대대로 황금에 얽힌 전설이 전해지지 않는 곳이 없던 곳. 아랍인들과 기독교인들이 오랜 전쟁을 벌이던 시절 이곳 주민들은 돈과 보물을 땅에 묻고 지하실과 우물에 감춰두었지. 아랍인들도 그들이 물러갈 때 퇴각은 일시적일 뿐 언젠가는 돌아와 자신들이 되찾으리라는 희망을 품고 보물과 재산을 감추어놓았다는군. 몇 세기가 지난 뒤 아랍인들의 거주지와 성채에서 금은보화가 쏟아져 나왔다는 이야기는 정말 군침이 도는 이야기가 아닌가.

알함브라는 그런 독특한 역사 때문에 민중설화의 중심이 되었다고 작가 워싱턴 어빙은 얘기했지. 궁전에서 발견한 아랍 금화가 가득 담긴 항아리, 산채로 묻어버린 수탉의 해골과 진흙으로 빚은 풍뎅이가 들어있는 옹기…… 알함브라 사람들은 그것이 마법의 힘을 지닌 부적이라고 믿고 온갖 공상을 하며 다채로운 설화를 만들어왔다고 하는군. 그렇게 해서 알함브라 궁전의 요새와 탑과 지하실은 신기한 전설의 요람이 되었다지 않는가. 그러니 아랍인에게 알함브라는 아직도 잊히지 않는 추억의 공간으로 남아 있을 것일세.

궁전 내부는 이슬람 문화의 정수와 예술혼으로 가득하더군. 건물 사이마다 기하학적으로 배치한 정원은 지상에 수놓은 환상의 태피스트리였다네. 그 가운데 '천국의 정원'에 심은 꽃과 나무들의 모양이 몹시 눈에 어렸지. 궁전 안 대리석 기둥에 새긴 조각의 솜씨는 교과서적 상상을 뛰어넘었고, 바깥의 태양광선을 건물내부로 끌어들인 정교한 광학기술과 우아한 조명은 알함브라의 작은 규모를 상쇄하고도 남는 것이었다네.

본궁 바깥 언덕에 있는 여름별궁에는 화려한 꽃과 향기 나는 풀들, 풍요롭게 뻗은 종려나무들, 상큼한 냄새를 풍기는 유도화의 터널이 조화를 이뤘지. 정원의 분수는 천연의 동력을 이용한 고전적 방식으로 물을 뿜는데, 물줄기의 크기와 모양이 일정하여 흐트러짐이 없었네.

알함브라 궁에는 내가 미처 알지 못했던 또 하나의 특별한 것이 있었지. 자네야말로 작가이니까 관심이 많을 걸로 생각하는데, 미국 작가 워싱턴 어빙이 1829년에 석 달간 머무르면서 알함브라 궁전의 이야기를 집필한 방이 바로 그것일세. 그 방 입구에 워싱턴 어빙의 이름이 새겨져 있더군. 어빙의 글이 자칫 폐허가 될 위기에 놓였던 알함브라의 존재를 세상에 알리고 인류의 유산을 복원하게 한 결정적 계기가 되었음은 이미 내가 세비아의 하얀 집에서 확인한 바 있었네. 워싱턴 어빙의 지성과 작가적인 심미

아랍 점령시대의 전설이 깃들고 이슬람 색채가 뿌리깊은
아름다운 궁전의 정원에서 분수가 솟아 오른다.
아랍어로 '붉은성'을 뜻하는 알함브라는
알 수 없는 추억과 향수를 불러일으키는 곳이다.

안, 그의 따뜻한 인류애에 어찌 감사하지 않을 수 있겠는가.

알함브라의 아름다움에 빠졌던 일행은 그라나다 시내에 있는 왕실성당을 둘러보았네. 여기에는 스페인을 통일한 이사벨 여왕과 남편 페르디난트 공동 왕이 묻혀 있는데, 이사벨 여왕이 왜 그라나다에 묻혀 있을까, 나는 그것이 몹시 궁금했지. 여왕은 국토수복과 통일이라는 지상의 목표 못지 않게 이슬람 문화의 꽃 알함브라를 마음속에 깊이 간직했던 것이 아닐까 하고 말일세.

성당 뒷골목에는 모로코 상인들이 몰려 장사를 하고 있는 아랍시장이 있었지. 도자기, 금속공예품, 가죽제품, 의류, 향신료를 파는 좁은 목에는 여러 나라에서 온 사람들로 붐비고 있더구먼. 골동품가게에는 정말 사고 싶은 물건이 많았지만 짐이 될까 염려되어 포기할 수밖에 없었네.

마드리드로 돌아오는 도중에 라만차의 풍차마을에 들렸지! 풍차는 소설 돈키호테의 무대가 되었던 라만차 주 꼰수에그라 마을의 작은 산등성 위에 있더구먼. 폐허가 다 된 낡은 성채의 흔적이 남아있고 그 주위에 여덟 개의 풍차가 일렬로 늘어서 있었네. 풍차는 멈춘 채였지. 그곳에서 풍차 주인 뻬드로 마르띤이라는 사람을 만났네. 그에게 소설의 현장을 보고 싶어 찾아 왔다고 말했더니 그는 아주 반가이 맞아주며 유료시설인 풍차 내부를 공짜로 구경시켜 주더군.

뻬드로 씨는 친절하고 쾌활한 시골 촌부였고 호감이 가는 인상을 지닌 사나이였다네. 그와 함께 사진을 찍었지. 내가 태극문양 기념배지와 명함을 건네주었더니 그는 고맙다는 인사와 함께 악수와 포옹을 하고 훗날 다시 찾아오라고 말하더군. 참, 자네도 축구라면 좋아하지 않는가. 그는 포르투 갈의 축구감독 코엘류의 인상을 많이 닮았다네.

풍차마을을 떠난 자동차가 고속도로로 들어섰을 때, 풍차마을 반대편 벌판에서는 수십 개의 풍력발전기가 날개를 돌리고 있었지. 500년의 세월을

소설 돈키호테의 무대가 되었던 라만차 주 꼰수에그라 마을의 작은 산등성 위에 보이는 풍차.

사이에 두고 중세의 풍차는 멎어 있지만, 21세기의 풍차는 부지런히 돌고
있더군.

저녁 아홉 시에 마드리드에 도착했을 때에도 하늘은 아직 환하게 빛나고
있었네. 스페인의 하루가 또 저물어가는군.

내일 또 소식 전하겠네. 잘 자게.

■ 7월 5일(수) [마드리드] / 쾌청

물과 산의 친구에게

오늘은 세고비아라는 데를 다녀왔네. 세고비아는 마드리드 서북쪽 100km

에 있는 인구 10만 명의 작은 도시라네. 로마시대 이래 중세의 전통을 이어 온 2천 년의 고도인데, 옛 까스띠야 왕국의 수도였던 세고비아에는 여행객뿐만 아니라 자네도 기억해 둘 만한 몇 가지 특별한 것이 있다네. 그게 무엇인가 하면 로마의 수로교, 대성당, 알까사르(왕궁), 새끼돼지요리일세.

자네도 알다시피 로마 수로교는 화강암으로 만든 상수도일세. 서기 30년경에 세워진 수로교는 세고비아에서 18km 떨어진 과다르마 산맥으로부터 물을 끌어와서 교각 위의 수로를 통해 성 안으로 생활용수를 공급했다는군. 그것이 당시로서는 최첨단의 상수도시설이었을 것일세.

교각을 쌓아올린 화강암은 어떤 접착제도 사용한 흔적이 없이 질서정연하고 조밀하게 연결되어 있더군. 지진과 같은 재해에도 불구하고 2000년의 세월을 어떻게 견디어 왔을까, 그게 궁금했지. 나는 장승처럼 버티고 서있는 돌다리가 그저 신기하기만 했네. 교각의 높이는 대강 30m쯤 될 것 같았는데, 앞으로 또 몇백 년을 견딜 수 있을지…….

귀부인이라는 별명을 지닌 세고비아 대성당에 갔지. 그것은 노란색 사암으로 지은 후기 고딕 양식의 건물인데, 마드리드 대성당이나 톨레도 대성당만큼 규모가 크지 않았지만 노란색이 풍기는 모습은 정말 귀부인다운 우아한 품위를 드러내고 있었네. 나보다는 독실한 가톨릭 신자인 자네가 둘러봐야 할 기품 있는 성당이었네.

우리가 그다음에 간 곳이 어딘지 알겠나. 백설공주의 성으로 더 잘 알려진 알까사르라는 궁성일세. 깎아지른 암벽 위에 세워진 백설공주의 성은 동화의 제목에 어울릴 법한 외양과 함께 천혜의 요새다운 위엄을 갖추고 있었네. 궁 안에는 중세기사의 갑옷, 기상천외한 각종 무기류가 전시된 무기박물관과 무기연구소가 있고, 전시실 벽에는 이사벨 여왕의 위엄 있는 모습을 그린 대형 초상화가 걸려 있었지.

백설공주의 성으로도 알려진 알까사르. 동화적 외양과 요새의 위엄을 동시에 갖춘 환상적인 모습이다.

이제 음식 이야기를 좀 해야겠네. 늦은 점심 시간에 세고비아의 명물 애저 요리 식당을 찾았지. 수로교 바로 옆에 100여 년 전통의 새끼돼지요리 전문식당 깐디도(Candido)가 있더군. 국제적으로 널리 소문난 집이지.

깐디도 가문이 창업 이후 3대에 걸쳐 운영해 오고 있는 이 식당에서 값은 비싸지만 맛있는 점심을 먹었네. 생후 21일 된 새끼돼지를 숯불에 구워 기름을 빼고, 다시 올리브기름을 발라 구워낸 것인데, 고기가 연하고 고소하며 어찌나 바삭바삭했던지… 야채샐러드, 포도주와 곁들여 먹는 맛이 특별했다네. 마침 오늘이 동행한 친구 부인의 생일이라 우리는 포도주로 축배를 들었지. 다섯 사람의 애저 요리 값으로 146유로(182,500원)를 지불했지. 비싸긴 하지만 여기에 문화라는 잠재비용은 포함되지 않았으니 값비싼 추억을 담은 점심을 먹은 셈 쳤지.

세고비아를 둘러보고 나서 과다라마산맥의 국도를 지나 고속도로를 타고 마드리드로 돌아왔네. 스페인의 도로는 잘 닦여져 있었고 자동차가 달리기에 쾌적했네. 그런데 내 눈에는 그것이 관광대국, 경제부국의 꿈을 가득 담은 미래의 도로처럼 보이더란 말이야. 오늘은 여기까지일세. 시간 나는 대로 또 소식 전하겠네.

■ 7월 6일(목) [마드리드] / 맑음

둘째에게

오늘은 여행기간 중 처음으로 네게 소식을 전한다. 그런데 정작 미술관 구경을 가려고 하니 네 생각이 나질 않겠니? 미술대학을 나온 네가 구경해야 할 곳을 아버지가 먼저 보게 돼서 조금 미안한 생각이 들었다.

쁘라도 국립미술관이라는 곳, 이름을 들어본 적이 있니? 스페인을 대표하는 미술관이란다. 전시관에는 교과서나 그림책에서 볼 수 없었던 거장들의 그림이 수두룩하게 걸려 있더구나. 위대한 작가의 작품을 직접 감상한다는 것은 얼마나 가슴 뛰는 일이냐! 그리고 이런 기회를 아버지가 얼마나 오랫동안 기다려 왔는지 너도 잘 알고 있겠지. 그래서 충분한 시간을 가지고 여유 있게 감상했단다.

벨라스케스라는 화가, 미술사 시간에 공부해서 알고 있겠지? 그가 그린 '마야 부인과 궁녀' 앞에서 어머니와 친구의 부인은 발걸음을 옮기지 못했지. 고야의 작품 사뚜루노는 그리스 신화에 나오는 사뚜루노 신이 아들을 잡아먹는 장면을 그린 것이고, 그의 또 다른 작품 큰 숫산양(El gran cabron)은 권력을 탐하는 성직자가 양의 탈을 쓰고 대중을 우롱하는 모습을 그린 것이지. 권력이라는 것도 그림의 소재가 된다는 것이 흥미롭구나. 한 마리 개의 얼굴만 그린 '수렁에 빠진 개'를 상상할 수 있겠니? 고야의 그림은 개의 절박한 눈동자를 통해 고통 받는 민중의 갈망이 무엇인지를 생각하게 하는 그림이었단다.

틴토레토의 작품 '세족식(El lavatorio)'은 예수가 제자들의 발을 씻겨주는 장면을 그린 대작인데, 세상에 이런 신기한 그림이 있는 줄을 몰랐다. 내가 그림을 보며 바른쪽으로 걸어가자 그림 속의 테이블이 바른쪽으로 움직였고, 왼쪽으로 걸어가자 테이블이 왼쪽으로 함께 움직이지 않겠니? 몇 번이고 그림 앞에서 좌우로 움직였더니 테이블은 눈의 방향에 따라 함께 움직였단다. 착시현상인지 어떤 원리에 의한 것인지 알 수 없는 수수께끼 같은 그림인데 표현력이 참 뛰어나더구나.

쁘라도 미술관 2층에서는 때마침 피카소 특별전시회가 열리고 있었단다. 피카소가 우울한 청년시절을 보냈던 이른바 청색시대인 1903년에 그린 작품 삶(La vida) 앞에서 아버지도 우울했던 청소년시절을 회상했지. 너희 형제에게는 그런 시절을 만들어줘서는 안 되겠다는 다짐을 하고 또 했던 지난 삼십 년 동안을 되돌아보면서 가난하고 스산하기만 했던 청소년시절 나의 자화상을 잠깐이나마 되새겼지. 피카소의 그림이 주는 영감의 세계를 느끼며, 나는 또 다른 상상의 숲 속으로 걸어 들어갔단다.

오후에는 소피아왕비 현대 미술관을 구경했단다. 그곳에서 피카소의 또 다른 특별전시회가 열리고 있는 게 아니겠니? 그런데 그곳에서 세기의 대작을 만날 줄이야. 거기에는 놀랍게도 피카소의 걸작 '게르니카(Guernica)'가 걸려 있었던 것이었다! 스페인 여행 중에 '게르니카'를 만나게 될 줄을 나는 상상하지 못했지. '게르니카' 같은 그림은 정말 엄중히 보호받아야 할 인류의 자산이 아니냐? 그런데 피카소의 특별전시장에서 이 거작을 구경하게 되다니, 이거야말로 여행의 본전을 뽑고도 남을 행운이 아니겠니?

'게르니카'는 1937년 스페인내전 당시 독재자 프랑코의 요청에 따라 저질러진, 나치공군의 게르니카 마을에 대한 무차별 폭격으로 초토화된 모습을 그린 작품이란다. 이 대작 앞에서 어머니와 나는 한참 동안 꼼짝도 않고 서 있었단다. 기쁨과 슬픔과 공포를 동시에 느끼면서 말이다.

가로 776cm, 세로 346cm 크기의 게르니카는 검정색과 회색, 흰색 물감으로만 그린 유화였단다. 스페인의 상징 검은 황소 앞에서 죽은 아이를 껴안고 통곡하는 여인은 학살의 비극을 표현하는 것이 아니겠니? 캔버스의 중앙에 그린 사나운 표정의 말은 독재자 프랑코를 가리키고 깨진 전구는 폭격에 의한 파괴를 나타내는 것이었지. 남자의 손에 들려진 횃불은 희망을, 두 팔을 치켜든 사람의 모습은 억압으로부터의 해방을 상징하는 것이었을 테고. 소피아미술관에는 아버지를 깜짝 놀라게 만든 또 하나의 그림이 있었단다. 그 제목이 '한국의 대학살(Masacre en Corea)' 인데, 제작연도는 1951년 1월로 되어 있더구나. 6·25전쟁으로 학살당하는 사람들을 그린 이 작품 속에는 두 명의 임산부, 아기를 안은 여인, 가슴을 손으로 가린 처녀, 공포에 질려 도망치는 어린이, 로봇 같이 생긴 기괴하고 험상궂은 군인들이 사람들을 향해 총칼을 겨누고 있는 모습이 담겨 있었는데 그 느낌이 매우 섬뜩했단다. 아버지가 겪었던 참담한 전쟁, 기억조차 하기 싫은 6·25의 악몽을 스페인에서 마주치다니…….

피카소가 전쟁으로 고통을 겪는 한국의 비극을 어떻게 알았을까. 그가 이데올로기를 떠나 한국인에게 진정으로 연민의 눈길을 보냈다면 그것은 고마운 일일 수밖에 없는 것이겠지. 그러나 나는 이 작품이 미군의 양민학살을 그린 것이라는 이야기가 사실이 아니기를 진심으로 바라고 있단다.

여드레 동안 자동차로 1800km를 달렸던 스페인 여정은 오늘로서 끝이 나게 되었다. 이제 앞으로 스페인이라는 나라를 기억하는 일만 남게 되겠지. 활력과 정열에 가득 찬 나라, 햇볕이 유난히 뜨거운 나라, 돈키호테의 나라를 아버지와 어머니는 결코 잊을 수 없을 것 같구나.

장마철에 음식 조심하거라. 잘 있어라.

터키

" 무언가 특별하고 신비스러운 것이 감춰진 것만 같은 느낌이 드는 도시. 이스탄불이라는 이름 속에는 그런 느낌이 배어 있다. 이스탄불뿐만 아니라 그 옛날 오스만 투르크제국의 영화를 누렸던 터키의 모든 도시에는 그런 신비의 기운이 감돌고 있음을 지혜로운 여행자들은 눈치 채게 된다. 그 신비의 기운은 동서양 문명을 감싼 베일이다. 어느 곳을 가더라도 땅을 파헤치면 고대문명의 흔적이 드러나는 곳. 트로이, 에페스, 파묵칼레, 이즈미르는 그런 곳들이다. 터키는 문명의 스펙트럼 속에 덮인 거대한 장막이 완전히 걷히지 않은 미지의 땅이다.

아시아의 동쪽 끝에 있는 한반도와 서쪽 끝에 있는 아나톨리아 반도. 1400년 전 고구려는 수나라에 대항하여 동북아시아 초원지대의 유목민족 돌궐(투르크)과 동맹을 맺었다. 터키인의 조상은 투르크족이었다. 터키계 국가 위구르가 멸망한 이후 중앙아시아를 떠나 서쪽으로 옮겨간 투르크족은 셀주크 투르크와 세계 국가 오스만 투르크제국을 세워 중·근세의 인류문명을 이끌었다. 투르크족은 한민족과 함께 알타이 문화권에 속한 북방계 스텝민족이었고 역사적으로 한민족과 가까웠던 이웃사촌이었다.

6·25전쟁 당시 1만 5천 명의 터키 젊은이들은 형제국가를 돕기 위해 한국의 최전선에서 싸우다 800여 명이 전사하고 1000여 명이 실종되었다. 터키 병사들은 한국 땅에 우정과 추억을 남겨놓고 갔다. 그래서 전쟁을 겪은 장년들의 가슴속에는 지금도 터키 병사들이 남겨 놓은 추억의 노래 하나가 자리 잡고 있다. 위스크다르 마을에 사는 처녀가 보스포러스 해협 건너에 있는 젊은 공무원을 사모하여 부르는 연가다. 터키의 대표적인 이 민요의 멜로디는 언제 들어도 향수를 자극한다.

위스크다르 가는 길에 비가 내리네
내 임의 긴 외투자락 땅에 끌리네
내 임이 잠에서 덜 깨 눈이 감겼네
임은 나의 것 나는 임의 것 누가 막으리
내 임의 풀 먹인 셔츠 너무도 멋지네 "

■ 7월 8일(토) [이스탄불] / 맑음

어제 오전 10시 마드리드공항에서 탑승한 스판에어 항공사 JK125기 편으로 12시 35분 프랑크푸르트공항에 도착한 우리는 오후 1시 40분 연결편인 루프트한자항공 LH3342편으로 갈아타고 현지 시각 오후 5시 25분에 이스탄불의 아타튀르크공항에 도착했다. 구시가지의 어느 한식당에서 저녁을 먹은 뒤 탁심 광장에 있는 마르마라 호텔로 와서 여장을 풀었다.

어제는 아침부터 오후 늦게까지 여객기와 국제선 청사 안에서 시간을 보내느라 모두가 피곤했다. 더구나 마드리드 공항에서 우리 부부의 독일행 항공권 예약이 취소될 뻔한 소동 때문에 더욱 심신이 지쳐버렸다. 스칸디나비아 협력항공사인 스판에어의 창구 여직원은 컴퓨터에 탑승객 이름과 예약 근거가 나타나지 않는다며 우리 부부에게 좌석권을 발급해 줄 수 없다는 것이었다. 그런데 이럴 경우를 대비해 가져간 예약서류와 예약번호를 보여주고도 삼십분 이상이나 큰 소리로 언쟁을 하며 수선을 피웠는데, 동행했던 뻬드로 리의 도움이 없었다면 우리 부부와 친구 부부는 공항의 이별을 감수할 수밖에 없었을 것이다. 뻬드로 리의 배짱과 뚝심, 성난 목소리에 눌린 여직원은 이런저런 핑계를 대며 발뺌하다가 끝내 좌석권을 발급해 주었다. 해프닝은 컴퓨터의 단순한 오류 때문에 일어난 것이었다. 스페인에서 우리를 안내해 주었던 뻬드로 리는 운전도 능숙하고 지리에도 밝은 유능한 여행 가이드로 정말 마음에 드는 젊은이였다.

우리는 마드리드 공항의 해프닝으로 어느 나라 어느 항공사든지 항공권 예약은 출발하기 2~3일 전에 반드시 재확인해둘 필요가 있다는 교훈을 얻었다. 여행 성수기에는 더욱 더 재확인이 필요할 것이다.

무언가 특별한 데가 있고, 무언가 신비스러운 것이 감춰진 것만 같은
도시 이스탄불―이스탄불이라는 이름 속에는 그런 느낌이 배어있다. 세
상 사람들은 이스탄불이라는 이름 속에서 낭만의 열차 오리엔트 특급의
향수를 떠올린다. 동양과 서양이 만나는 곳, 아시아와 유럽을 가르는 경
계, 비잔틴제국과 오스만제국을 결합한 문명의 용광로, 기독교와 이슬람
교가 공존하는 곳. 이스탄불은 다양한 문명의 스펙트럼 속에서 빛나는
지구상의 몇 안 되는 도시 가운데 하나다.

이스탄불 신시가지의 중심 탁심 광장은 토요일인데도 불구하고 아침
부터 사람들이 몰려들기 시작했다. 객실 창밖으로 멀리 구시가지에서 모
스크와 첨탑들이 만들어내는 희미한 윤곽과 그 앞쪽에 점잖은 귀족처럼
서있는 갈라타 탑이 보였다.

우리는 오전에 보스포러스 해협에서 유람선을 타고 남쪽의 보스포러
스 대교와 북쪽의 술탄아흐멧 대교 사이를 왕복하며 해협 양안의 경치를
감상했다. 해협 물길의 양쪽에는 오스만제국 시절에 지은 궁전과 사원들
이 많은데, 그 가운데 특히 하얀색의 돌마바흐체 궁전이 사람들의 눈길
을 끌었다. 전망이 뛰어난 언덕에는 터키뿐만 아니라 유럽의 부호들이
지어놓은 별장과 저택들이 즐비했다. 두 번째 찾은 아름다운 해협, 동서
고금의 격동을 거듭해 온 역사의 현장 보스포러스의 모습에 감회가 새로
웠다. 친구 부부도 처음 보는 보스포러스의 경치에서 눈을 떼지 못했다.

보스포러스는 아시아와 유럽의 경계선일 뿐 아니라, 고대 이래 국제적
충돌의 현장이자 침략과 정복의 길목이었다. 그래서 평화가 정착할 수
없었고 한시도 바람 잘 날 없는 상시전장의 건널목이 되어왔지만, 1차 세
계대전 이후 터키의 배타적인 관할권을 벗어나 사실상 국제해협이 되어
버렸다.

지금도 우크라이나의 세바스토폴을 모항으로 하는 러시아함대가 지중

해협 보스포러스의 유람선에서 바라본 대교와 루멜리 성.

해로 빠져 나오거나, 지중해에서 흑해로 들어가기 위해서는 보스포러스 해협을 통과하지 않을 수가 없다. 만일 어떤 사정에 의해 해협이 봉쇄된다면 러시아의 흑해함대는 내해에 갇히게 되어 무용지물이 되어버릴 수밖에 없고, 우크라이나의 오데사와 크림반도의 휴양도시 얄타의 생명은 시들어버릴 것이다. 그럴 경우 러시아는 흑해함대를 시리아의 타르투스 같은 항구로 옮겨갈 수밖에 없을 것이다.

아름다운 해협의 이름 보스포러스는 '암소의 나루' 란 뜻이다. 그리스 신화에서 제우스신의 사랑을 받았지만 제우스의 아내 헤라의 질투와 미움을 받아 흰 암소로 변한 이오(Io)가 바다를 건넜다고 해서 붙여진 명칭이다. 2010년 이전에 이 해협의 해저에 길이 1400m, 깊이 55m의 터널이 뚫리게 되면, 이스탄불에는 13.7km의 지하철이 완성될 것이다. 앞으로 아시아와 유럽은 다리뿐만 아니라 지하철로도 연결되게 될 것이다.

이스탄불 여행의 중심이자 시발점은 술탄아흐멧 광장이다. 이 광장 주

오스만제국의 영광을 간직한 술탄아흐멧 사원.

변에 성 소피아 성당, 술탄아흐멧 사원, 톱카프 궁전박물관이 있다. 오스만제국의 영광을 간직한 술탄아흐멧 사원 안팎을 둘러보며 나는 역사적 건축물의 장엄한 모습과 함께 이 건물을 지은 술탄의 절대 권력을 생각했다. 톱카프 박물관에서는 물방울 다이아몬드를 비롯한 보석류, 보석들이 박힌 왕관, 보검, 투구, 갑옷, 장신구 등 수많은 전시물들을 관람했다. 거지가 쓰레기통에서 발견하여 숟가락과 바꿨다는 물방울 다이아몬드 앞에는 구경꾼들이 가득 몰려 있었다. 번쩍이는 보석의 광채는 가난한 사람에게는 허무의 빛일는지도 모른다.

오스만제국의 화려한 문화 예술에 대해 깊은 감동과 놀라움을 금치 못하면서도 그 시대 민중들의 생활이 어떠했을까 하는 궁금증을 갖게 되었다. 어느 시대나 부귀영화를 누리는 소수자들의 반대편에 다수의 소외계층이 있었다는 사실은 어쩔 수 없는 당연한 현상으로 밖에 받아들일 수 없는 것일까. 빈부의 철폐와 인간의 공존공영은 영원히 허황된 꿈일까.

저녁 무렵 이스탄불의 번화가 이스티클랄 거리의 인파 속에서는 수십

이스티클랄 거리의 터키 전통 아이스크림
가게 주인. (연필 데셍)

명의 청년들이 코뮈니스트라는 선전물을 행인들에게 나누어주며 무언의 시위를 벌리고 있었다. 나는 지나는 길에 무스타파라는 이름의 젊은이를 만나 시위의 사연을 물었다.

그는 자본주의와 빈부 차에 반대한다며 터키가 점점 더 경제적으로 가난한 나라가 되어가고 있는데 분노한다고 토로했다. 경찰관과 순찰차들이 근처에서 시위 청년들을 지켜보고 있었다. 우리 부부가 작년 이맘때 왔을 때는 보지 못했던 뜻밖의 광경이었다. 이따금씩 걸인들이 손을 내밀고 있었고, 장애인들, 거리연주자들도 눈에 띄었지만, 거리의 인파와 소음, 상가의 네온사인 불빛, 모스크의 저녁 기도 소리에 묻혀버리고 말았다. 그러나 이스티클랄 거리에서 먹은 터키 전통 아이스크림 돈두르마의 맛은 이내 복잡한 거리의 모든 것을 잊게 했다. 아이스크림은 찰떡처럼 졸깃졸깃했다.

■ 7월 9일(일) [앙카라] / 맑음

이스탄불에서 앙카라까지는 400km다. 중간에 휴게소에서 쉬는 시간을 포함하면 자동차로 여섯 시간 가까이 걸리는 거리다. 우리가 탄 9인승 승합차의 운전기사는 앙카라가 고향인 43세의 록크만 지만 씨인데, 그는 일찍 결혼하여 부인과 사이에 아들 하나와 대학생이 된 딸 둘을 거느린

단란한 가정의 가장이다. 점잖으면서도 유쾌함을 잃지 않는 다정다감한 사나이다.

앙카라로 가는 고속도로 주변의 고원지대에는 옥수수, 감자, 여름채소가 한창 자라고 있었다. 도중에 우리는 작은 마을 볼루를 비롯하여 고원의 분지에 둘러싸인 몇 개의 소 도읍을 지났다. 마을마다 붉은 기와를 한 3층짜리 연립아파트 단지가 눈에 띄었다. 자동차가 해발 2,000m의 볼루 산을 넘어섰을 때 구릉지가 조금씩 분홍색을 띠우기 시작했으며, 곧 융단 같은 넓은 밀밭이 나타났다. 그리고 자동차로 20분쯤 더 달려갔을 때 황야 속에 푸른 도시가 나타났다. 앙카라 시는 황량한 구릉과 낮은 산으로 둘러싸여 있었다. 그러나 외곽지대와 달리 도심에는 숲과 가로수와 공원이 잘 가꾸어져 있었다. 인구 340만 명의 터키의 수도는 이스탄불 같은 화려함이나 혼잡함은 없었다. 도시 외곽의 산등성을 메웠던 빈민촌 게제콘두는 대부분 철거되어 있었다. 수도의 면모를 새롭게 하려는 터키 정부의 오랜 노력이 결실을 보고 있는 것일까.

맨 처음 방문한 아나돌루 문명박물관(Anadolu Medeniyetleri Müzesi)은 규모가 크지 않은 박물관이지만 히타이트 시대의 다양한 철기유물들과 메소포타미아의 유물 유적들이 전시되어 있었다. 이곳은 특히 인류문명사의 중대한 흔적 가운데 눈길을 끌고 있는 것이 한 가지 있었다. 그것은 현재까지 극히 일부만 발굴되어 그 크기를 짐작하기 쉽지 않지만, 유럽의 최초 도시였던 차탈휘유크다. 신석기시대에 만들어진 인류최초의 집단주거지 차탈휘유크는 이 박물관이 소장하고 있는 세계 유일의 주택단지 유적이다.

터키의 초대 대통령 무스타파 케말 아타튀르크의 유해가 잠든 영묘는 도심 한복판에 자리 잡고 있는데, 그 모양이 마치 그리스의 파르테논 신전과도 같았다. 터키의 지폐에 얼굴이 그려진 이 위대한 대통령을 기억

내가 이곳에 관심을 갖게 된 이유는 도시지리학자인 아우가 1999년 차탈휘유크의 현장을 답사하여 발표한 연구논문을 읽은 적이 있기 때문이다. 나는 논문을 읽고 놀라움을 금할 수가 없었다. 그리고 아득한 시절 인간이 최초로 만든 집단주거지에 대한 호기심이 솟구쳤다.

지금부터 9000년 전, 신석기시대에 콘야 근처에 있는 차탈휘유크 마을의 주민들은 독특한 형태의 집을 짓기 시작했다. 역사의 무대에 홀연히 나타난 그들은 선사시대 초기의 농경 정착민들이었다. 그들은 양, 염소, 소를 기르는 한편, 차탈휘유크 일대의 풍요로운 늪지대에서 동물을 사냥하거나 야생과일, 감자 등을 채집하며 살았다.

차탈휘유크의 주민들은 5천~1만 명 단위로 공동체를 이루어 고대도시의 초기형태를 만들었다. 수천 세대들이 13.5ha의 공간에 사각형으로 촘촘하게 지은 흙벽돌 주택에서 살았으며, 하나의 주택에서 약 100년 정도 거주한 후에 그것을 메우거나 부숴버리고 그 위에 새로운 주택을 지었다. 이러한 과정이 약 1000년간 반복된 결과 이곳에는 높이 20m에 달하는 언덕이 만들어졌다.

초기의 주택은 길과 공간을 넓게 하여 여유있게 배치했지만, 인구가 늘어남에 따라 주택 사이의 간격이 좁아지기 시작했다. 그 결과 주택들은 이웃집과 벽을 맞대어 지어졌고, 사람들은 지붕에 구멍을 뚫어 바깥출입을 하게 되었다. 구멍은 출입구인 동시에 부엌의 화덕과 방의 벽난로로부터 연기를 배출하는 굴뚝으로 이용되었다. 집안에 마련해 놓은 맷돌과 조그만 저장시설로 미루어 보아 주민들은 세대별로 자급자족을 했을 것이다.

차탈휘유크의 주택은 건축자재로 흙벽돌과 목재를 사용했다. 길고 얇은 벽돌은 진흙과 짚을 섞어 만들었다. 벽돌을 쌓아 만든 벽은 두께가 얇고 나무기둥이 지붕을 지탱했다. 지붕은 경사 없이 평평하게 만들고 나무 서까래에 갈대와 진흙을 덮었다. 이런 지붕형태는 지금도 이 지방에서 흔히 볼 수 있는데, 그것은 사람들이 지붕에서 일상생활을 할 수 있도록 한 것이었다. 콘야의 평원 일대에서는 오늘날에도 평평한 지붕 위에서 가축을 사육하고 있다고 한다.

기원 전 7000년 전 형성되었던 유적은 아나톨리아와 서남아시아의 특이한 문화를 지닌 인류 최초의 집단취락이었다. 그 흔적들이 지금 문명박물관의 전시관 안에 남아 21세기의 인류에게 무언가를 말해주고 있다.

하기 위해 나는 영묘의 모습을 카메라에 담았다. 1차 대전에서 패한 후 혼란에 빠진 나라를 열강의 침입으로부터 막아내고 조국의 독립을 이룬 아타튀르크. 터키 사람들은 그를 흔히 케말 파샤라고 부른다. 케말―완벽함. 파샤―장군. 완벽한 장군의 애칭을 지닌 그는 어떤 사람이었을까. 왜 그는 터키의 국부(國父)로 불리는 것일까. 이글거리는 눈동자, 늑대의 고독과 열정, 여성을 한눈에 사로잡는 외모, 신비의 베일을 감싼 지도자는 홀아비로 평생을 보냈다.

아타튀르크는 정치, 종교, 사회, 교육을 혁신한 혁명가였다. 글을 모르는 국민을 위해 읽고 쓰기에 어려운 아랍문자를 버리고 배우기 쉬운 터키문자를 만들어냈다. 터키에 민주주의를 심어놓고 여성의 참정권을 인정했다. 서민생활을 개선하기 위해 도량형을 뜯어고치고 화폐를 개혁했다. 그는 민생개혁을 실천한 실용주의자였으며, 위대한 군 출신 정치인이었다. 아타튀르크의 과감한 국정개혁은 터키 국민의 긍지를 드높였다. 그는 1차 대전에서의 패배로 위축된 터키인의 자긍심을 불러일으키기 위해 다음과 같은 말을 만들어냈다.

"네 무틀루 튀르크 디예네(Ne mutlu Türk diyene)!"(터키인이라고 말하는 것은 얼마나 기쁜개!)

지금도 살아있는 이 금언은 터키 역사에 정신적 기초를 이루는 명언이 되었다. 그는 1923년부터 1938년까지 15년 동안 조국을 위해 봉사하다가 57세를 일기로 돌마바흐체 궁전에서 운명했다. 그는 죽기 전에 후계자인 이스멧 이뇌뉘에게 스스로 길을 터준 평화적 정권교체의 실천자였다. 그가 세계 사상 위대한 지도자 100인 가운데 한 사람으로 꼽혀오고 있는 것은 전혀 의심할 일이 아니다. 박정희 대통령이 생전에 그를 흠모하여 5 · 16군사 쿠데타를 계획한 것은 결코 우연이 아니었을 것이다.

호텔에 체크인 하기 전 우리는 1973년에 건립된 한국참전 토이기기념관을 찾았다. 6 · 25전쟁 당시 15,000명의 지원병을 보내 800여 명의 전사자와 1000여 명의 실종자를 내고 형제국가 코레(한국)를 도왔던 나라 터키. 나는 친구와 함께 은혜의 나라에 세워진 참전 기념탑 앞에서 묵념했다. 6 · 25전쟁의 기억을 되새기며 터키의 코레가지(한국전 참전용사)들에게 아직 살아있음을 감사했다. 친구와 나는 방명록에 두 형제국가가 함께 번영하기를 기원하는 짧은 글을 남겼다. 그리고 이 탑을 지키고 관리하는 젊은이 퀵살 타타르와 인사를 나누고 그에게 태극기가 그려진 목걸이와 배지를 선물했다. 나는 쾩살에게 한국전쟁에서 살아남은 얘기, 3년 전에 터키 참전용사와 유가족들이 고향 춘천을 방문했던 일, 그리고 그들과 함께 시간을 보냈던 얘기를 들려주었다. 그는 나에게, "카르데쉬(형제)!"라고 말하면서 나의 손을 잡았다. 그리고 사탕을 한 움큼 내다주면서 함께 사진 찍기를 청했다.

저녁 6시 우리는 앙카라 교외에 있는 에센보아 에어포트 호텔에서 체크인을 끝내고 객실로 올라가기 전에 나는 우연히 호텔 로비에 있는 한국산 영창피아노를 발견하고 반가운 마음에 피아노 앞에 앉았다. 그리고 천천히 터키국가를 연주했다. 건반을 닫고 의자에서 일어났을 때 갑자기 요란한 박수소리가 울렸다. 로비에 앉아있던 손님들이 모두 기립하여 나를 향해 박수를 치고 있었다. 놀랍기도 하고 부끄럽기도 하여 나는 그들을 향해 허리를 굽혔다. 내 평생 이날의 광경을 잊을 수는 없으리라.

저녁 식사를 마치고 객실에서 쉬고 있을 때였다. 난데없는 축포소리에 놀라 호텔 밖으로 나가보니, 어떤 젊은 남녀의 결혼식이 진행되고 있었다. 옥외수영장 주변에는 특별무대가 설치되고 수십 개의 테이블이 놓였다. 주례가 신랑 신부에게 혼인서약 비슷한 질문을 하자 그때마다 그들은 '예'(evet)라고 답변했다. 주례사 같은 것은 없었다. 곧 영화 '타이타닉' 의 주제가에 맞추어 신랑 신부가 춤을 추고, 다섯 명의 남자가 등장하여 콘야 지방의 전통무용 세마젠 춤(일명 메블라나 춤)을 추기 시작했다.

춤을 시작하기 직전 두 팔을 교차하여 가슴에 댔다가 타사부프 음악(수피즘 신비주의에서 유래한 전통 메블라나 명상음악)에 맞추어 시계의 반대방향으로 제자리회전을 시작했다. 바른손을 위로, 왼손을 아래로 내린 채 빙글빙글 돌면서, 고개를 바른쪽으로 비스듬히 기울이고 마치 신들린 듯 무아지경의 춤추기를 다섯 번씩이나 계속했다. 춤은 20분 이상 계속되었다.

세마젠 춤이 끝난 후 가수가 등장하여 노래를 계속하는 동안 신랑 신부는 객석을 돌며 하객들과 악수를 하고 포옹을 나누었다. 잠시 후 하객 수십 명이 무대에 나와 손에 손을 잡고 발을 맞추어 둥글게 돌아가는 춤을 추기 시작했는데, 그 분위기가 너무도 유쾌하고 흥겨웠다. 그것은 우리나라의 강강술래와 비슷했다. 터키결혼식의 흥겨운 분위기와 진행방식은 우리나라의 결혼식과는 사뭇 달랐다. 만일 순수한 터키 전통혼례식으로 치렀다면 이보다 더 멋지고 화려하며 흥미진진했을 것이다.

■ 7월 10일(월) [콘야] / 쾌청

맑고 시원한 아침 앙카라 교외의 낮은 산 위로 해가 솟았다. 호텔 가까운 모스크에서 아침 예배를 알리는 아잔소리가 울렸다. 어젯 밤 결혼식으로 북적대던 분위기와는 딴판으로 호텔 안팎은 조용했다.

앙카라를 떠난 후 오후 4시. 콘야에 도착하여 곧바로 메블라나로 향했다. 11세기 셀주크 투르크의 수도였던 콘야에 세워진 터키 최초의 이슬람 사원 메블라나는 정통 이슬람의 엄격성을 벗어나 노래와 춤으로 사람들에게 가까이 다가가려는 수피즘 신비주의의 창시자 메블라나의 유해가 묻혀 있었다. 메블라나는 경전보다 마음을 바로잡는 신앙의 포교에 더 정열을 바친 신비의 인물이었으며, 신앙에 신비감을 심어주는 매혹적인 수단을 만들어낸 심미안의 소유자였다. 수피즘 무슬림들이 추는 메블라나 춤은 하느님과 인간을 이어주는 믿음의 가교를 상징하며, 춤사위가 신비롭고 매력적이어서 보는 사람의 영혼을 일깨워 준다고 믿어져 왔다.

이슬람의 창시자 모하메드의 수염을 보관한 성물상자가 있는 전시실에는 많은 무슬림들이 몰려들어 성물상자가 보관된 유리관에 입을 맞추고 있었다. 아니, 이 사원이 이슬람을 창시한 분의 수염을 보관하고 있다는 것이 사실인가! 믿기 어려운 일이지만 오스만 투르크 제국이 500년 동안 중동 전역과 모하메드의 고향인 아라비아 반도, 아프리카 북부, 발칸지역을 지배했던 역사를 상기하면 사실일 수도 있겠다는 생각이 들었다. 성물상자의 진위에 대해 안내원에게 질문했더니 그는 눈을 크게 뜨고 말했다. "알라께 맹세코 사실입니다. 알라하 아크바르!"

1000년 전 셀주크 투르크의 옛 수도 콘야는 황량하고 광활한 대지 위에 자리 잡고 있다. 이 중세도시 외곽에 있는 릭소스 콘야 호텔은 현대적인 시설과 세련된 외관을 갖춘 호텔이다. 엊저녁 여관이나 다름없었던 앙카라의 호텔에 비하면 콘야의 호텔은 아방궁인 셈이다. 이런 황량한 고도에 현대적 호텔이라니, 어쩐지 어울리지 않는다는 생각이 든다.

아슈만 데비지 부인과 그녀의 딸 하티제의 여름별장은 콘야시 근교에 있는 튤립 바흐체의 차르스쾨이 가에 있었다. 데비지 부인의 집을 방문하게 된 것은 뜻하지 않은 일이 계기가 되었다. 호텔 앞의 아울렛을 구경하던 일행이 때마침 지나가던 데비지 부인에게 길을 묻다가 이런저런 이야기가 진전되어 부인으로부터 즉석에서 집으로 초대를 받았다.

우리와 함께 승합차를 타고 20여 분을 달려 도착한 데비지 부인의 집은 넓은 잔디 위에 주렁주렁 열매를 맺은 살구나무와 장미꽃이 활짝 핀 아담한 이층집이었다. 앞뜰 정원에는 원두막 같은 정자 안에 응접테이블이 있었다. 부인과 딸의 안내로 집안 구석구석을 구경했는데, 카펫이 깔린 넓은 방들과 응접실이 아늑하게 꾸며져 있었다.

데비지 부인은 석 달 전 남편을 잃은 전직 영어교사였다. 딸 하티제는 고등학교 3학년생인데 내년에 대학에 진학해서 건축인테리어를 공부할 계획이라고 말했다. 부인의 언니와 조카가 정원에서 딴 살구와 집에서 만든 과자를 쟁반에 담아오고 부인은 터키차를 끓여왔다. 친구는 살구

맛을 보고 감탄을 금치 못했다. 나도 그렇게 달고 향기로운 살구를 평생 맛본 적이 없다. 거들떠보지도 않던 살구가 그렇게 맛있는 줄 몰랐다. 터키의 살구는 알라의 축복이다.

뜰 가운데 정자에서 우리는 가족 이야기, 전통풍습 이야기, 터키의 인상에 관한 이야기, 한국의 예법에 관한 이야기를 나누었다. 데비지 부인은 전직 영어교사답게 또박또박한 영어로 한국에 관한 이모저모를 자세히 물었다. 부인은 우리 일행과 한국에 대해 비상한 관심을 가지고 있었다. 나는 부인에게 터키군의 한국전 참전에 관한 이야기와 터키 참전용사들을 춘천에서 만났던 이야기를 들려주었다. 우리 부부가 방문 기념으로 터키 민요 위스크다르를 부르자 데비지 부인 가족이 합창을 하며 기뻐했다. 밤이 깊어 자리를 뜨려고 하자 부인과 딸은 매우 섭섭해 했다. 나는 명함과 이메일 주소를 딸에게 건네주고 귀국하면 편지하겠다고 말했다. 부인은 우리에게 언제라도 또 터키에 오면 그때는 더 정중하고 융숭하게 대접하겠노라고 말했다. 일행은 데비지 부인의 가족과 함께 사진을 찍었다. 두 아내들은 부인과 딸을 포옹하며 작별인사를 나누었다. 데비지 부인의 집을 나설 때 동쪽 하늘에는 맑고 환한 보름달이 비치고 있었다.

터키에 탄르 미사피르(Tanrı Misafir)라는 말이 있다. 터키인은 자기 집에 방문한 손님을 신이 보낸 손님이라고 여긴다. 오늘 우리는 뜻하지 않은 기회에 탄르 미사피르가 되었는데, 이것도 여행이 주는 기쁨이 아닌가.

콘야에서 파묵칼레로 가는 국도를 달리다가 체리로 가득 찬 마을이란 뜻을 지닌 키라즈 바흐체의 어느 휴게소에 들렀다. 과수원집 아이들이 직접 내다파는 자주색 체리 1kg과 노란색 체리 2kg을 사고 6터키리라를 지불했다. 원화로 4000원쯤 하니까 아주 싼 편이고 더구나 금방 딴 것이어서 싱싱했다. 처음 보는 노란 체리는 맛이 달고 새큼했다.

한참동안을 달리다가 또 다른 휴게소에서 차를 멈췄다. 휴게소 매점에서 참 발르라는 이름의 소나무 꿀을 탄 요구르트를 먹었는데, 세상에! 소나무에도 꿀이 맺혀 있다는 말인가. 소나무 꿀은 한국의 토종꿀과 비슷한 맛을 지닌 것이었다. 휴게소 앞 화단을 무심코 지나다가 무궁화, 백일홍, 분꽃, 봉숭아, 금송화, 옥잠화를 발견했다. 여행 도중에 만난 반가운 꽃들, 내 눈을 의심하게 만드는 이 꽃밭은 대체 어느 나라의 꽃밭인가. 화단 언저리에는 쑥도 자라고 있었다.

소금호수를 지나 10여 분간을 달리다가 데니즐리 시로 들어왔는데, 목화의 성 파묵칼레는 여기서도 14km를 더 가야 했다. 파묵칼레로 가는 도중 로마시대 7대 교회의 하나가 있던 라오디케야 발굴현장에 들렀다. 그리스 시대에 세워진 고대도시의 유적지에서는 마침 발굴 작업이 한창 진행되고 있었다. 더운 바람이 부는 발굴현장에서는 인부들이 땀을 흘리며 곡괭이질을 하고 있었고, 파묵칼레 대학교 고전고고학과 학생들이 작업을 지도하고 있었다. 화려하고 장엄했던 고대도시 라오디케야의 발굴이 끝나 그 놀라운 모습을 세계에 드러낼 때까지는 얼마나 긴 세월이 걸릴까.

온천휴양지 파묵칼레에는 또 하나의 로마시대 도시 히에라폴리스가 있다. 2세기에 건설한 이 도시 한가운데에 남아있는 반원형극장 아크로폴리스는 보존상태가 너무도 좋았다. 만일 히에라폴리스 전체를 3차원의 컴퓨터그래픽으로 복원시킨다면 놀랄 만큼 장대하고 환상적인 도시가 될 것이다. 히에라폴리스 언덕에서 내려다 본 데니즐리 평야는 풍요로움이 흐르는 광활한 분지였다.

우리는 스파 콜로싸 온천호텔에 도착하여 체크인을 끝낸 뒤 곧장 호텔 앞에 있는 노천 온천탕으로 갔다. 따뜻한 온천물은 피부에 상쾌하고 편안한 즐거움을 주었고, 약간 역겨운 유황냄새는 오히려 구수한 향기가 되어 코를 간질였다. 그 옛날 로마의 황제와 총독들은 파묵칼레를 찾아와 데니즐리 평원을 바라보며 온천에 몸을 담그고, 그 아래 기름진 평원에서 생산된 향기로운 채소와 곡식, 고기와 우유를 즐기면서 천년의 번영을 꿈꾸었을 것이다. 우리 네 사람도 로마인이 되어 밤늦도록 온천물에 몸을 담갔다. 온천탕 주위에 피어있는 유도화와 로즈마리 향기가 바람에 실려 왔다.

■ 7월 12일(수) [이즈미르] / 쾌청

파묵칼레를 떠나 이즈미르로 가는 도중에 자동차가 자주 고장이 나서 가다 서다를 반복했다. 운전할 때에는 언제나 휘파람을 불며 쾌활함을 잃지 않던 운전기사 록크만이 그때마다 차를 세워 고치느라 진땀을 흘렸다. 자동차가 도중에 주유소에 들려 기름을 넣었는데, 가격표지판에는 보통휘발유 1리터에 3.06 터키리라(2,000원), 보통 디젤 1리터에 2.42 터키리라(1,570원), LPG 1리터에 1.38 터키리라(900원)로 적혀 있었다.

1인당 국민소득 5000달러 수준의 비산유국, 터키의 경제를 감안한다면 이것은 보통일이 아니다. 터키경제의 실상을 모르는 사람들에게는 이렇게 비싼 기름을 넣고 어떻게 차를 운행할까하는 의문이 생길 수밖에 없다. 그런데 거기에는 그럴 만한 이유가 있었다. 그 해답은 터키의 수수께끼 같은 지하경제에 있다.

웬만해서 세원으로 포착되지 않는 지하경제의 규모가 국내총생산의 30~50%에 달할 것으로 추정되는 터키의 경제는 숨바꼭질 경제다. 어려운 경제현실과 고유가에도 불구하고 터키인들이 점점 더 자동차를 선호하는 까닭은 지하경제의 비밀 속에 숨어있다. 겉으로 드러난 경제지표로는 가늠할 수 없는 보이지 않는 화폐의 흐름이 상거래와 금융거래, 국민생활 속에 뿌리내리고 있기 때문에 국민의 실제소득은 수치보다 훨씬 높은 수준일 것으로 추정되고 있다.

더욱이 터키는 곡식, 채소, 과일, 육류 같은 농축산물을 자급자족하여 먹을거리의 문제를 해결하고 있다. 최근 경제전문가들은 터키의 1인당 국민소득이 사실상 10,000달러 수준에 이르고 있는 것으로 평가하고 있다. 그러나 공산품 가격은 비싼 편이며, 특히 자동차가격은 더 비싸 한국의 두 배에 달한다. 그런데도 터키 사람들은 날이 갈수록 차를 사는 데 열심이며 그 덕에 한국산 자동차의 인기와 판매량도 부쩍 늘고 있다. 터키의 어느 곳을 가든지 한국산 승용차를 쉽게 발견할 수 있는 것도 지하경제와 관련지어 이해해야 할 것이다. 현대자동차 공장이 이스탄불 외곽에 세워진 것은 최근의 일이다.

그리스, 로마시대의 도시 에페스에 도착한 시각은 정오를 넘긴 뒤였다. 성서에 에베소라는 이름으로 기록된 에페스의 유적들 가운데 가장 큰 볼거리는 대극장이었다. 헬레니즘 시대에 건설되어 로마시대에 확장된 반원형의 극장은 피온 산 중턱에 에게 해를 바라보도록 지어진 25,000명 수용 규모의 야외극장이다.

해마다 열리는 에페스축제의 민속공연과 음악회에는 수많은 여행객과 음악애호가들이 몰려드는데, 몇 해 전 루치아노 파바로티와 조수미도 이 반원형 극장에서 노래를 불렀다. 이 극장에는 신비한 음향장치가 설계되어 있는 것으로 알려져 있다. 2천 년 전 어느 화창한 봄날 거대한 야외극장의 높다란 좌석에 앉아 에게 해의 푸른 물결을 바라보는 친구와 나, 그리고 두 아내들의 모습을 상상해 보라! 얼마나 가슴 벅차고 멋있는가. 상상은 여행자의 특권이며 영감의 원천이다.

셀수스 도서관은 2세기 초 로마의 아시아총독이었던 티베리우스 율리우스 셀수스 폴레마에누스가 죽은 뒤 그의 아들이 지은 도서관이다. 1970년 오스트리아 고고학협회가 복구를 시작하여 오늘에 이른 도서관 정면의 벽감에는 지혜, 사색, 학문, 미덕을 상징하는 네 개의 대리석 여성상이 서 있는데, 에페스에 있는 것은 복제품이고 진품은 오스트리아 비엔나의 박물관에 보존되어 있다.

참, 잊을 뻔한 것이지만, 셀수스 도서관 맞은편에는 그 당시에 장미꽃 미소를 머금은 아가씨들의 사랑방이 있었다. 점잖빼는 귀족뿐 아니라 귀족의 자제들도 틈만 있으면 이 눈치 저 눈치를 살피다 도서관에 가는 척하면서 도서관의 지하통로를 통해 장미촌으로 줄달음질을 쳤다. 어디 그뿐이었겠는가. 장미촌에서 재미를 보고 난 뒤 사방을 두리번거리며 몰래 빠져나오던 귀족 아버지와 아들이 그만 입구에서 마주쳐 버렸겠다. 부자간에 서로 모른 척 했을까 웃었을까, 시치미를 떼며 딴전을 부렸을까. 역사적 상상과 허구는 자유로울수록 더 큰 재미를 안겨준다.

도서관 왼쪽에는 아우구스투스 황제를 기념하기 위해 세운 아우구스투스 문이 있고, 그 안에 에페스의 수호신인 아르테미스 여신상이 서있었다. 하드리아누스 신전에서는 운명의 여신 티케가 조각된 아치형의 정문과 양손을 벌린 메두사가 조각된 안쪽 문의 화려한 장식이 눈길을 끌었다.

트라야누스의 샘과 분수대, 헤라클레스의 문, 소극장 오레 온, 목욕탕, 공중화장실도 구경꾼들의 관심을 끄는 장소였다. 50명의 남자들이 동시에 앉아 볼일을 볼 수 있었던 공중화장실에서 로마인들은 얼굴을 마주보며 무슨 얘기를 나누었을까. 칸막이 없이도 로마인들은 어떻게 유쾌하게 배설을 즐길 수 있었을까.

에페스 유적지로부터 가까운 곳에는 아르테미스 신전 터가 있다. 기원전 2세기에 지은 아르테미스 신전은 고대 7대 불가사의의 하나로 지금은 기둥 하나만 남아있을 뿐 수수께끼 같은 과거의 화려함을 침묵 속에 묻은 채 쓸쓸한 모습만 보여주고 있다. 주위를 한 바퀴 돌아보니 입구에 무궁화 꽃이 피어 있었다. 터키에서 우리가 가는 곳마다 무궁화 꽃이 목격되는 것은 대체 무슨 조화인지 알 수 없지만 아무튼 신기한 일이다.

시린제 마을은 셀주크 시에서 멀리 떨어진 깊은 산중마을이다. 기원전후에 그리스인이 거주하다가 물러간 뒤 터키인들이 들어와 정착해 살고 있는 이 마을은 집집마다 가내공업으로 포도주를 생산하여 국내외에 이름이 알려진 이색적인 산중 마을이다. 한국의 어느 텔레비전 방송국에서도 시린제 마을에 관한 특집방송을 한 적이 있는데, 오늘 이곳에 우리나라 관광객의 모습은 보이지 않았다. 마을을 둘러보는 길에 어느 포도주가게에 들려 15터키리라(10,000원)를 주고 2004년도 산 적포도주 한 병을 사서 마셨다. 이색적인 분위기에 끌려 시음을 해보았지만, 향기는 그럴 듯한데 떫은맛이 좋은지 어떤지를 가늠할 수 없었다.

포도주마을에서 내려와서 이즈미르로 가는 길에 셀주크 시 교외의 어느 재래시장을 구경했다. 오늘은 마침 주 2회 열리는 장날이어서 많은 사람들이 몰려들었다. 채소, 곡물, 과일, 일용품을 파는 노점상들이 시장을 가득 메웠다. 좌판에는 우리나라에서는 볼 수 없는 진기한 과일과 채소들이 많았다. 둥근 공 모양의 가지, 오렌지색 토마토, 길이가 30cm를 훨씬 넘는 쭈글쭈글한 고추, 주먹크기만한 마늘, 파란 강낭콩은 처음 보는 것들이었다. 때마침 제철을 만난 체리는 싱싱하고 윤기가 흘러 탐스러웠다. 아내들은 10터키리라를 내고 체리 2kg과 알이 굵은 복숭아 다섯 개를 샀다.

노점상의 여기저기를 기웃거리는 동안 터키 사람들이 우리를 보고 손을 흔들거나 말을 걸어왔다. 어떤 채소가게를 지날 때 젊은 아주머니가 친구를 향해 "포토!"라고 소리쳤다. 그러면서 사진을 찍어달라고 손짓했다. 친구가 카메라를 들이대자 아주머니는 토마토 한 개를 머리에 올려놓고 천연덕스러운 포즈를 취했다. 디지털카메라에 찍힌 모습을 보여주었더니, 아주머니는 종이쪽지에 자신의 이름과 주소를 적어 주면서 한국에 돌아가면 사진을 보내줄 수 없겠느냐고 말했다. 웃음 지으며 부탁하는 아주머니의 표정이 하도 진지해 귀국한 뒤 사진을 보내주지 않으면 미안한 생각이 들 것만 같았다. 나는 터키말로 사진을 보내주겠노라고 약속했다. 아주머니의 이름은 카즘 쿠르툴무쉬였다. 그때 바로 옆 과일 가게를 지키고 있던 청년이 내게 다가와 손짓을 하며, 자기 가게에서 차를 마시고 가지 않겠냐고 말을 걸어왔다. 청년의 얼굴은 의심의 여지가 없는 순박한 표정이었다. 더듬거리는 서툰 영어였지만 그는 아주 친근한 태도로 말했다. 올해 스무 살인 이 총각의 이름은 세제르 토마이였으며, 자신은 매주 장날 시장에 나와 부모를 돕는다고 말했다. 세제르 청년은 차를 끓여와 친구와 나를 대접하면서 이것저것을 물었고, 나에게 볼펜 한 개를 선물로 주었다. 나는 세제르 청년과 그의 부모와 함께 사진을 찍고 그가 적어준 주소지로 사진을 보내주겠다는 약속을 했다.

일행이 시장을 떠나올 때 세제르 청년의 가족과 카즘 아주머니가 손을 흔들며 배웅해 주었다. 나는 마음속으로 카즘 아주머니와 세제르 청년에게 한 약속을 잊지 않겠다고 다짐했다. 알라하 베르케트 베르신!(그들에게 우리는 에게 해의 진주로 불리는 이즈미르 시에 도착하여 바다가 바라보이는 프린세스 호텔에 여장을 풀었다. 저녁을 먹고 나서 호텔 안에 있는 온천장에서 밤늦도록 수영을 하며 시간을 보냈다. 깨끗한 시설과 멋진 전망을 갖춘 에게 해변 언덕의 호텔에서 오늘밤도 편히 잠잘 수 있을 것 같다.

■ 7월 13일(목) [아이발록] / 쾌청

알렉산더 대왕은 아름다운 항구 스미르나—이즈미르의 그리스 이름—를 사랑했다. 페르시아와 인도로 향하는 동방원정 길에서 알렉산더는 부하들과 함께 이즈미르를 굽어보는 산 정상에 올라 에게 바다의 경치를 감상했으며, 이곳에서 망중한을 즐기다가 낮잠을 잤다. 이즈미르는 알렉산더 대왕이 전쟁 중에도 단잠을 잤던 에게 해의 빛나는 진주다.

이즈미르 고고학박물관에는 기원 전 1500년 그리스 시대 유물로부터 로마, 비잔틴 제국에 이르기까지의 조각, 도자기류, 돌기둥, 석관 등이 전시돼 있었다. 그리스 시대의 도자기는 현대적 감각을 능가하는 그림과 무늬가 그려져 있는데, 도자기의 문양은 그 자체가 하나의 세련된 다목적 디자인이었다. 의상디자이너와 공예디자이너들이 이곳을 구경한다면 뜻밖의 영감을 얻을 수도 있겠다는 생각이 든다.

이즈미르를 떠나기 전 시청사 앞 광장과 바닷가 부근을 둘러보고 나서 알렉산더 대왕이 이즈미르를 사랑한 이유를 짐작할 수 있을 것 같았다. 이즈미르는 꿈꾸는 미인의 눈동자처럼 생긴 항구도시다. 아라비안나이트에 나오는 마법의 도시 같기도 하고 천로역정에 나오는 하늘의 도시

같기도 하다.

한 시간 후 오늘의 목적지인 아이발릭 해변의 테미젤 그랜드호텔에 여장을 풀었다. 아이발릭은 터키 사람들이 가장 즐겨 찾는 여름철 휴양지로 많은 사람들이 가족단위로 찾아와 쉬어가는 국민관광지다. 호텔 앞에는 에게 해의 잔잔한 물결이 햇빛을 받아 반짝거리고 있었다. 친구와 나는 수영복으로 갈아입고 바닷물로 들어갔다. 바닷물은 수정처럼 맑고 투명했다. 햇볕은 몹시 뜨거웠지만 에게 해에서 불어오는 바람은 시원했고 대기의 습도는 낮았다.

저녁때 호텔식당에서 식사를 하면서 나는 터키 사람들의 모습을 지켜봤다. 그들은 대부분 가족단위로 놀러온 여행객들이었다. 손님들로 식당이 혼잡하기는 했지만 그들은 테이블마다 가족끼리 앉아 담소하며 음식을 먹고 있었다. 아버지가 아들에게 음식을 골라주고, 딸이 어머니에게 접시를 날라다 주었다. 할아버지와 아버지가 맥주잔을 부딪치는 사이에 어머니는 아이들과 열심히 이야기를 했고 아이들은 까르르 웃고 있었다.

가족을 지키고 가족의 가치를 소중히 여기는 터키인들의 풍습은 멀리 셀주크 투르크 시대부터 다져진 굳건한 전통이다. 가족과 가족의 명예를 지키기 위해 터키인들은 지금도 명예살인을 서슴지 않는다고 한다. 가족을 지키고 사랑하는 일은 역시 인종과 국경을 초월하는 것 같다.

■ 7월 14일(금) [부르사] / 쾌청

아침 9시에 아이발릭을 떠난 일행은 트로이를 향해 달리다가 에게 해가 바라보이는 언덕에 멈춰 잠시 바다를 조망했다. 바다는 남색과 터키 블루색을 섞어놓은 잔잔한 호수 같았다. 손이 닿을 듯 가까운 곳에 있는 섬들이 터키영토가 아니라 그리스 땅이라는 사실은 믿기 어려운 역사의 아이러니다. 터키 국민이 이 현실을 어떻게 용납하고 있는지 궁금하다.

산중의 꾸불꾸불한 길을 넘고 평야를 가로질러 달린 끝에 두 시간 후 트로이에 도착했다. 트로이 유적지 입구에는 분홍색 자귀나무 꽃이 활짝 피어 있었다. 우리 부부에게는 이곳 트로이 유적지가 작년에 이어 두 번째 찾아온 곳이지만 친구 부부에게는 처음이었다. 웅장한 건물이나 멋진 풍경이 있는 곳도 아닌, 낯설고 황량하기만한 트로이 벌판의 유적지를

〈트로이 유적지〉

고대 그리스인들에게 전승되어 내려오는 그리스와 트로이 간의 전설적인 전쟁은 호메로스의 서사시 일리아드와 오디세이에 기록되어 있다. 기원전 1193~1184년에 있었던 것으로 추정되는 트로이전쟁의 발단은 영웅 아킬레스의 부모인 펠레우스와 테디스의 결혼식에 불화의 여신 엘리스가 초대받지 못한 일에서부터 시작된다.

초대받지 못한 엘리스는 화가 치밀었다. 엘리스는 그 분풀이로 '가장 아름다운 여인에게'라는 글귀를 적어놓은 황금사과를 결혼식장에 던졌다. 이를 본 세 명의 여신 헬라, 아테나, 아프로디테가 이 황금사과를 차지하려고 아름다움을 겨루게 된다. 그때 미의 심판으로 뽑힌 트로이 왕자 팔리스는 그리스 최고의 미녀를 줄 것을 약속한 아프로디테에게 황금사과를 주고, 스파르타 왕 메넬라오스의 왕비―팔리스가 그리스 제일의 미녀라고 생각한―헬레네를 빼내 트로이로 데려오게 된다. 아내를 뺏긴 메넬라오스는 격분하여 미케네 왕인 형 아가멤논을 설득하고 그리스 도시국가의 왕들에게 트로이원정의 격문을 보낸다. 그리고 이에 따라 구성된 연합함대가 아우리스에 집결하여 트로이로 향하게 된다.

견고한 성벽을 두른 트로이는 쉽게 함락되지 않아 전쟁은 10년 동안 계속되었다. 이때 총사령관 아가멤논과 아킬레스 사이에 불화가 생겨 그리스군은 고전을 면치 못하게 된다. 친구 파트로크로스가 전사하자 복수의 화신이 된 아킬레스는 전장으로 달려가 적장 헥토르와 싸워 그를 죽였으나 이후 그 자신도 발뒤꿈치에 화살을 맞아 전사한다. 트로이군이 우세해짐에 따라 그리스군은 이타케 왕 오디세우스가 고안해 낸 거대한 목마 속에 특공대를 숨겨두고 퇴각한다. 승리에 도취된 트로이군은 목마를 성 안으로 끌어들이고, 목마 속의 그리스군은 성을 함락시켜 마침내 최후의 승리를 거두게 된다. 전설과도 같고 신화에나 등장할 법한 이야기가 트로이 전쟁의 이야기다. 고대인들은 트로이 전쟁의 사실여부에 대해 의심하지 않았지만, 19세기 유럽의 역사가들은 이것을 전설이나 허구로 받아들이려 했다. 그러나 1873년 독일 하인리히 슐리만이 마침내 트로이를 성공적으로 발굴해냄에 따라 트로이는 실제로 존재했던 역사적 실체임이 세상에 알려지게 되었다. 트로이는 아름다운 신화의 장막을 뚫고 나온 신비한 역사였다.

친구 부부가 어떻게 느낄지 궁금했다. 우리는 두 시간 동안 기원 전 3000년에 시작된 트로이문명의 흔적을 답사하면서, 아득한 옛 시절의 그림자를 드러내는 고대 도시국가의 유물과 유적을 살폈다. 흙속에 묻혀 있던 아홉 개의 유적층에서 고대사의 자취들이 밖으로 모습을 드러내고 있었다. 발굴 작업은 계속 조금씩 진행되고 있다.

나는 브래드 피트가 아킬레스 역으로 출연한 영화 트로이를 여러 번 감상했다. 그리고 그때마다 상상의 눈으로 트로이 평원과 작가 호메로스를 떠올리며 마음과 몸은 이미 이곳 트로이를 향하고 있었다. 오늘도 이 고대문명의 터전에는 트로이 전쟁과 목마를 기억하는 사람들이 끊임없이 찾아오고 있다. 마침 현장에서 만난 프랑스에서 온 피에르라는 이름의 청년에게 물었더니, 그 역시 브래드 피트의 영화를 보고 트로이 목마를 찾아왔다고 말했다. 아시아에서 온 여행객은 우리 네 사람 밖에는 없었다. 발굴현장의 중간쯤 되는 언덕에서, 나는 그 옛날 트로이왕국 시대에 푸른 바다로 덮여 있었을 언덕 아래의 넓은 벌판을 바라보았다. 그리스군의 침입에 맞서 사투를 벌이는 트로이 군사들의 함성, 성벽 위에서 쏟아져 내렸을 소나기 같은 화살, 거대한 공성기에서 발사되어 트로이성벽을 부수는 바위덩어리의 굉음, 창과 칼이 부딪치는 소리가 저 벌판에서 메아리쳤을 것이다. 세월이 흐르고 역사는 바뀌지만 그 가운데 바뀌지 않는 것이 있다. 그것은 아름다움과 위엄을 남기고자 하는 옛 사람들의 강렬한 욕구다. 수천 년이 지난 오늘날도 고대의 영화로움 속에 담긴, 전설과도 같은 전쟁과 사랑의 이야기는 사람들의 마음을 사로잡는 신비한 힘이 있다. 나는 트로이 유적지를 걸으며 알 수 없는 향수와 고대의 신화 속으로 빠져들었다.

오후 7시쯤 오스만 제국의 첫 번째 수도였던, 인구 151만 명의 온천도시 부르사에 도착하여 케르반사라이 호텔에 여장을 풀었다. 대상들의 숙소'라는 뜻을 지닌 고전풍의 이 호텔에서 정말 대상처럼 잠을 자고 싶었다. 그런데 오늘밤에도 이 호텔에서 결혼식을 구경하는 뜻밖의 즐거움을 누리게 되었다. 결혼식은 앙카라에서 보았던 것과 비슷했지만 전통춤의 공연 같은 것은 없었다. 노래 소리 때문에 밤늦도록 잠을 이루지는 못했지만, 이국에서 낯선 이벤트를 구경한다는 것은 즐거운 일이다.

■ 7월 15일(토) [이스탄불] / 쾌청

오스만제국 최초의 수도였던 부르사는 겉보기에 제법 풍요로운 분위기가 풍기는 아름다운 숲의 도시다. 이 도시의 중심에 600년 된 이슬람 사원 울루 자미가 있다. 사원의 내부에는 가로 2.5m, 세로 2.5m, 높이 35m의 거대한 사각기둥들이 둥근 천정을 받치고 있다. 천정의 돔 지붕 끝이 유리로 되어있어 유리창을 통해 햇빛이 실내로 들어온다. 실내 한복판에는 무슬림들을 위한 세수용 수도와 분수대가 있다. 울루 자미는 내부 장식은 화려하지는 않지만 위엄과 환상적인 아름다움이 조합된 이색적인 모스크다. 메카 쪽을 향한 미흐랍 윗부분의 벽에는 가로 6m, 세로 4m의 현판에 보기에도 아름다운 아랍문자가 쓰여 있는데, 사원관리인에게 물어보니 '알라 모하메드'를 뜻하는 것이라고 말했다.

알라에게 기도하는 방법을 알고 싶어 무슬림들을 유심히 살폈다. 그들은 미흐랍을 향해 선 채로 양손을 두 귓불에 댄 다음 두 손을 모아 아랫배에 대고, 5~10초 동안 서 있다가 등을 구부려 반절을 하고나서 이마를 바닥에 대고 큰절을 두 번 한다. 그러고 나서 무릎을 꿇고 잠시 명상에 잠기다가 다시 일어나 손바닥을 위로 향한 채, 낮은 목소리로 코란의 구절을 암송하며 기도를 마친다. 사람에 따라 5분에서 20분에 이르기까지

기도시간이 다르다. 나도 앞에 앉아 기도를 올리는 무슬림의 동작을 따라 그대로 했다.

　이스탄불에 도착하자마자 우리는 그랜드 바자르를 찾았다. 그랜드 바자르는 터키어로 카팔르 챠르시스, 즉 옥내시장이라는 뜻을 가진 거대한 재래시장인데, 이 안에는 6000여개의 가게가 있다고 한다. 마법의 시장 같은 느낌을 주는 크고 작은 상점들은 점점 더 현대식으로 바뀌고 있지만, 전통시장다운 흥청대는 분위기는 여전히 살아있다. 여러 상점에 들려 물건을 구경하는데, 한국어를 할 줄 아는 점원들의 호객행위가 지난해보다 더 심해진 것 같았다.

　나는 어느 가게에 들려 '악마의 눈' 이라고 부르는 나자르 본죽 세 개를 샀다. 점원이 처음에 부른 가격은 세 개에 70터키리라였지만, 몇 차례의 흥정 끝에 20리라로 거래를 끝냈다. 한국말을 곧잘 하는 잘생긴 젊은 점

〈참르자 언덕〉

보스포러스 해협 위에는 유럽과 아시아를 연결하는 보스포러스 대교가 놓여있다. 그리고 보스포러스 대교에서 멀지 않은 이스탄불의 아시아 쪽 부분에는 이스탄불에서 제일 높은 언덕이 있는데, 고도라고 해야 100m 정도에 불과하다. 여기에는 TV송신탑을 곳곳에 세워놓아 유럽 쪽 이스탄불에서 보면 뾰죽뾰죽한 대형 송신탑의 모습이 한눈에 들어오는데 이곳이 바로 참르자라는 곳이다.

일행이 이스탄불로 돌아오는 길에 들른 참르자 공원에는 가족, 친척 단위로 소풍을 나온 터키 사람들이 나무그늘 아래 풀밭이나 벤치에 삼삼오오 모여앉아 점심을 먹고 있었다. 터키인들은 휴대용 가스버너에 불을 지펴 양고기를 굽거나 망갈이라고 부르는 석쇠에 생선을 굽고 있었다. 주전자로 차를 끓이는 모습도 보였다.

인구 1300만 명의 대도시 한가운데 있는 참르자 공원은 아름드리나무가 우거져 있어 시원하기 그지없고 보스포러스 해협을 내려다보는 전망이 뛰어나다.

아시아의 언덕 위에서 내려다보는 유럽의 모습은 특별한 감동을 준다. 멀리 호수처럼 펼쳐진 마르마라 해의 잔잔한 모습, 그 위에 조각구름처럼 떠있는 프린스 제도의 섬들, 짙푸른 보스포러스 해협 건너편에서 모스크와 미너렛이 만들어 내는 이슬람 건축의 아름다운 실루엣은 가슴을 설레게 하는 파노라마이며 추억 속에 아련히 새겨질 한 폭의 풍경화다.

해질녘 주홍색으로 불타는 이스탄불의 낙조를 참르자 언덕에서 바라본다면, 평생을 두고 잊지 못할 영원한 노스탤지어의 석양이 될 것이다. 사랑하는 친구들과 젊은이들이여, 이스탄불에 오면 참르자 언덕에 올라보라.

원에게 나는 터키 말로 대꾸했다. 아흐멧이라는 이름의 남자 점원은 내가 하는 터키 말에 신기하다는 표정을 짓고 마침내 유쾌한 낯으로 값을 깎아 주었다. 그는 나에게 악수를 청하며 이렇게 인사를 했다.

"카르데슈, 이이 욜줄룩라르"(형제, 좋은 여행 되세요)

다른 가게에 들려 똑같은 물건의 값을 알아봤더니 내가 지불한 가격보다 모두 50퍼센트 이상이나 비쌌다. 터키의 시장에 정찰제가 존재하는가 하는 의문이 들었지만 그것은 문제가 될 것이 없다. 흥정이란 재미있고 유쾌한 일이며, 그것이 국적을 달리하는 사람들 간에 이루어질 경우에는 정이 오고가는 흥겨운 거래가 될 수도 있지 않은가. 그랜드 바자르는 닫힌 시장이 아니라 유쾌하고 즐거운 열린 시장이다. 악마의 눈은 내 마음 속의 잡귀를 쫓고 우리 가족을 지켜줄 것이다.

■ **7월 16일(일) [이스탄불] / 쾌청**

오스만 제국의 32대 술탄 압둘 메지드 황제가 보스포러스 해협 바닷가에 베르사이유 궁전을 모방해 만든 돌마바흐체 궁전은 술탄이 사는 공식 주거지인 동시에 정치를 관장했던 곳이다. 여기에는 터키의 초대 대통령 아타튀르크의 집무실이 있고, 집무실에 있는 시계는 그의 사망시간인 9시 5분을 영원히 가리키고 있다.

바로크 양식에 오스만 양식을 가미한 화려한 건물 안에는 285개의 방과 43개의 연회실, 여섯 개의 욕실, 여섯 개의 테라스가 있다. 이 궁전은 터키의 유럽화의 상징이며 유럽을 그대로 옮겨다 놓은 것 같은 인상을 준다. 돌마바흐체란 '가득 찬 정원'이란 뜻이다. 무엇이 가득 차 있을까. 이 세상의 온갖 사치와 호화, 아름다움과 위엄, 독재와 오만이 가득 차

이스탄불의 성 소피아 성당.(연필 데셍)
세계에서 가장 큰 비잔틴 양식 그리스정교회 성당으로
처음 지어졌으나 터키 지배하에서는 이슬람교 사원으로 사용되었다.
1934년 이래 박물관으로 개조된 이곳의 공식 명칭은
'아야소피아 박물관' 이다.

지혜라는 뜻의 소피아. 성(聖)은 그리스어로 '하기아', 터키어로 '아야' 라고 발음된다. 지금 이 성당의 터키식 공식 명칭은 아야 소피아 박물관이다.

1934년 이래 박물관으로 개조된 이곳의 영문 명칭은 'The Aya Sofya Museum이다. 성 소피아는 하느님의 지혜, 곧 그리스도를 가리키는 것으로 여겨진다.

313년 기독교를 공인한 콘스탄티누스 황제와 그 후계자의 시대에 건립된 성당이 532년 니카의 반란으로 파괴된 후, 유스티니아누스 황제는 새로운 설계에 따라 재건을 시작했다.

안테미우스와 이시도로스가 설계를 하고 100명의 감독 밑에서 1만 명의 인부가 작업을 하여 5년 10개월 만에 완성한 성 소피아 성당의 내부는 최고급 대리석장식과 모자이크로 가득 채워졌다. 건축자재는 제국 전역에서 가장 좋은 것만을 골라 썼다. 심지어는 델피, 에페스, 헤리오폴리스 등 유명 신전에서 기둥과 조각을 운반하여 자재로 이용하기도 했다. 대리석 기둥과 바닥 장식을 위해 백색은 프로코넷소스, 녹색은 테시리아, 황금색은 리비아, 분홍색은 프리기아, 상아색은 카파도키아의 대리석을 사용했다.

당시로서는 비교적 짧은 기간에 완공되어, 537년 12월 27일에 헌당식을 거행하였다. 헌당식에 참석한 유스티니아누스 황제가 성당의 위용에 감동하여 "오! 솔로몬이여, 나는 그대를 이겼노라!"라고 외치며 경건한 기도를 올렸던 일은 지금까지도 유명한 일화로 전해진다.

전형적인 비잔틴 양식으로 지은 성당 본체는 동서 77m, 남북은 71.7m로 정사각형 형태의 그리스 십자형 구조에 가깝다. 지름 33m, 바닥면으로부터 54m 높이에 설치한 거대한 돔의 무게를 지탱하기 위해 네 개의 기둥과 대 아치, 삼각궁우를 채용하는 동시에 동서로 돔과 같은 너비를 가진 두 개의 반원개를 설치하는 등 독창적인 구조와 형태를 갖추고 있다.

엄숙함과 긴장감이 감도는 거대한 중앙 돔 둘레에는 40개의 채광 창문이 있고, 창문은 아름다운 모자이크 성화들로 장식되어 있다. 놀라운 사실은 이처럼 장대한 규모의 건축물을 지탱하고 있는 것이 기둥이 아니라 54m 높이의 거대한 돔이라는 점이다.

성당의 겉모습 역시 장관이다. 땅위에서 하늘로 부풀어 오른 것 같은 둥근 형태는 보는 사람에게 위압감을 주지 않으며 자연스럽고 따스한 정감을 풍긴다.

비잔틴제국 당시 그리스정교회의 본산으로서의 역할을 하던 소피아 성당은 1453년 오스만 제국의 지배아래 들어간 이후 500여 년 동안 이슬람사원으로 사용되었으며, 이 시기에 성당 주위에 네 개의 첨탑 미너렛이 세워졌다. 모스크로서의 역할을 하던 성당은 1934년 이후 박물관으로 사용되고 있다.

있다. 우리는 이 궁전 안에 들어가 가득 찬 모습을 구경했다. 거기에는 오스만 제국 황실의 위엄을 과시하는 진귀한 보물들이 무수히 전시되어 있었다.

대연회장 천정에 매달린 무게 4.5톤의 샹들리에는 영국의 빅토리아 여왕이 기증한 것이다. 가로 세로 너비가 각각 40m인 대연회장 위에 있는 높이 36m의 중앙 돔에 매달려 있는 샹들리에에는 750개의 촛대가 박혀 있다. 샹들리에는 오스만 제국의 술탄이 커튼 뒤에서 몰래 지켜보는 가운데 외국사절들로 가득 찬 대연회장을 대낮처럼 밝혔을 것이다. 크고 작은 방마다 진열된 여러 나라의 도자기들, 금과 은으로 만든 주방기기들, 르네상스풍의 탁자와 의자, 금테두리의 대형 거울, 150년 된 붉은 카펫과 커튼, 보석이 박힌 장식장, 왕족들의 초상화, 메흐메드 2세의 콘스탄티노플 함락을 그린 유화들, 빅토리아 영국여왕의 초상화, 1800년대의 고서가 빽빽이 꽂힌 서재, 대리석으로 만든 호화목욕탕 하맘, 그 속에 설치된 황금수도꼭지와 욕조, 여인들의 처소인 하렘과 술탄의 침실, 이 모든 것들은 오스만 제국 황제의 위세와 사치의 상징물들이다.

압둘 메지드 황제는 1842년에 이 궁전을 착공하여 1856년에 완성했다. 황제가 사망한 시기가 1861년 6월이므로 그가 이 궁전에서 보낸 시간은 5년을 넘지 못했다. 무리하게 궁전을 짓다보니 나라의 재정은 바닥이 났다. 그가 죽은 후 배다른 동생 압둘 아지즈 1세가 33대 술탄으로 즉위했다. 새로운 술탄은 키가 2m에 가까운 거한이었다. 그는 레슬링 챔피언과 싸워 이긴 적이 있을 만큼 체격이 우람했기 때문에 침대가 커야 했다. 그 거대한 침대가 하렘의 욕실 옆에 아직 그대로 남아 있다.

스스로 시인이자 화가이며 문무를 겸했던 압둘 아지즈 황제는 내정과 외치에서 일일이 손꼽을 수 없을 만큼 훌륭한 업적을 남겼다. 그러나 넘치는 추진력과 자신감은 황제로 하여금 재정을 생각하지 않고 돈을 물

쓰듯 하게 만들어 오스만 제국을 파탄지경에 이르게 했다. 그는 1876년 개혁주의자들에 의해 퇴임당하고 며칠 후에 살해되었다.

오스만 제국의 마지막 술탄 압둘 하미드 황제는 의심 많은 전제군주였다. 그는 안팎으로 밀려드는 개혁의 압력에 못 이겨 결국 의회를 만들고 입헌군주제를 받아들여 1877년 3월 19일 제1차 오스만튀르크 의회를 돌마바흐체 궁전 대연회실에서 소집했다. 그러나 연회 장소에서 열리는 민주주의 방식의 회의는 전제군주에게는 참을 수 없는 모욕이었다. 그는 헌법을 중지하고 전제정치로 돌아섰다.

술탄은 개혁파와 자유주의 세력을 증오한 나머지 그들을 탄압하고 죽여 피를 흘리게 했다. 그 때문에 그는 '붉은 술탄'이라는 별명을 얻게 되었다. 그는 밝고 개방적인 분위기의 돌마바흐체 궁전이 마음에 들지 않았다. 단 한 번의 의회를 소집하고 나서 헌법을 정지시킨 다음, 그는 이 궁전을 도망치듯 떠나 가까운 곳에 있는 이을드즈 궁전으로 옮겨갔다. 10m 높이의 담장으로 외부와 차단된 건물은 술탄을 안심시켰지만, 결국 그는 그 안에 스스로를 가두고 몰락의 길을 재촉했다. 돌마바흐체 궁전은 영광과 오욕으로 얼룩진 역사의 산실이었다. 그런데 참으로 역설적인 것은 허세를 부려 만든 망국의 유물들이 오늘날 후손을 먹여 살리는 든든한 돈줄이 되고 있다는 사실이다. 실제로 터키의 관광수입은 2003년에 132억 달러였으며, 이는 세계에서 아홉 번째 순위(세계관광기구 WTO가 2005년에 발표한 통계)에 해당한다. 같은 해 일본의 관광수입은 88억 달러로 세계 14위를 기록했지만 우리나라는 통계에도 오르지 못했다.

오후 시간은 성 소피아 성당 안에서 보냈다. 비잔틴양식의 진수이며 세계의 불가사의로 일컫는 성 소피아 성당은 붉게 퇴색한 겉모습과는 달리 내부에는 관람객을 압도하는 웅장함과 경건함이 있었다. 숨 막히는 긴장감을 불러일으키는 금빛 모자이크와 성화, 예수의 성상과 그리스문자의 배열은 형언하기 어려운 아름다움 그 자체였다. 지진에도 불구하고 파괴되지 않은 채, 뒤틀린 아취와 기울어진 기둥으로 천정을 끝까지 버티며 원형을 지켜낸 이 거대한 성전은 문자 그대로 세기의 기적이다.

성당 안에는 검은색 바탕 위에 황금색 아랍문자로 코란구절을 적어놓은 거대한 원판들이 걸려 있었다. 하나의 성전 안에 두 종교의 상징이 공존하고 있었다. 이 기적의 성당을 만든 유스티니아누스 황제와 위대한 설계자들, 그리고 1453년 콘스탄티노플을 정복한 후 부하들에게 성 소피아 성당의 보전을 엄명했던 오스만 제국 황제 메흐메드 2세에게 경의를 표하지 않을 수 없다. 메흐메드 2세는 확실히 고금을 초월한 걸출한 제왕이며 문화 감각이 뛰어난 스케일 큰 지도자다.

■ 7월 17일(월) / [런던] 쾌청

터키를 떠나기에 앞서 몇 시간의 여유가 있었다. 나는 친구와 함께 그랜드 바자르 뒤편에 있는 고서점가를 기웃거리다가 우연히 특별한 책 한 권을 발견했다. 그것은 6 · 25전쟁에 참전했던 한 터키 군인이 쓴 회고록이었다. 책의 제목은 터키어로 '한국전쟁—잊지 못할 전쟁과 참전용사 파루크 페케롤의 추억' 이었다. 이 책을 한국에 가져가 전문가에게 번역을 의뢰하거나, 국방부 군사편찬연구소의 관계자들에게 제공해서 잊혀져가는 한국전쟁의 증언 자료로 삼도록 한다면 좋겠다는 생각이 들었다. 우리나라를 도운 참전국에 와서 단돈 5달러를 내고 구입한 책이 한국 전쟁사를 새롭게 조명하는 데 도움이 된다면 5달러의 가치는 그 몇 배 커질 수도 있다.

터키 땅의 많고 많은 사람 중 내 눈에 띄었다는 것은 어떤 의미가 있을

테니, 역사가 가르쳐주고 인연이 이끌어주는 그 어떤 의미를 찾기 위해
서도 이 책을 집으로 가지고 가자.

터키 여행은 끝났다. 우리는 오후 4시 10분 LH3351 편으로 이스탄불
의 아타튀르크 공항을 이륙하여 오후 5시 45분 뮌헨 공항에 도착한 후,
다시 LH4762 편으로 갈아타고 런던으로 향했다.

여객기는 현지 시각으로 저녁 7시 15분에 런던 히드로우 공항에 도착
했다. 런던의 날씨는 맑고 무더웠다. 공항에 마중 나왔던 폭스바겐 승합
차를 타고 런던 동부의 로열 빅토리아 도크에 있는 크라운 플라자 호텔
에 도착하여 짐을 풀었다. 오늘 우리는 처음으로 영국 땅에서 잠을 자게
된다.

그래도…
해가 뜨고 지는 나라

영국

UNITED KINGDOM

대영제국은 더 이상 존재하지 않는다. 그것은 지나간 역사에 기록된 사실과 그 사실에 대한 기억으로 존재하고 있을 뿐이다. 그러나 영국인들이 이룬 문명의 발자취들은 뚜렷하게 남아있다. 이 흔적들이 그나마 영국인들의 자존심을 지탱해주고 그들이 영국인임을 스스로 위안하게 하는 것들이다.
런던과 옥스퍼드, 캔터베리에는 왜 이 시대에 영국이 영국인가에 대한 대답이 담겨있다. 더 많은 설명이 필요 없는 영국다운, 영국만의 어떤 것들이 그곳에 있다. 여행자는 그것을 읽기만 해도 족할 것이다.

　여행길에 생기는 가장 큰 걱정이라면 일행 중 누군가가 병이 나거나 몸이 아픈 일이다. 어제 런던에 도착하면서부터 친구가 갑자기 아프기 시작했다. 구토와 진땀을 흘리며 피로한 표정을 짓는 그의 모습이 심상치 않았다. 터키를 떠나올 때 먹은 음식에 문제가 있었던 것은 아닌지 의심이 갔지만 정확한 원인을 알 수 없었다. 어제 점심 이후 오늘까지 스프 한 그릇 외에는 먹은 것이 없었던 만큼 친구의 몸은 몹시 지쳐있었다. 그래서 오전 중 캔터베리 성과 리즈 성 구경을 무리하게 따라나섰던 그를 쉬도록 하기 위해, 우리는 오후 일정을 미루고 리즈 성 관람을 마치자마자 서둘러 호텔로 돌아왔다. 친구는 약을 먹으면 나을 테니 걱정하지 말라고 말했다. 아무렴, 자넨 건강 체질이니 곧 나을 걸세!

　영국의 호텔이 모두 그런지는 모르겠지만 우리가 투숙한 호텔 객실에는 냉장고가 없었다. 이미 여섯 개 나라를 여행했지만 호텔마다 미니바라는 이름의 소형 냉장고가 비치되어 있었는데, 영국의 사정은 달랐다. 듣던 대로 영국은 찬 음식이나 냉장 음료에 익숙하지 않은 식생활 문화를 지닌 나라인가. 슈퍼마켓에서 구입한 물만으로는 마시기에 부족하여 욕실 수돗물을 받아 커피포트에 끓여 가루녹차를 탔다. 친구가 따뜻한 녹차를 마시며 빨리 회복되기를 빌었다.

　오전에 우리가 갔던 캔터베리 성에는 헨리 8세 시대에 영국의 국교가 된 성공회의본당인 대성당과 중세 거리가 있었다. 캔터베리 시가지는 규모는 작지만 깨끗하게 단장되었고 세련된 옛 건물들이 많았다. 인도와 차도는 모두 작은 화강암 돌을 깔아놓아 고풍스러운 멋을 풍겼다. 중세의 건물을 리모델링한 우아한 상점마다 30%, 50%, 70%의 바겐세일 광고물을 내걸고 있었다.

영어의 아버지로 불리는 문학가 제프리 초서의 서시(序詩) 「캔터베리 이야기」를 생각나게 하는 이 작은 도시는 중세 영국의 기독교도들에게 대표적인 순례지였다. 순례는 중세 영국인들에게 일상적인 삶의 한 부분이었는데, 캔터베리에 있는 순교자 성 토마스 아 베케트의 사당은 성지참배를 위한 가장 좋은 장소였다. 당시 캔터베리로의 순례여행은 종교적 목적 외에 일상의 단조로움에서 벗어나려는 휴가의 목적도 있어서 사람들에게 굉장한 인기를 누렸다.

캔터베리는 이렇게 중세 영국인들에게 순례에 대한 끝없는 환상을 심어준 곳이며 인기 있는 여행지였다. 이 순례도시로 각양각색의 직업을 가진 순례자들―기사, 수녀, 사제, 신부, 탁발수사, 학자, 변호사, 의사, 상인, 무역상, 시골향리, 농부, 목수, 선장, 길드잡화상, 직조공, 염색공, 가구상, 요리사, 방앗간주인, 장원청지기―이 모여들었고, 여관마다 이들 순례자 손님들로 북적거렸다. 그런데 그 후로 600여 년이 지난 오늘 2006년 7월의 캔터베리 거리는 영국 안팎에서 온 또 다른 손님들로 붐비고 있다.

런던 동남쪽에 있는 리즈(Leeds) 성은 1119년에 지어진 작은 고성이다. 넓은 잔디와 우거진 숲, 산책로를 따라 만들어놓은 화단과 정원에는 처음 보는 화초와 식물들이 풍성하게 가꾸어져 있고, 성 주위의 해자와 군데군데 연못에는 백조들이 떼를 지어 헤엄을 치고 있었다. 잔디밭 위에서는 사람을 전혀 두려워하지 않는 표정의 공작새들과 흑조들이 배회하면서 먹이를 찾고 있었다. 흑조 몇 마리에게 먹이를 주는 시늉을 하자 놈들이 우리 뒤를 졸졸 따라다녔다.

전원적인 리즈 성의 조용한 분위기는 오히려 적막감마저 풍겼다. 지금은 고요하기만한 이 고성도 천 년 전에는 권력을 휘두르는 왕과 탐욕에 가득 찬 봉건영주들, 용맹을 앞세운 기사들이 서로 얽혀 전설의 냄새를

1119년에 지어진 작은 고성 리즈.
자연과 인공이 어우러진 중세 고성의 전원적 풍경은
탐방객의 발길을 묶어 놓는다.

풍기는 이야기를 만들어내고, 그렇게 해서 앵글로 색슨의 성곽 문화는 꽃을 피웠을 것이다.

이 고성의 입장료는 성인 15파운드, 60세 이상은 11파운드인데, 내가 매표소 직원에게 여권을 보여주었더니 우리 네 명 모두에게 11파운드 씩 입장료를 받았다.(영국의 모든 관광지에는 60세 이상 입장객에게 입장료를 할인해주는 컨세션이라는 할인제도가 있다) 50대인 우리 아내들도 60세 이상의 할인요금을 냈으므로 남편들 덕분에 4파운드씩 돈을 번 셈이다. 11파운드라고 해도 2만원이 넘는 돈이어서 두 시간 정도의 구경 값으로는 비싼 편이지만, 영국에서 가장 아름다운 고성을 감상한 즐거움은 입장료의 가격을 훨씬 뛰어넘는다.

■ **7월 19일 (수)** [런던] / 쾌청

오늘도 친구는 여전히 아프고 피곤한 모습이 역력하다. 오전에 왕립 그리니치 천문대와 런던타워를 구경한 다음, 일행은 빅토리아 역 앞에 있는 헤스페리아 런던 빅토리아 호텔로 숙소를 옮겼다. 같은 값이면 좀 더 깨끗하고 편히 쉬기에도 나은 호텔로 옮기는 게 좋겠다는 여행 가이드의 권유에 따른 것이다.

어릴적부터 그 이름을 생생히 기억해 온 그리니치 천문대. 나는 이곳 천문대에서 화강암 바닥에 그어진 본초자오선 좌우 양쪽에 발을 딛고 사진을 찍었다. 발밑으로 지나가는 자오선은 경도 영(0)이었다. 이 선으로부터 동쪽으로 127도쯤 떨어진 곳에는 서울이 있을 것이고, 서쪽으로 73도쯤 떨어진 곳에는 뉴욕이 있을 것이다. 만일 서울을 남북으로 통과하는 경선을 영으로 하여 본초자오선을 긋는다면 무슨 일이 일어날까. 남

북한이 하나가 되고 유엔본부가 서울로 옮겨오
게 될 것이다! 서울은 인류의 화해와 공존을 위
한 세계 정부의 수도가 될 것이다! 한반도 동서
해안에서 석유가 펑펑 쏟아질 것이다…. 이런
엉뚱한 공상을 하며 런던 시가지를 한참 동안
바라보다가 런던타워로 향했다.

　테임즈 강변에 고색창연하게 서 있는 런던타
워는 중세의 전통이 깊숙이 배어있는 영국의 전
형적인 궁성이다. 노르망디의 정복왕 윌리엄 공
이 1066년 영국을 점령하고 나서 런던을 지키기
위해 처음으로 지은 후, 1078년 본성인 화이트
타워가 축조되고 13세기 후반 에드워드 1세 때
지금의 규모로 늘어났다. 런던타워는 본래의 방
어목적 이외에 무기창고, 화폐제조창, 감옥, 천
문대, 동물원의 용도로 사용되었고, 16세기 초
제임스 1세 때까지 궁전으로 사용되었다.

　성 안의 보석관에는 역대 왕들이 사용하던 무
수한 종류의 보석과 보물들이 전시돼 있었다.
다이아몬드, 루비, 사파이어, 에메랄드, 자수정
등으로 만든 왕관과 장신구들의 번쩍이는 광채
가 눈을 어지럽혀 질투심마저 솟구칠 지경이었
다. 특히 세계 최대의 530캐럿짜리 다이아몬드

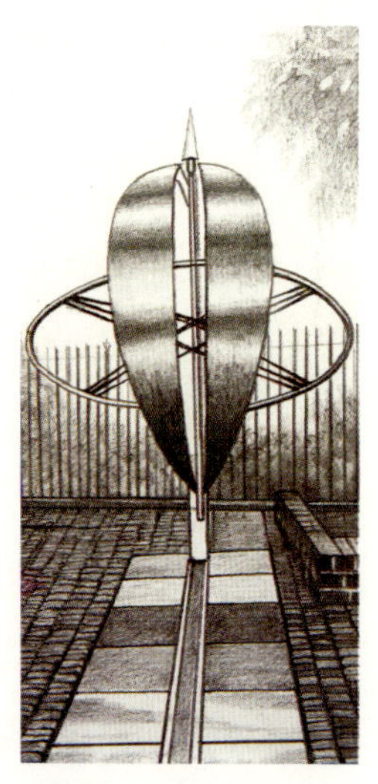

그리니치 천문대를 남북으
로 지나는 본초자오선은 원
래 엘리자베스 여왕 1세 당
시 세계에 흩어져있는 영국
식민지에서 법집행 일자의
기준점을 마련하기 위해 만
든 정치적인 선인데, 1884년
워싱턴 자오선협정에 따라
지구경도의 원점으로 채택
되고 1935년부터 자오선을
기준으로 하는 그리니치시
가 사용되기 시작했다. 해가
지지 않는 제국의 식민지 경
영을 위해 편의상 그어놓은
선이 지리를 나누고 세계적
으로 통용되는 표준시를 만
들어 놓았다.

원석, 무게 10kg의 금실로 짠 대관복, 그리고 현 엘리자베스 2세 여왕이
사용하고 있는 3,250개의 보석이 박힌 제국왕관의 전시대 앞에는 호기
심과 놀라움에 가득 찬 관람객들이 발 디딜 틈도 없이 몰려들었다.

보석의 종류와 밝기는 절대왕권의 권위를 나타내는 것이지만, 왕국 신민들 간에 빈부의 차를 드러내는 것이기도 하다. 영국의 왕궁에서 보석과 보물이 사라진다면 영국은 당장이라도 가난뱅이 나라가 되는지도 모른다. 굳이 눈감아 주거나 미안해 할 일도 아니지만, 이 보물들은 대부분 정복과 약탈의 산물이다. 그러나 영국만 그런 것이 아니라 제국주의의 길을 걸었던 다른 여러 나라들도 똑같이 노략질한 물건들을 보관하고 있는 만큼, 물과 산의 친구여, 이렇게 제안하면 어떨까.

'영국이 노략질한 보물들은 사실 인류의 공유재산인 만큼 기왕이면 철저하게 보관하되, 보물을 원 주인으로부터 일정기간 빌린 것으로 간주하여 원 주인에게 임차료를 지불하는 대신, 영국과 영국의 제국주의 동기들을 제외한 다른 나라 국민들에게는 영원히 무료관람을 시켜주도록 할 것. 이 제안이 시행되지 않을 경우 전 세계 제국주의 피해당사국들은 연대하여 보물 되찾기 운동을 전개할 것이며, 보물을 돌려주지 않는 나라의 상품에 대해서는 전 방위적이고 항구적인 불매운동을 펼치겠음.'

런던타워 안뜰의 잔디밭에는 늙고 살이 쪄 더 이상 날지 못하는 까마귀 여섯 마리가 엉금엉금 기어 다니고 있었다. 까마귀가 성을 떠날 경우 성이 무너지고 왕조가 몰락한다는 그럴듯한 전설 때문에 까마귀를 날지 못하게 기른다는 말도 있지만, 내가 보기에 까마귀들의 모습은 마치 해가 지지 않았던 나라에 찾아든 황혼과도 같은 것이었다.

우리나라 사람들 대부분이 그 이름을 잘못 알고 있는 대영박물관의 정확한 명칭은 영국박물관(The British Museum)이다. 대영박물관이란 명칭은 제국주의의 향수에 사로잡힌 일본인들과 그 추종자들이 지어낸 이름이므로 이제부터는 그냥 영국박물관으로 부르기로 한다.

박물관에 전시된 고대국가 아시리아, 이집트, 히타이트, 그리스의 유물 유적들은 이미 책에서 읽어 제법 낯익은 것들이지만, 현장에서 눈으로 보고 손으로 만지는 감흥은 정말 놀랍고 특별했다. 람세스 2세의 석상, 태양신 아몬, 왕족들의 미라는 고대 이집트인의 비밀스런 사생관과 세계관이 숨어있는 어떤 신비감 같은 것을 풍겼다. 무엇보다도 나를 흥분시킨 것은 검고 단단한 현무암에 깨알 같은 글씨가 새겨져 있는 바로 그 로제타석이었다. 높이 114cm, 폭 72cm, 두께 28cm인 로제타석에는 고대 이집트의 상형문자, 민중문자 데모티카, 그리스문자 등 세 종류의 문자가 적혀 있었다. 자세히 관찰해보니 상형문자는 14줄, 데모티카문자는 32줄, 그리스문자는 54줄로 새겨져 있었다.

로제타석은 이집트의 젊은 임금 프톨레마이오스 5세가 생전에 신전 건축과 신관들에게 쏟은 덕행, 독실한 신앙을 칭송한 이집트 성직자의 글을 새긴 송덕비다. 로제타석에는 기원 전 196년 이집트 신관들이 멤피스에 모여 프톨레마이오스 왕을 찬양하는 글을 채택하고 이 글을 새긴 똑같은 돌들을 이집트의 모든 신전에 바치기로 합의했다는 내용이 기록되어 있다. 이 비문의 내용은 고대 이집트의 신전, 왕궁, 무덤들의 비밀을 푸는 열쇠가 되었다.

1798년 7월 15일 이집트 나일강 어귀의 아르 라쉬드 마을 근처에서 영국군과 교전 중이던 나폴레옹 원정군의 장교 피에르 부샤르가 포대설치 작업을 하다가 시커먼 돌덩어리 한 개를 발견하고 파헤쳤다. 그것이 로제타석이었다. 이 돌덩이가 세기의 보물이 될 줄은 그 당시 나폴레옹도 알지 못했다. 1802년 영국군이 프랑스군에 승리한 후 맺은 영불조약에 따라 허친슨 장군이 이 로제타석을 영국으로 가져와 영국박물관에 보관하게 되었다.

검정색 돌덩어리에 지나지 않았던 로제타석에 역사의 생명을 불어넣

백조의 유영.
하이드파크 공원의 호수에
무리지어 헤엄치는 모습은 피로를 잊게 해준다.

은 사람은 프랑스 학자 장 프랑소아 샹폴리옹이었다. 1822년 그는 콥트어(고대 이집트어)를 이용해 마침내 비문에 새겨진 문자의 뜻을 해석하는데 성공했다. 그렇게 해서 2천 년 이상 침묵하던 로제타석은 세상을 향해 말문을 열었다. 로제타와 샹폴리옹은 7천 년 이집트 역사의 신비를 푸는 운명적 존재였다. 로제타석 주위에는 엄청나게 많은 사람들이 모여 있었다. 나는 역사의 전사가 되어 관람객 속을 헤집고 들어가 메모를 했다. 고대 이집트가 영국박물관 안에 고스란히 옮겨져 있었다.

저녁 무렵의 하이드파크 공원은 산책 나온 사람들과 구경꾼들로 혼잡했다. 호수물이 조금 탁하고 지저분해 보이는 게 흠이지만, 연못, 잔디, 숲, 정원이 멋진 조화를 이룬 공원은 이름만 알려진 명소가 아니라, 사람들이 휴식하기에 좋은 시설과 분위기를 갖춘 곳이었다. 수많은 사람들이 벌거벗은 채 일광욕을 즐기고 젊은 남녀들은 다이애너 분수에 발을 담근 채 물장난을 하고 있었다.

하이드파크 공원 숲 위에 걸려있는 오후의 해를 바라보며 호텔로 돌아오는 길에, 엘리자베스 2세 여왕이 탄 차량행렬과 우연히 마주쳤다. 경찰 호위 오토바이들의 경호를 받으며 지나가는 검은색 승용차 뒷좌석에 분홍색 재킷을 걸친 여왕이 미소를 짓고 앉아 있었다. 여왕은 누군가를 향해 천천히 손을 흔들고 있었는데, 그 누군가가 정말 누구인지는 알 수 없었다. 어쨌든 영국 여왕의 모습을 이렇게 가까이서 본 것은 처음이었으니, 이것도 필경은 영국의 맑은 하늘이 내려준 행운일 것이다.

■ 7월 20일(목) [런던] / 쾌청

윈저 성으로 가는 차안에서 여행 가이드 베일리 홍이 말했다.

"영국의 실업률은 6년 만에 최고에 달했습니다. 실업자 수가 165만 명이에요. 올해 5월 영국 통계청이 발표한 수치인데, 경기가 좋다고 말하는 사람은 토니 블레어 수상뿐이죠."

영국의 높은 소비자물가는 음식점에 가면 실감할 수 있다. 집에서 도시락을 싸오거나 햄버거, 핫도그 같은 패스트푸드로 점심을 때우는 영국 샐러리맨들의 근검절약은 습관화된 미덕이라기보다는 고물가를 이기지 못해 택할 수밖에 없는 궁여지책일 것이다. 그런데도 그들의 무표정한 태도는 평소에 잘 훈련된 탓인 것 같다.

나는 경제현실과는 별개로 지금 영국에서 진행되고 있는 흥미로운 사회적 문제 한 가지에 관심이 끌렸다. 신분증 발급제도를 둘러싼 영국정부의 고집스러운 정책과 이에 대한 국민들 간의 논란이 그것이다.

새 신분증 발급은 영국을 불법이민과 테러로부터 보호하기 위해 반드시 필요한 제도라고 블레어 수상은 주장하지만, 엄청난 예산지출과 개인정보 유출을 우려하는 국민들의 반대와 노동당 재집권의 불투명한 전망으로 인해 당장 시행되기는 어려울 것처럼 보인다.

대체 영국의 주민등록증 발급은 어떻게 하자는 것인가. 쉽게 예를 들어 말하자면, 나의 열 손가락의 지문과 내가 지니고 있는 다양한 생체정보를 마이크로칩에 모두 담거나, 내 얼굴을 찍은 디지털 사진만을 저장하거나, 또는 두 개 손가락의 지문만 담는 방식 중 하나를 선택해서 바꾸려고 하는 것이다. 바야흐로 인간의 손가락에 그려 넣은 하느님의 그림은 전 세계적으로 신분확인의 효과적인 수단이 되고 있다.

주민등록제도에 관한 한 한국은 이미 선진국 대열에 올랐지만, 영국은 뒤늦게 때 아닌 법석을 떨고 있다. 영국 사람들도 멀지 않아 몸에 전자주민등록증을 지니고 다녀야 할 날이 다가올 것 같다. 아무렴, 길거리의 강아지도 목에 이름표를 걸고 다니는 세상인데, 하물며 신사도를 자랑하는 문명국가의 시민에게 신분증명서가 없어서야 되겠는가.

그 옛날 신분 가운데 가장 지위가 높은 왕에게도 신분증은 필요했다. 영국의 왕은 귀족과 평민들에게 신분을 정해주는 장본인이었다. 그러나 왕에게도 분명한 신분증 하나가 있었으니 그것이 바로 왕관이라는 것이다. 성(城)은 지존한 인간의 머리 위에 얹은 왕관을 지키는 깊숙하고 안전한 처소였다.

12세기 말에 지어진 왕들의 집무실이자 처소였던 윈저 성은 약간 경사진 언덕에 자리 잡고 있었다. 윈저(Windsor)는 바람(wind)과 강둑(shore)이 합쳐져서 변형된 말이다. 윈저 성에는 바람 부는 강둑답게 더운 날씨에도 불구하고 시원한 바람이 불어오고 있었고 어디선가 라벤더 향기가 바람에 실려 왔다. 영국 왕실의 정통성을 상징하는 윈저 성 안에는 역대 왕들의 권세를 짐작하게 하는 생활용기, 가구, 그림, 도서, 장식들이 가득했다. 잘 정돈된 전시물들은 무언가 숨은 사연과 비화를 담고 있는 듯 했다. 그러나 주변 풍광은 메말랐다.

옥스퍼드 대학은 여전히 세계의 젊은이들이 선망하는 지성의 전당이다. 오래 역사를 지닌 명문의 상징 옥스퍼드에는 평소 상상했던 대학의 모습이 낯익은 현실처럼 존재하고 있었다. 친근감이 느껴지는 캠퍼스는 캠퍼스라기보다는 젊음의 생명력이 넘치는 작은 도읍이었다. 길을 따라 걸으며 이 대학이 풍기는 독특한 분위기와 건축물의 아름다움을 음미하고 영국의 역사와 지적인 전통을 생각했다.

법과대학으로 이름난 머튼 칼리지, 인문대학으로 이름난 크라이스트 처치 칼리지주변의 좁은 통로를 따라 걷다보니 대학생 시절로 돌아간 듯한 기분이 들었다. 영화 '해리 포터' —주인공이 빗자루를 타고 신나게 하늘을 날아오르던 장면이 기억난다—의 촬영장소인 크라이스트처치 대학

옥스퍼드 대학교 캠퍼스. 중세적 경건함과
오랜 지성의 전통이 곳곳에 스며있다.

의 정문을 통과하려면 입장료를 내야 하지만, 남쪽 출구에서 대학의 광장을 바라보며 사진을 찍는 것으로 만족했다. 그 대신 구내서점에서 영국 역사책 한권을 사는 것으로 즐거움을 대신했다.

명소로 알려진 한탄의 다리, 크라이스트처치 대학도서관, 2차 대전 전쟁기념 정원도 둘러보았는데, 이곳 역시 옥스퍼드를 찾는 사람들에게는 흥미 있는 방문대상지였다. 캠퍼스를 돌아보며 문득 이런 생각이 들었다. 한국에도 세계 일류대학을 만드는 것이 가능할까… 분명 가능할 것이다! 입시를 대학에 맡기고 학교운영에 자율의 날개를 달아준다면 10년 안에 한국에도 세계적인 대학이 등장하고 부실대학은 저절로 사라질 것이다. 중·근세의 낭만적 시대와는 달리 앞으로 혹독한 경쟁에서 살아남는 대학이 창조적이고 생명력 있는 대학이 될 것이다. 고전적 상아탑의 시대는 사라지고 있다.

영국을 방문한 여행자로서 새삼스럽게 이런 의문도 들었다. 청소년을 가르치는 일에 정부가 간섭을 하는 것은 인재를 잃고 나라를 황폐하게 만드는 일이 아닌가. 인재라는 것이 간섭과 규제로 가득 찬 지적 인큐베이터 속에서 키워질까. 보호나 육성이라는 이름의 규제는 온실 속의 나약한 범재만 대량 생산해낼 뿐, 젊은이의 창조력과 생명력은 시들어버리지나 않을까. 규제와 간섭은 나라를 후진국으로 만드는 독극물이며 대학에 평등의 논리를 적용하려는 시도는 시대를 거스르는 희극적인 발상이 아닌가. 앞으로 태어날 나의 손자 손녀는 어떻게 키워야 할 것인지….

현대사의 흐름이 그렇듯, 한국도 창의력과 상상력이 뛰어난 지식과 기술의 정예들이 국민을 먹여 살릴 수밖에 없는 시대로 접어들고 있다. 그래서 옥스퍼드 대학에서 역사를 가르쳤던 아놀드 토인비 교수의 문명론과 창조적 소수자의 담론은 21세기의 인류에게 더 큰 공감을 불러일으키지 않는가. 토인비는 한 국가나 문명 단위에서 안팎의 도전에 대해 창조적 응전을 하는 소수자가 존재한다면 그 국가나 문명은 오랫동안 유지되고 번영한다는 불후의 이론을 만들어냈다. 그의 이론은 과거나 지금이나 다름없이 세계적 현실로 나타나고 있으며 미래의 한국에도 어김없이 적용될 것이다. 그의 말을 모른 척 할 수는 없을 것이다.

옥스퍼드에 토인비에 관한 일화 한 가지가 남아 있다. 토인비 교수는 세상을 뜨기 몇 해 전 옥스퍼드 대학 크라이스트처치 칼리지 강당에서 열린 학술대회에서 장시간의 연설을 했다. 그의 연설이 끝나자 한 사람이 질문했다.

"토인비 교수님, 만약 이백 년 후의 역사가들이 20세기에 발생한 가장 중요한 사건을 꼽으라고 한다면 무엇을 꼽을 것으로 생각하십니까?"

토인비 교수가 대답했다. "그것은 동양의 불교가 서양으로 건너온 것입니다."

대회의 참석자들은 토인비 교수의 뜻밖의 답변에 놀랐지만, 옥스퍼드에서 행한 그의 말은 지금 세계 전역에서 점점 더 현실로 나타나고 있다. 옥스퍼드 대학에서 토인비 교수가 남긴 또 하나의 명언을 기억해두는 것은 옥스퍼드를 방문한 여행자에게 의미 있는 일이 될 것이다.

"성공한 역사의 절반은 죽음의 위기에서 시작되었고,
　실패한 역사의 절반은 찬란했던 시절의 기억에 기인한다."

■ **7월 21일(금) [런던] / 쾌청**

웨스터민스터 사원−에드워드 참회왕이 1050년에 착공한 이 성당은 영국 왕실과 인연이 깊은 곳으로 역대 17명의 왕이 묻혀 있고 정복왕 윌리엄 1세의 대관 이후 왕들의 대관식장으로 이용된 장소다. 사원의 핵심 부분인 현재의 대 성당은 헨리 3세의 명에 의해 1245년에 착공되어 1298년에 완성된 성당이다. 길이 156m, 너비 61m, 높이31m의 웅장한 규모와 고딕양식은 사람을 압도하는 위용을 갖추고 있다. 성당 내부의 바닥면은 중앙제단을 중심으로 동서남북 십자형으로 뻗어있고, 벽면에는 성자들의 모습을 형상화한 스테인드글라스가 장식되어 있다.

'서쪽의 대 사원' 이란 의미의 웨스트민스터는 왕실 직속의 특수성당이다. 영국인들은 이 성당을 간단히 애비(Abbey)라고 부른다. 성당 안에는 벽면과 바닥을 가릴 것 없이 수많은 역사적 인물들의 기념비와 묘비가 가득했다. 정문에 들어서서 몇 발자국을 걸어가자, 녹색 대리석에 새겨진 윈스턴 처칠경의 기념석판에 '윈스턴 처칠을 기억하라' 는 글귀가 눈에 띄었다. 근처에는 탐험가 리빙스턴의 묘와 뉴턴의 묘비가 있었다.

제단의 왼쪽에는 대영제국 경영의 주역을 맡았던 재상 파머스톤, 커닝, 디즈레일리, 글래드스톤의 기념비가 한군데 몰려있었다. 제단 남쪽 입구 쪽에는 그 유명한 시인의 코너가 있었다. 시인의 코너에는 영국의 문학을 빛낸 인물들의 기념비와 묘비가 즐비했다. 제프리 초우서, 롱 펠로우, 윌리엄 블레이크, 드라이든, 바이런, 밀턴, 엘리엇, 그리엄 그레이, 셰익스피어, 워즈워스, 키플링…… 영국의 정신을 빛낸 위대한 별들의 영혼은 세계의 역사와 대지 위에서 영원하리라.

오전 11시 30분 버킹엄 궁 앞에서는 근위병교대식(guard change)이 시작되었다. 붉은색 예복 상의와 검정색 바지를 입고 검정 털모자를 쓴 근위병들이 버킹엄 궁 앞 광장에 나타나 행진을 하다가 궁 안으로 들어갔고, 10분 뒤에는 말 탄 기병들이 나타나 행진을 벌이며 들어왔다. 기병들의 구령에 따라 말들은 일제히 관람객들에게 머리를 끄덕이며 인사를 했다. 어떤 말은 히히잉 하는 소리를 내고 앞다리를 올렸다 내렸다하며 일부러

버킹엄 궁 앞 광장의 근위병 교대식.

요란한 말발굽 소리를 냈다.

　버킹엄 궁 앞 광장은 아침 일찍부터 교대식을 구경하기 위해 몰려든 구경꾼들로 혼잡을 이루고 있었다. 군림하되 통치하지 않는 영국 여왕은 언제부터인가 세계의 관광객을 끌어 모으는 주연배우가 되었고, 근위병 교대식은 지존했던 영국 왕실의 대중적인 인기를 혼합시킨 문화 상품이 되고 있다. '존경하는 여왕 폐하, 대영제국의 영광은 사라졌지만 지난날의 향수가 사라질 리야 없겠지요. 부디 만수무강하시기를!'

　세인트 폴 성당은 르네상스 양식으로 지어진 세계 굴지의 성당이다. 성 베드로 성당, 피렌체 성당 다음으로 세계에서 세 번째로 규모가 큰 이 성당을 영국인들은 런던의 중심으로 부르고 있다. 그 이유는 세인트 폴 성당이 런던의 중심부인 루드게이트 언덕에 자리 잡고 있을 뿐만 아니라, 건축물의 가치를 뛰어넘는 특별한 상징성을 지니고 있기 때문이다.

1666년 런던 대화재 이후, 탁월한 건축가 크리스토퍼 렌 경이 1675년에 착공하여 1710년에 완성시킨 이 성당의 지하 납골당에는 넬슨 제독, 웰링턴 장군, 아라비아의 로렌스 등 영국을 빛낸 200여명의 영웅들이 묻혀 있다. 1981년에는 이 성당에서 찰스 왕세자와 다이애나 왕세자비의 결혼식이 열리기도 했다.

성당 한복판으로 걸어가자 가장자리를 꽃으로 장식한 2차 대전 전몰장병 추모비가 눈에 띠었고, 그 옆쪽으로 한 영웅의 조각상이 서 있었다. 그 영웅은 넬슨이었다. 넬슨 장군의 석상 앞에 새겨진 비문에는 이렇게 적혀 있었다.

부제독 호레이쇼, K. B. 넬슨 제독을 추모하며;

조국을 위해 봉사하다가 1805년 10월 21일

트라팔가르에서의 잊지 못할 행동을 통해

명예로운 죽음으로써 승리의 순간에 마친 생애에

그가 이룩한 찬란하고 비길 데 없는 업적을 기록함

한산도 전투에서 왜군을 물리치고 자신의 죽음을 알리지 않은 채 눈을 감았던 이순신 장군. 그의 최후를 닮은 넬슨 제독을 오늘의 영국인들은 영웅으로 기억하고 있다. 조선의 이순신, 대영제국의 넬슨, 일본제국의 도고 헤이하치로, 이들 세 영웅들 사이에는 시대를 뛰어넘는 공통의 정신과 상황이 있었다. 그리고 자신의 갈 길을 헤아리는 지혜와 초월의 눈, 자기 안의 적을 물리칠 극기력, 승리를 위한 전술, 그 무엇보다도 조국과 인간을 이해하는 자질, 그 속에 숨은 따뜻한 리더십이 그들 안에 있었다. 그들 밖에는 그들을 적으로 삼는 것들로 가득했다. 지금도 과거에 산화한 이순신의 안팎에는 현대의 적들이 우글거리고 있다.

내가 밀레니엄 다리 위에서 세인트 폴 성당의 모습을 사진 찍고 있을 때, 두 아내들은 해로즈 백화점을 구경하러 갔다. 해로즈 백화점이 있는 나이츠 브리지 지역은 명품점이 즐비하게 늘어선 거리인데, 쇼윈도마다 주로 젊은 남녀들이 모여 대낮에도 장사진을 이루는 곳이다. 백화점에서 쇼핑을 마치고 온 아내들이 말했다.

"영국 사람들 얼굴에 물가가 쓰여 있네요. 서울에서 만원하는 티셔츠 한 벌이 여기 백화점에서 얼만지 아세요? 30% 세일한 값이 20파운드에서 40파운드에요."

우리 여행 가이드도 아내들과 비슷한 말을 했다. "저희 가족들도 새 옷을 거의 사 입지 못합니다. 중고시장에서 세컨 핸드(중고품)를 사 입는 게 고작이죠. 프라브(prav)족이라고 해서 품질 좋은 중저가상품을 선호하는 젊은이들이 늘고는 있습니다만, 영국의 서민들도 힘들게 살기는 마찬가집니다. 국민소득은 3만 달러가 넘지만 생활수준은 그렇게 높은 줄 모르겠습니다. 모두들 얼굴이 어둡지 않습니까. 소비는 한국이 나은 점도 있어요."

아무렴, 그럴 것이다. 먹고 마시는 일은 결코 영국 사람들이 한국 사람을 따라오지 못할 것이다. 일단 밥상머리에 앉으면 배꼽주위가 둥근 박처럼 솟을 때까지 숟가락을 놀려야 하고, 마셨다하면 1차, 2차, 3차로 이어지는 불퇴전의 술타령을 마다하지 않고, 마침내 입가심으로 노래방에 들려 거나한 노래잔치를 벌여야 직성이 풀리는 한국인의 위대한 식음지락(食飮之樂)과 가무지풍(歌舞之風)을 어느 나라 국민이 따라오겠는가.

그러므로 고물가에 시달리는 신사나라 백성들은 그들 지갑 속의 푼돈이 서울의 뒷골목에서는 포식의 모갯돈이 될 수도 있음을 알아주었으면 좋겠다. 남대문시장 국밥, 광장시장 순대, 신당동 떡볶이, 청계천 돼지곱창, 청진동 해장국, 장충동 족발이 런던신사를 맛의 천국으로 인도할 것이다. 볼거리는 많아도 먹을거리 없는 노 제국의 은행마다 쌓아둔 파운드화는 다 무엇인가. 아무래도 영국 사람들이 꿈꾸는 생활 속에는 낮과 밤이 한데 섞여 있는 것만 같다.

그러나 대영제국은 사라졌어도 21세기 문명의 해는 여전히 뜨고 지고 있으니 앞으로 영국은 새로운 과학기술과 문화의 기운이 싹트는 신생국으로 다시 태어날 것이다. 그리고 여성이라면 누구나 한번쯤은 런던 하비 니콜라스 의류백화점에 들려 눈요기라도 하고 싶은 유혹을 떨치기 어려운 곳이 또한 영국임을 아내들은 잊지 않을 것이다. 내일은 여덟 번째 나라 프랑스로 떠난다.

프랑스

66 우리는 프랑스의 많은 곳을 돌아다니지는 않았다. 파리와
노르망디 지방을 여행했을 뿐이다. 그러나 그것으로 프랑스 여
행은 충분했다. 파리와 노르망디에는 프랑스를 오감으로 느낄
수 있는 것들이 가득했기 때문이다. 그곳에는 단순한 추억으로
남기기에는 아까울 만큼의 문화와 예술이 넘쳐나고 있고 프랑
스 특유의 전원적인 풍광이 펼쳐지고 있었다.
영화 '남과 여'의 촬영장소인 도빌 해안에는 젊은 시절의 추억
을 떠올리며 어떤 특별한 영감을 불러일으키는 바닷가 경치가
있었다. 북해변의 작은 마을 에트레타는 코끼리의 해변으로 기
억될 기이한 자연의 조화가 깃들어 있었다. 몽생미셸은 살아있
는 환상이며 경이로움에 가득 찬 천상의 예루살렘이었다.
베르사이유 궁전과 루브르 미술관은 말과 글로써 설명하기 어
려운 프랑스 예술의 정수들로 가득했다. 그곳에서 문화의 빛에
어둡던 마음의 눈과 역사를 새롭게 생각하는 지성의 문은 열린
다. 프랑스는 가슴으로 새기고 머리로 느껴야 할 것들이 많은
나라였다. 내가 보고 느낀 프랑스의 예술과 자연은 풍요롭고
다양한 삶의 향기를 맡고자 하는 사람들에게 잊을 수 없는 추
억과 풍부한 영감의 원천이 될 것들이었다. 99

오전 11시 15분, 워털루 역에서 프랑스 파리로 떠나는 유로스타 열차에 올랐다. 대합실에는 프랑스로 떠나는 여행객들로 대만원을 이루고 있었다. 그것은 이제 막 여름휴가철이 시작되었음을 알리는 신호였다.

우리는 제각기 트렁크를 끌고 9020 열차에 올라 15번 객차 1등 칸 31~34번 좌석에 나란히 앉았다. 이동할 때마다 20kg이 넘는 트렁크를 옮기는 일이 아직은 익숙하지 않다. 트렁크 속에는 사계절의 옷이 가득 들어 있다.

런던 교외를 벗어나면서 전원풍경이 시작 되는가 했을 즈음 어느새 열차는 도버 해에 이르고 있었다. 열차가 도버 해협의 해저터널을 통과하는 데는 20분 정도 걸렸다. 유로스타는 속도감, 안정감, 쾌적감이라는 면에서 경부고속철과 크게 다르지 않았지만 운행에 따른 소음과 진동은 경부고속철에 비해 적었다. 탁자에 놓인 컵 안의 물이 거의 흔들리지 않을 정도였다.

오후 1시 25분 프랑스 칼레를 지날 때, 농촌의 전원풍경이 차창 밖으로 전개되기 시작했다. 수확을 끝낸 밀밭에 둥근 건초더미들이 쌓여있고 수확 직전의 밀밭은 노르스름한 융단 물결을 이루고 있었다. 열차가 달리는 동안 초록, 노랑, 연두, 갈색 들판이 나타났다가 사라지기를 수없이 반복했다. 빨간 지붕의 농촌주택들이 군데군데 모여 있는 마을 풍경이 자주 눈에 띠었다. 지평선 부근 어느 곳에도 산은 보이지 않았으며, 포플러 숲과 이름 모를 나무들 사이로 넓은 밭이 펼쳐지고 있었다. 밀레나 고흐 같은 화가들이 이런 풍경을 즐겨 그렸을 것이다.

오후 2시 50분경 파리 북역에 도착하여 플랫폼에서 기다리고 있던 여행 가이드와 함께 7인승 자동차를 타고 파리 시내의 노보텔 호텔로 와서 여장을 풀었다. 객실에는 냉장고도 없고 에어컨도 잘 나오지 않아 한여름 더위에 며칠 동안 편히 쉬기가 어려울 것 같았다. 세계 관광객들이 연중 쉼 없이 방문하는 예술의 도시 파리에도 이런 호텔이 있다는 것은 뜻밖의 일이다. 가이드의 말을 들으니 그런 호텔이 적지 않다고 한다.

호텔을 나와 콩코르드 광장, 샹젤리제 거리, 개선문, 샤를 드골 광장을 돌아다니면서 걷기도 하고 사진을 찍기도 하며 자유롭게 시간을 보냈다. 너무 돌아다닌 탓인지 모두 배가 고프기 시작했을 때 파리 시내의 어느 한식당에 가서 저녁을 먹었다. 불고기백반과 김치찌개백반을 먹고 70유로를 지불했다. 시장기 탓에 급히 배를 채우기는 했지만, 세계적인 요리의 나라에서 만들어진 한국음식은 설명하기가 어려울 만큼 특이한 맛을 냈다. 그것은 이미 프랑스화한 한식인데, 요즈음 말로 표현한다면 퓨전 음식 같은 것이다. 친구가 오랜만에 회복되어 입맛을 되찾고 있는 것이 다행이었다. 저녁 식사 후에 호텔로 돌아와 쉬는 동안 일기를 썼다. 하루라도 일기를 거르면 밀리게 되고 결국 일기 쓰는 일을 그만둬야 할지도 모르는데, 매일 빠짐없이 일기를 쓰는 일이 쉬운 일만은 아닌 것 같다.

■ 7월 23일(일) [파리] / 쾌청

아침에 일어나 꼼꼼히 살펴보니, 객실에는 냉장고도 없고 여느 호텔에서 보았던 커피포트나 간단한 차 종류도 갖춰져 있지 않았다. 에어컨이 고장 나 객실은 더웠고 여분의 침구도 없었다. 하도 방안이 더워 창문을 열려고 해도 창은 개폐가 불가능하도록 고정되어 있었다. 화장실과 욕조는 분리되어 있었고 다른 나라들에 비해 비좁았다. 명색이 1급 수준에 해당한다는 이 호텔의 하루 밤 숙박료는 150유로였다. 한여름 관광성수기에 파리의 호텔 사정이 대체로 이와 같다고 하니 그토록 선망하던 예술의 도시를 찾아온 외국 여행객은 불쾌하더라도 불편을 감수할 수밖에 없을 것이다.

1830년 7월에 세워진 바스티유 혁명 탑과 바스티유 광장의 일요일 아침 풍경은 한가로웠다. 그러나 광장에서 200여m쯤 걸어가자 전혀 색다른 광경이 나타났다. 때마침 열린 일요시장에 아침 일찍부터 많은 사람들이 몰려들고 있었다. 채소류와 과일 가게, 해산물을 파는 어물전, 바게뜨 빵가게, 가내생산 소시지 가게, 통닭구이 자동차, 박물가게, 꽃가게, 고서점, CD점 등 수 백 개의 가게와 노점상들이 좌판을 벌여놓고 손님들을 불러 모으고 있었다.

마이크를 사용하는 장사꾼은 한 사람도 없었다. 모두 큰 목소리로 호객을 하거나 흥정을 벌이고 있었다. 머리가 하얀 노부부들이 장바구니를 들고 여기저기 돌아다니는 모습이 낯설지 않았다. 장바구니를 든 사내들이 많은 것을 보니 파리의 주부들 가운데는 남성들도 많은 모양이다. 장바구니의 주인도 남녀평등을 이루어가고 있는 것이라면 그것은 동서양 간에 시장 문화가 점차 수렴되는 흥미로운 현상이 아닌가. 장바구니를 든 남편과 돈지갑을 여는 아내, 돈지갑을 든 남편과 장바구니를 챙기는 아내, 그 어느 쪽도 가족의 행복을 위한 것이라면 아름답다. 우리는 과일가게에서 체리 1kg을 사가지고 시장에서 나왔다. 생각했던 것과는 달리 파리의 재래시장은 사람냄새를 물씬 풍기는 데가 있다.

노트르담 성당을 찾았을 때는 마침 일요예배가 진행 중이었다. 성당 안에서는 장중한 파이프오르간 반주와 함께 성가대의 찬송가가 울렸다. 센 강 시테 섬에 있는 이 유명한 고딕건축물은 1163년 쉴리 주교의 지휘 아래 공사가 시작돼 13세기 중엽에 일단 끝났으나, 그 후에도 부대공사가 계속되어 18세기 초 제실의 증설로 윤곽을 갖추게 되었다. 그러나

노트르담 성당의 첨탑과 장미창은 중세 아름다움의 백미라고 할 것이다. (연필 데생)

1789년 프랑스 혁명 때 심하게 파손되어 19세기에 대대적인 보수공사를 거쳐 오늘날의 웅장한 모습을 갖추게 되었다.

나는 빅토르 위고의 소설과 영화 노트르담의 꼽추를 떠올리며 성당 안팎을 둘러보았다. 노트르담은 '우리들의 처녀'를 의미하며 성모마리아를 지칭한다. 노트르담 성당은 그림에서 본 것 이상으로 깊은 인상을 심어 주었다. 적절한 공간의 배치, 수직과 수평이 절묘하게 배합된 건축구성비, 정교한 조각상들, 화려하고 균형 잡힌 스테인드글라스로 장식된 장미창, 당당하게 솟은 첨탑은 그것들끼리 완벽한 조화를 이루며 하나의 미학적 걸작을 만들어냈다. 7,000명을 한꺼번에 수용할 수 있는 성당 내부의 규모는 길이 130m, 너비 48m, 높이 35m로 공간과 채광을 극대화하도록 설계된 것이었다. 8,000개의 관과 112개의 건반을 갖추었다는 파이프오르간은 장엄한 소리를 냈다.

노트르담이라는 이름을 가진 성당은 오늘날 프랑스뿐만 아니라 유럽 전역에 산재해 있기 때문에 사실 이 성당은 '파리의 노트르담'으로 불러야 할 것이다. 센 강변의 공원과 어울리는 성당의 모습은 스케치를 하거나 풍경화를 그리기에 좋은 소재가 될 것 같았다.

센 강변의 노점상에서는 오래된 그림과 고서, 고지도들을 팔고 있었다. 나는 어느 노점에서 파리의 거리풍경을 그린 화첩 한 권을 7유로를 주고 샀다. 그것은 100년 전의 파리의 풍경과 오늘날의 파리의 모습을 대비해서 그려놓은 재미있는 그림책이었다. 이 화첩은 어쩐지 나에게 프랑스와 유럽에 대한 어떤 특별한 영감을 줄 것만 같다.

점심 시간에 우리는 라틴구 주변 식당골목에 있는 그리스 음식점에서 꼬치요리를 먹었다. 해물과 고기꼬치구이, 통감자, 스프를 먹고 봉사료를 포함해 52.50유로를 지불했다. 프랑스 음식이 소문처럼 유별난 맛이 있는 것은 아니지만, 다양한 종류의 음식점이 모여 있는 골목에서 벌어지는 별난 호객행위와 종업원들의 익살을 구경하는 것은 식사를 곁들인 또 하나의 재미거리다. 맛도 맛이려니와 식당골목이 풍기는 독특한 분위기 때문에 외국인 관광객들이 라틴구의 식당골목을 찾는 것 같다.

30만 평이 넘는 베르사이유 정원에는 잔디와 숲이 풍요롭게 어우러지고 그 사이로 인공호수가 길게 뻗어 있었다. 오리나무, 참나무, 소나무, 마로니에, 포플러 나무가 섞여있는 울창한 숲은 일요일에 소풍 나온 가족들의 휴식처로서 그만이었다. 수많은 사람들이 잔디 위에서 음식을 먹거나 일광욕을 즐기고 있었다. 인공호수 너머 잔디밭이 끝나는 곳 언덕 위에 베르사이유 궁전이 있었다.

베르사이유라는 고유명사에는 어떤 상징성이 있다. 호화, 사치, 예술, 절대권력, 부패, 반동, 증오, 혁명 등과 같은 추상명사가 그 이름 속에 담베르사이유는 프랑스 절대 왕정 절정기의 상징이며, 1789년 프랑스 혁명 전까지 프랑스의 정치적 수도였다. '짐은 국가다' 라고 외쳤던 태양왕 루이14세는 파리의 루브르 궁에 싫증을 느껴 사냥터였던 베르사이유에 화려한 궁전을 짓고 방대한 정원을 만들었다. 1662년부터 1710년까지 반세기에 걸친 대 역사 끝에 탄생한 베르사이유 궁전은 웅장한 규모와 호화의 극치를 보여주는 당대 최고의 걸작이었다.

그것은 동시에 좌절과 분노, 증오와 저항의 목표물이었으며, 경원과 저주의 대상이기도 했다. 그러므로 프랑스 혁명 후 루이 16세와 마리 앙트와네트 왕비가 누리던 온갖 호사는 이곳 베르사이유에서 비운을 맞을 수밖에 없었다. 1793년 1월 21일 10시 튈레리 궁 앞 광장에서 루이 16세가 길로틴에 의해 처형되었을 때 유럽의 모든 군주들은 경악과 충격 속에서 벌벌 떨어야 했다. 마리 왕비도 같은 해 10월 16일 길로틴에서 처형되었다. 베르사이유 궁은 이렇게 절대 권력의 부침과 비운을 간직한 역사의 현장인 동시에 화려한 예술을 보전해 온 살아 있는 미술관이다.

겨있다. 그러나 그 속에는 무엇보다도 사람들의 호기심을 자석처럼 끌어당기는 장미향기 같은 매력이 있다. 건물의 방대한 규모와 내부 장식의 호사스러움, 예술작품의 위대함…… 대체 어떤 궁전이기에 세계에서 가장 화려한 궁전이라고 하는 것일까.

우리는 뙤약볕 아래 한 시간 가까이 줄을 서서 기다리다 궁전에 입장했다. 제일 먼저 들어간 대접견실은 여섯 개의 살롱과 거울의 방으로 구성된 리셉션 장소였다. 그곳에는 왕과 왕비의 공적인 생활을 위한 주거공간이 따로 분리되어 있었다. 이곳에서 마치 영원히 누릴 것 같은 절대 왕정의 환각에 빠진 채, 루이 왕조의 사치와 향락은 밤낮없이 이어졌을 것이다.

나이 사십도 채우지 못한 루이 16세. 총명하기는 했지만 무능했던 절대군주는 이 궁전에서 백 년의 영화를 꿈꾸었다. 그의 아내 마리 왕비는 하루 스물네 시간의 짧음을 한탄하며 절제를 잃은 품위유지와 사치에 빠졌다. 그녀는 금지된 도박에 손을 대고 스웨덴 백작과의 연애사건에 휘말렸으며, 다이아몬드 사기사건에 연루되면서 왕비의 본분을 잃어버렸다. 베르사이유의 장미는 끝내 국민의 존경심을 잃어버리고 원성과 타도의 대상이 되어버렸다. 그녀를 정략 결혼시킨 어머니 마리아 테레지아의 영혼이 지하에서 회한의 눈물을 흘렸을 것이다.

그랑자빠르망(Grands Appartements)으로 불리는 바로크양식의 살롱은 구리, 청동, 대리석 같은 고급재료를 사용하여 만들고 그 위에 금장식을 한 화려한 건축물이었다. 그것은 책에서 읽고 상상했던 것 이상으로 사치스러운 모습이었다. 인구 80%인 농민들이 지세, 교회에 내는 10분의 1세, 인두세, 소득세, 소금세, 면역세 외에 노역까지 부담하며 배를 굶주리고 있을 때, 루이 14세는 이곳에서 일주일에 세 번씩 호화 파티를 열었다.

길이 75m, 높이 12m의 넓은 방을 17개의 벽면으로 나누어 350여 개의 거울로 장식한 거울의 방에 들어섰을 때, 갑자기 낯선 세상에 들어온 듯한 혼돈과 단절감 같은 것을 느꼈다. 거울에 비친 수십 수백 개의 나의 모습은 이 세상 사람의 형상이 아니라, 상상의 나라에서 어느 순간 불쑥 나타난 외계인의 허상과도 같은 것이었다. 여기에서 궁정축제, 왕실의 중요 행사, 외국 사절들을 위한 연회가 열렸다고 하니 그 호화로움을 무엇에 비길 수 있었을까. 그러나 민중의 분노와 증오의 대상이었던 궁전이 오늘날 프랑스에게 엄청난 관광수입을 안겨주고 있는 것은 터키의 돌마바흐체 궁이나 다를 바가 없다. 거꾸로 가는 역사가 가끔 희망의 미래를 낳을 수도 있다는 말은 살아있는 역설이다.

■ 7월 24일(월) [파리] / 쾌청

일행은 오늘 각자 헤어져서 자유로운 일정을 갖기로 했다. 친구는 여행 가이드 피에르 윤과 함께 골프를 치러 갔고, 두 아내들은 파리의 백화점과 상가를 구경하러 갔다. 나는 루브르 미술관에 가서 온 종일 그림구경을 했다. 내가 평생 꿈꾸어 왔던 루브르 미술관을 구경한 것은 잊지 못할 감동이었다. 보티첼리, 로렌쪼 코스타, 틴토레토, 베로니체, 라파엘, 판니니, 엘 그레꼬, 투르치, 레오나르도 다 빈치… 그 빛나는 천재들의 이름. 그들은 이 세상의 평범한 사람들이 아니었다. 그들의 손과 붓놀림, 그들의 빛과 색채, 그들의 선과 구성은 세속의 영역에 속하는 것이 아니었다. 그들의 그림은 신의 영감을 빌린 초월세계의 세속적 표현이었다.

베로니체가 그린 '혼인잔치'는 가로 10m, 세로 8m의 초대형 그림인데, 혼례에 참석한 사람들의 표정은 살아 있었고 그들의 목소리가 들려오는 듯했다. 죠반니 판니니의 '오페라홀 광경'은 지독할 정도로 세밀하고 익살스러웠다. 대형 캔버스에 아주 조그맣게 그린 인물들의 모습을 보니, 오케스트라 연주자와 관객의 얼굴 표정 하나하나가 살아있고, 관객들이 서로 마주보며 농담을 나누는 모습이 생생했다. 한 남자가 옆자리 귀부인의 엉덩이를 만지면서 은근히 희롱하는 모습은 이것을 자세히 관찰한 관람객들의 배꼽을 움켜쥐게 할 것이다.

레오나르도 다 빈치의 모나리자 앞에는 많은 관람객들이 몰려 있었다. 모나리자는 관람객을 향해 은은한 미소를 짓는 것처럼 보였다. 내가 좌우로 움직일 때마다 모나리자의 시선도 나를 향하고 있었다. 다빈치는 모나리자의 얼굴을 그릴 때 선을 사용하지 않고 가느다란 붓으로 얼굴의 윤곽을 흐릿하게 처리하는 스푸마트 기법을 사용하여 보는 사람들에게 신비감을 불러일으켰다. 다 빈치의 여인상, 박카스상, 아기와 성모상은 처음 보는 그림이었다. 보석과 장신구 전시관에서는 조세핀 황후의 보석 박힌 왕관을, 왕실관에서는 루이 14세의 초상화를, 조각관에서는 밀로의 비너스상을 구경했다.

미술관은 여러 나라에서 온 관람객들로 만원을 이루어 소음으로 가득 찼으며 전시실 내부는 무더웠다. 한국, 중국, 대만의 단체관광객들이 몰려다니며 소란을 피우고 있었고, 피곤에 지친 사람들이 여기저기 바닥에 주저앉아 몰래 가지고 온 음식과 음료를 마시고 있었다. 나는 가볍고 편한 운동화에 의지하여 전시관을 몇 번씩 오가며 생애에 다시 만나기 어려운 거장들의 작품을 보고 또 보았다. 이탈리아, 스페인 화가들의 작품은 역순으로 여러 번 오가면서 감상했다.

해질 무렵 다시 합류한 일행은 파리 시내 한복판에 있는 라 따베른 드레스뜨라는 이름의 아담한 식당에서 달팽이요리와 부르고뉴 쇠고기로 프랑스식 식사를 했다. 소문으로만 듣던 달팽이요리는 소스에 찍어먹는 것인데, 이상하게 시금털털한 맛이 났다. 나 같은 한국인이 달팽이 요리의 진미를 알기 위해서는 프랑스에 이민을 와서 오랫동안 살아야만 할 것 같다.

저녁을 먹으면서 아내들의 백화점 이야기에 흥미 있게 귀를 기울였다. 아내들은 파리 중심가에 있는 쁘렝땅(printemps)백화점과 부근 상가를 구경했는데, 백화점에서 때마침 두 대의 대형 버스에서 내린 한국 단체관광객들이 몰려와 소위 명품 가방과 향수 같은 물건을 '싹쓸이' 하는 광경을 보고는 당황했다고 한다. 그리고 검은색 차도르를 두른 아랍 여성들이 옆에 쇼핑 도우미를 거느리고 여기저기 안내를 받으며 값비싼 물건들을 쇼핑하는 모습을 목격했는데, 그녀들이 마음에 드는 물건을 손가락으로 가리키고 쇼핑 도우미에게 눈짓을 보내기만 하면 도우미들은 재빨리 물건을 쇼핑카트에 담을뿐 아니라 백화점에는 아랍인 구매자를 위한 전문 도우미들이 상시 대기하고 있다는 것이다. 그러나 백화점의 규모와 상품의 내용은 서울보다 떨어졌다고 한다.

저녁 식사 후 몽마르트에 가서 화가들의 골목과 갤러리를 구경했다. 몽마르트라는 이름 속에는 어딘지 따듯함과 친근함이 배어있다. 화가들은 유채화와 수채화를 그리거나 관광객들을 앉혀놓고 초상화를 그리고 있었으며, 그린 작품을 늘어놓고 판매하고 있었다. 그림 값은 우편엽서

만한 크기의 유화가 20유로 안팎, A4용지 크기의 유화와 수채화가 100유로 안팎이었다.

형형색색의 목조건물과 벽돌건물들, 우아한 골목, 화가들의 데생 현장이 몽마르트의 밝은 햇빛 속에서 정겨운 오후의 풍경을 만들어내고 있었다. 언덕 아래로 파리의 아름다운 풍경이 한눈에 들어왔다. 몽마르트는 파리 시민들, 세계 각국에서 모여든 구경꾼들, 아마추어 화가의 그림, 파리의 전통이 어울려 만들어낸 낭만과 예술의 아늑한 공간이었다. 그곳은 더 이상 순교자의 언덕이 아니었다.

저녁 9시 30분부터 시작되는 리도 쇼의 입장료는 자그마치 1인당 120유로인데, 포도주와 샴펜으로 인심을 쓰는 것이 그나마도 흥행 측의 작은 서비스였다. 그러나 비싼 입장료에 대한 아까움은 쇼의 막이 오르자마자 이내 사라졌다. 화려하고 환상적인 조명, 재빠른 무대 전환, 출연자들의 현란한 의상, 열정에 넘치는 춤, 가슴을 휘어잡는 음악, 막간의 해학적인 서커스, 코끼리와 말의 기상천외한 연기… 그리고 계속되는 타이, 인도의 무용, 어두운 배경 위로 은은히 흐르는 신비로운 광채 속에 갑자기 나타난 무희들의 신들린 듯한 춤, 전통과 현대를 혼합한 노래, 젖가슴을 드러낸 팔등신 미녀들이 걸친 금빛 날개옷… 그렇게 해서 관객들에게 숨 돌릴 새도 없이 다음 장면을 기다리게 하는 박진감 넘치는 공연이 두 시간 동안 계속되었다.

리도 쇼는 복고풍을 지향하는 브로드웨이 쇼에 비해 다소 대중적이며, 중국 항주의 송성 쇼가 보여주는 거칠고 웅장한 스케일에 비해 더 다듬어지고 세련된 연출이 돋보였다. 지난 해 중국 항주에 갔을 때 스케일 큰 송성 쇼를 구경하고 나서 얼마나 큰 감흥과 여운에 젖었던가. 그런데 리도 쇼는 그 이상의 무엇이 있었다. 프랑스 대중예술은 캉캉 춤이 보여주는 세속적 오락성 이상의 풍부한 영감과 상상력을 불러일으킨다는 점에

몽마르트의 낮과 밤. (유화)
형형색색의 목조건물과 벽돌건물들, 우아한 골목 등…
파리를 대표하는 미술의 거리가 풍기는 낮과 밤의
이색적이고 정다운 이미지를 비구상으로 표현했다.

서 관객을 매료시키는 것 같았다. 리도 쇼는 감성적인 자극과 재미뿐만 아니라 지적 오락의 만족감마저 느끼게 해주는 즐거운 볼거리였다. 두 시간 가까운 공연이 끝나고 극장을 나섰을 때 입장료에 대한 미련은 말끔히 사라졌다.

호텔로 돌아가기 위해 극장 앞에서 택시를 잡았는데, 원래 세 명 이상은 한 택시에 태워주지 않는 파리의 관행에도 불구하고, 비그 죠르지라는 이름의 기사는 일행 네 사람을 기꺼이 태워 주었다. 운전기사 죠르지는 자신을 소개하고 우리가 어느 나라에서 왔느냐고 물었다. 내가 한국에서 왔다고 말하고 나서 프랑스를 사랑한다는 표현 대신 프랑스 국가라 마르세이유를 부르자 죠르지는 깜짝 놀라며 큰 소리로 함께 불렀다.

그가 프랑스 국가를 어떻게 배웠느냐고 물었다. 나는 대학생시절 유럽 역사를 공부할 때 배웠으며 피아노로 연주할 줄도 안다고 대답했다. 그는 차중의 유쾌한 분위기에 스스로 빠져들어 나와 농담을 주고받았다. 자기에게 예쁜 두 딸이 있는데, 나에게 아들이 있으면 두 딸 중에 하나를 한국으로 시집보내겠다고 익살을 떨었다.

호텔에 도착했을 때 죠르지 기사는 자신의 주소와 전화번호를 적어주면서 나에게 명함을 달라고 요청했다. 미터요금 20유로에 10유로의 팁을 합해 30유로를 죠르지에게 주었다. 택시 두 대를 타야했을 경우를 생각하면 적어도 20유로의 이득을 보게 된 것이다. 기사도 평소의 두 배에 해당하는 팁을 받은 셈이니 누이 좋고 매부 좋은 격이 되었다. 파리에서 실속 있는 택시 승차요령을 체험한 셈이다.

그리고 프랑스 사람들이 자존심을 앞세워 일부러 영어를 하지 않는다는 소문이 사실과 다르다는 것을 알게 되었다. 택시기사 죠르지는 영어에 능숙했으며 영어로 말하는 것을 자랑스러워했다. 그런데 그가 정말로 딸을 주겠다고 연락해오면 어떻게 해야 한담…… 그것 참!

■ 7월 25일(화) [몽생미셸] / 쾌청

첫째야, 오늘은 모처럼 네게 우리 소식을 전해주마.

네가 그렇게 오고 싶어 했던 프랑스, 불문학을 공부한 네가 와야 할 나라를 아버지 어머니가 먼저 오게 돼 미안하구나. 그 미안한 마음을 담아 이 글을 쓴다.

파리 서북쪽 노르망디 지방의 휴양도시 에트레타로 가는 도로주변의 농촌 풍경은 너무도 목가적이고 한가로웠다. 농민들이 살고 있을 시골집들은 하나같이 아담하고 예뻤지. 집집마다 화초와 나무를 심고, 창가에는 화분을 놓거나 걸어두고…. 도중에 스쳐간 마을들의 풍경은 그 자체가 한 폭의 그림이었다.

에트레타는 북해 바다에 접한 긴 모래사장을 낀 작은 마을이란다. 휴가철을 맞아 많은 사람들이 와서 바다와 햇빛을 즐기고 있었지. 요트를 타는 젊은이들, 보트놀이 하는 사람들, 패러글라이딩을 즐기는 사람들, 물놀이를 하는 가족들, 벌거벗고 일광욕을 하는 여인들, 파라솔 아래서 책을 읽는 사람들…. 휴가는 아마 프랑스 사람들의 일상인가보다. 해변에는 거대한 코끼리 형상을 한 석회암벽이 서 있는데 그 장대하고 기이한 모습을 어떻게 표현해야 할 지 모르겠구나. 그 거대한 코끼리를!

해변 레스토랑에서 홍합 요리로 점심을 먹었는데, 국물도 없는 삶은 새끼 홍합 한 접시에 18유로를 받더라. 다섯 명이 홍합 세 접시와 빵, 쇠고기 스테이크, 물 한 병, 맥주 두 병을 마신 값이 팁 5유로를 포함해서 모두 94유로였지. 우리나라 돈으로 치면 1인당 23,500원 꼴이 아니냐. 너희들 같으면 선뜻 먹을 엄두가 나겠니?

우리는 센 강 하구에 있는 작은 어촌 화가마을 옹플뢰에 잠시 들렀단다. 옹플뢰 마을에는 화강암이 깔린 좁은 도로를 따라 아담한 목조건물들이

에트레타 해안의 거대한 코끼리 형상을 한 석회암벽.

촘촘히 서 있고, 가게와 갤러리 안에는 그림과 액자들이 가득 진열되어 있었지.

조그만 포구 주위에 네덜란드 풍의 건물들이 늘어섰고, 노천카페마다 관광객들은 붐비고… 포구에 정박 중인 배와 주변 경치가 어울려 마치 한 폭의 풍경화를 보는 듯 했다. 어머니도 이색적인 풍경에 말을 잃고 있었지.

다시 길을 재촉해 달리다가 해변 휴양도시 도빌이라는 곳에 들렀단다. 도빌이란 도시, 이름 들어본 적이 있니? 아니면 영화 '남과 여'는 보아서 알겠지. 바로 '남과 여'의 촬영 장소가 이곳 도빌이란다. 도빌의 해변에는 길이 4km가 넘는 해수욕장이 뻗어있는데 일광욕을 하는 사람들로 가득했다. 모래 위를 걸어가는데 가슴을 드러낸 채 볕을 쬐고 누워있던 백인 여성 두 명이 어머니를 쳐다보며 빙긋이 웃는 바람에 어머니가 오히려 무안해 했지. 우아한 별장과 고급주택들이 늘어선 해변거리는 이 도시가 세련된 휴양도시임을 말해주고 있었단다.

어머니와 나는 한 시간 동안 모래사장을 거닐며, 대서양에서 불어오는 저녁 바람을 쐬었지. 결혼한 후 우리 부부가 프랑스의 해변을 산책하는 로맨틱한 경험을 할 줄을 상상이나 했겠니. 어쨌거나 우리는 진짜 남과 여가 되어 노르망디의 해변을 한참동안 걸었단다.

도빌을 지나 목적지인 몽생미셸로 가는 고속도로는 그야말로 예술과 환상의 도로였지! 노면의 평탄함과 빈틈이 없을 만큼 매끈한 포장상태는 그 자체가 토목예술이었고. 우리가 탄 자동차가 마치 여객기처럼 달렸다면 믿겠니? 도로변의 조경은 풍요롭고 편안한 느낌을 주었고 차창 밖으로 전개되는 전원풍경은 연속되는 풍경화의 파노라마였단다. 고속도로에는 꽁무니에 캠핑트레일러를 연결한 레저용 자동차들이 수없이 지나다니고 있었는데, 그러고 보니 프랑스에서도 지금 한창 휴가철인 것을 알겠구나. 참, 너희들은 여름휴가를 다녀왔는지 모르겠다.

그렇게 두 시간 동안 예술의 도로 위를 달리다가 어느 지점에 이르렀을 때였지. 멀리 석양의 빛무리에 반사되어 희미하게 빛나는 장엄한 형상의 피라미드 같은 것이 시야에 들어오지 않겠니? 여행 가이드가 손짓으로 가리키며 말했단다.

"몽생미셸입니다."

조금 더 달려갔을 때 그것은 피라미드가 아니라 첨탑이 솟아있는 거대한 산상 수도원의 실루엣이었음을 알게 됐지. 해가 완전히 저물 무렵 몽생미셸 부근에 있는 메르큐르 호텔에 도착했단다.

오늘 저녁 식사는 호텔 옆에 있는 르 프레 살레라는 레스토랑에서 했단다. 친구의 제안에 따라 이 지방 특유의 요리를 주문했는데, 일행 다섯 사람이 각각 다른 메뉴를 택해 서로 나누어 먹었지. 모듬 해물요리, 석화요리, 양갈비, 해물과일요리, 사과파이, 사과술, 사과증류주인 깔바도스, 맥주를 먹고 마신 값은 우리 돈 198,000원에 해당하는 158.40유로였다. 1인당 4만원 가까운 값이니 얼마나 비싼 음식이냐.

프랑스에 와서 처음으로 한껏 호사를 누리며 프랑스식 요리를 맛본 것인데, 사실 맛이 좋은지 어떤지를 확실하게 구별할 수가 없더구나. 그래도 양 갈비는 부드럽고 고소한 감칠맛이 좋았고, 깔바도스 술은 짙은 향기와 강렬한 맛이 양고기와 아주 잘 어울렸단다.

음식도 문화의 한 부분이기 때문에 나라마다 맛의 차이가 있음을 인정해야 하겠지만, 아버지와 어머니의 재래식 혀는 아직 겸손함과 부끄러움을 잃지 않고 있는 것 같구나. 먹는 이야기를 늘어놓아 미안하다. 너희도 신혼 초이니 둘이서 맛있는 요리 많이 만들어 먹거라. 오늘은 여기까지 쓰겠다. 잘 있거라.

■ 7월 26일(수) [파리] / 비

몽생미셸 수도원이 눈앞에 우뚝 솟아있었다. 어제 저녁 석양 속에 빛나던 환상적인 모습과는 또 다른 모습으로, 웅장하고 경이로운 자태를 드러내며 생 말로 만의 갯벌 위에 솟아 있었다. 맑은 아침의 푸른 대기 속에 수도원의 거대한 첨탑이 하늘을 향하고 있었다.

전설에 의하면 천사 미가엘의 계시에 따라 708년 오베르 아브랑셰 주교가 바위산 위에 짓기 시작한 이 수도원은 노르망디 공 리처드 1세가 966년에 베네딕투스 파의 수도장으로 완성하였는데, 그 후 수 세기에 걸쳐 증개축을 계속해 오늘의 모습을 갖추는데 800년의 세월이 걸렸다고 한다. 둘레 900m에 높이가 78m인 이 수도원은 밀물 때가 되면 방파제만 남긴 채 바다에 둘러싸이게 된다. 바위산은 1875년 방파제가 완성되기 전까지는 바다 속의 섬이었다. 몽생미셸이 세계적 불가사의 또는 건

생 말로 만의 갯벌 위로 맑은 아침의 푸른 대기 속에
웅장하고 경이로운 몽생미셸 수도원의
거대한 첨탑이 하늘을 향하고 있다.
산 전체가 하나의 마을을 이루고 있는
수도원은 건축물의 신비로운 실루엣과
경이로움으로 인하여
지상에 세운 천국의 예루살렘으로
신성시되어왔다.

축의 기적으로 손꼽히고 1979년 유네스코로부터 세계 문화 유산으로 지정받게 된 것은 우연이 아니다.

산 정상의 종교적 위엄과 균형미를 갖춘 고딕양식의 성당은 보는 사람으로 하여금 저절로 경외감을 불러일으키게 했다. 견고한 화강암으로 만들어진 중세시대 몽생미셸을 지상에 세운 천국의 예루살렘으로 신성시했다는데, 그것은 종교적인 경건함과 신앙에 바탕을 둔 신념 때문만은 아니었을 것이다. 산 위로 솟아오른 건축물이 발산하는 신비함과 경이로움은 그 자체가 곧 하느님의 계시처럼 여겨졌을 것이다.

수도원은 아침부터 엄청나게 많은 관광객들이 모여들고 있었다. 산 전체가 하나의 마을을 이루고 있는 수도원 경내에는 골목마다 인파가 넘쳐 발걸음을 제대로 내딛기가 어려웠다. 석조건물의 출입구 앞을 지날 때마다 어디선가 에어컨보다 더 시원한 바람이 불어와 구경꾼들의 땀을 식혀주었다. 주위를 두리번거렸지만 그 신비한 바람의 근원을 찾을 수가 없었다.

수도원 중앙에는 밑에서 음식과 물을 끌어올리는 거대한 수레바퀴가 설치되어 있는데, 그것은 도르래 장치에 의해 작동되는 것이었다. 친구가 나무로 만든 출입문을 만지면서 500년 이상 묵은 참나무가 원형을 그대로 보존하고 있는 것이 신기한 듯 감탄을 금치 못했다. 평생의 절반을 목재사업에 바쳐온 나무전문가답게 그는 어디를 가든지 나무에 관심이 많다. 가구나 나무로 된 건축자재에 관한 설명은 친구의 몫이지만, 그는 살아있는 나무에도 관심이 많다. 나무에 대한 애착과 호기심이 그에게는 본능에 가까운 것이다.

화강암 기둥과 조각들, 암석의 연결부분을 꼼꼼하게 관찰한 친구는 수도원 건물의 비밀스러운 설계와 기적과도 같은 건축술, 정교한 장식예술에 도취된 듯 혼잣말을 중얼거렸다. "이건 정말 감동 그 자체다." 이름도

1000년 이상의 역사를 지닌 중세의 고성 생 말로.

처음 들어보는 몽생미셸에 온 것을 친구는 행복하게 생각하는 모양이다.

경이로운 기적의 수도원을 떠나면서, 나는 몽생미셸이 영원히 지상과 천상의 예루살렘으로 남아 세상 사람들에게 기쁨과 평화를 안겨주기를 기원했다. 그러면서 몇 번이고 뒤를 돌아보았다.

이어서 우리가 도착한 생 말로는 프랑스 서부해안의 1000년 이상된 역사를 지닌 중세풍 도시다. 이곳을 방어하기 위해 14~17세기 바닷가에 쌓은 견고한 화강암 성벽은 파도와 해일을 막아주는 방파제 역할도 겸했다. 성 안 회색 건물들은 오랜 세월 거센 바닷바람의 풍화와 침식에도 잘 견디어 중세의 원형과 색채를 고스란히 보존하고 있었다. 해안 성벽 위에 올라 바다를 바라보니 해변에는 산책 하는 사람, 데이트 하는 연인, 조개를 줍는 등 사람들이 많았다. 생 말로와 같은 중세 성곽도시가 프랑스 전역에 널려 있다는 사실은 너무도 부럽고 가슴 설레는 일이다.

우리는 고풍스런 성곽도시의 뒷골목에 있는 식당 르 섀스 마레에서 점심을 먹었다. 메뉴는 도미살 구이, 스프, 사과주, 아이스크림이었다. 음식 맛은 좋았지만 조금 짠 편이었다. 쾌활하고 친절한 중년남자인 식당 주인은 부지런히 몸을 놀리며 동양에서 온 손님들에게 깍듯한 예의와 상냥한 태도로 직접 시중을 들어주었다. 그는 우리 일행과 시선이 마주칠 때마다 눈을 크게 하며 미소를 지었다.

낡고 어두운 식당 안에는 오래된 인물들의 초상화, 골동품, 고지도, 그물과 같은 각종 어구들이 벽면과 구석을 장식하여 중세풍의 독특한 이미지를 풍겼다. 구석에 켜놓은 촛불이 실내분위기를 더 고풍스럽게 만들었다. 점심값 88유로와 팁 2유로를 합쳐 90유로를 주인에게 지불했다. 적은 팁에도 불구하고 주인은 우리가 자기 식당을 방문한 첫 한국인이라면서 "메르시 보꾸"를 연발했다. 그의 친절은 진정에서 우러난 것처럼 보였다. 점심을 먹고 나서 우아하게 가꿔진 회색의 중세도시를 한 바퀴 돌아본 후 파리를 향해 출발했다.

여행 중에 겪게 되는 날씨의 변화는 여행의 즐거움을 증진시키기도 하지만, 때로는 긴장을 고조시키기도 한다. 생 말로를 출발하여 30분 정도 지났을 무렵 파리로 향하는 고속도로 주변의 날씨가 갑자기 어둡고 음산해지기 시작했다. 시커먼 구름이 낮은 하늘을 덮더니 곧이어 천둥과 번개가 치기 시작했다. 파리까지 거의 절반을 왔을 무렵 떨어지기 시작한 빗방울은 순식간에 굵은 소나기로 변했다. 무서운 기운마저 감도는 낮게 드리운 시커먼 하늘에서는 쉴 새 없이 번갯불이 내리꽂히고 천둥소리가 지축을 흔들었다. 천둥의 굉음은 차 속까지 떨리게 만들었다.

모든 차량이 캄캄해진 도로에서 전조등을 켜고 거북이 운행을 하고 있을 때, 갑자기 굵은 포도알 크기의 우박이 비에 섞여 쏟아지면서 차창을 때리기 시작했다. 여행 가이드는 차의 속도를 줄이며 갓길로 이동한 뒤 길가에 차를 멈췄다. 그는 차의 앞 유리가 깨어질까봐 몹시 긴장하고 있었다. 다른 차들도 속도를 줄이거나 도로 한가운데 멈춰있었다.

그때 귀청을 찢을 듯한 엄청난 폭음을 내며 두 줄기의 '쌍둥이 번개' 가 바로 우리 눈앞에서 내리꽂히는 무시무시한 광경을 목격했다. 소스라치게 놀란 우리는 저도 모르게 비명을 질렀다. 번개가 내리꽂힌 장소는 지척에 있는 것처럼 보였는데, 번개의 공격지점에 마을과 건물들이 있는 것으로 보아 피해가 발생할지도 모를 일이었다. 모든 차량이 일제히 운행을 멈추고 고속도로 위에 한참동안 멈춰 있었다. 번개와 우박의 공격은 한 시간 가까이 계속되었으며, 그것이 조금씩 누그러졌을 때 자동차들은 다시 천천히 움직이기 시작했다.

조심스럽게 거북이운행을 하며 가까스로 우박지대를 벗어나자 비는 멈추고 소나기구름은 물러갔다. 일행은 그제야 안도의 숨을 내쉬었다. 안전지대에서 차를 멈추고 살펴보니 자동차 표면에는 우박으로 인해 흠집이 생겼는데, 다행히 차창에는 금이 가거나 깨진 곳이 없었다. 파리에 도착해서 보니 파리 시내에는 비가 내린 흔적이라곤 보이지 않았다.

저녁 늦게 식사를 마치고 호텔로 가는 도중, 또 다시 갑자기 강풍이 불어 닥치고 가로수가 휘청거리며 거리에 나뭇잎들이 날리기 시작했다. 하늘에서 번개가 번쩍이며 소나기가 내릴 조짐을 보였다. 고속도로 위의 하늘을 지나갔던 소나기구름이 진로를 바꿔 파리를 공습하기 시작한 모양이다. 우리가 호텔 정문에 도착했을 때 마침내 굵은 소나기가 뿌리기 시작했다.

■ 7월 27일(목) [파리] / 흐림

그림을 그린다는 것은 즐겁고 행복한 일이지만, 빵을 얻기 위해 호구

지책으로 그림을 그리는 일이 행복할 수는 없다. 고흐는 가난으로 인해 생전에 불행했던 화가였으며 죽은 뒤에 비로소 행복해 졌다. 오전에 파리 근교 오베르 마을에 있는 고흐 박물관을 구경했다. 네덜란드 출생의 화가 빈센트 반 고흐의 프랑스어 발음은 뱅생 방 고흐다. 고흐가 생애를 마감하기 전에 살며 그림을 그렸던 오베르 마을은 파리에서 북쪽으로 60km 떨어진 한적한 시골 농촌마을이다. 집값이 비싼 파리 생활의 어려움을 견디지 못해 고흐가 이사해 온 오베르 마을은 소박한 농촌의 분위기와 전원의 아름다움을 동시에 간직한 작은 마을이다.

우리는 고흐가 살던 여인숙(지금은 박물관이 되었음)의 이층 다락방으로 올라갔다. 이 누추한 방에서 고흐는 70일을 머무는 동안 70점의 생애 마지막 작품을 완성했다. 그리고 어느 날 권총으로 스스로 목숨을 끊고 생을 마감했다. 다락방은 작은 감방 같았다.

고흐의 여인숙에서 5분 쯤 걸어갔을 때 낡은 모습의 오베르 교회가 나타났다. 교회 앞에는 그가 100년 전에 그렸던 유명한 그림 '오베르 교회'의 복사판 그림이 서있었다. 그가 걸작 '비'를 그렸던 마을의 언덕, 바로 그 장소에도 '비'의 복사판 그림이 서 있었다. 그림에 그려진 세 채의 집은 100년 전의 모습을 그대로 간직한 채 그곳에 남아 있었다.

공동묘지 끝자락에 이르렀을 때 고흐의 무덤이 나타났다. 고흐는 그의 동생과 함께 나란히 묻혀 있었다. 두 형제의 묘지 위를 담쟁이덩굴이 덮고 있었다. 나는 고흐의 묘 앞에서 십자가를 긋고, 나도 그림다운 그림을 그리기 위해 남은 생애에 더 노력하겠지만, 고흐처럼 독주를 마시고 어지럽게 취한 상태에서는 결코 붓을 들지 않겠다고 다짐했다. 아내들은 길가에 피어있는 들꽃을 엮어 만든 꽃다발을 고흐의 묘 앞에 바쳤다.

파리로 돌아온 일행은 오르세 미술관을 찾았다. 오르세 미술관은 기차역으로 사용되었던 오르세 역을 개조하여 만든 미술관인데, 여기에는 주로 19세기 이후의 작품이 전시되어 있다. 미술관 건립을 계획한 사람은 지스까르 데스탱 대통령이고 완성한 사람은 프랑소와 미테랑 대통령이었다. 미술관에는 학생 시절에 자주 보았던 화가들의 그림이 많이 걸려 있었다.

나는 밀레의 '이삭 줍는 여인들'과 '만종'을 보면서 밀레의 삶을 상상해 보았다. 이삭 줍는 여인들은 200년 전 프랑스 농촌 소작농 아낙네들의 소박한 모습을 어두운 색채로 표현한 작품이다. 밀레는 이 그림을 통해 가난한 농민들의 고달픈 삶을 그려내려고 했을 것이다. 가을 추수가 끝난 뒤 이삭을 줍는 여인들의 모습을 바라보면서 그는 농촌의 평화로움보다는 농민들의 애환과 아픔을 느꼈을 것이다.

미술관에는 드가, 모네, 시슬리, 마네, 세잔느, 고갱, 로트르 등 걸출한 인상파 화가들의 작품이 즐비하게 전시되어 있었는데, 그 가운데 특별히 눈길을 끄는 작품 하나가 관람객들의 발걸음을 멈추게 했다. 구스타브 꾸르베의 '세상의 기원(L' Origine du Monde)'은 여성의 국부를 사실적으로 묘사한 작품이었다. 유난히 많은 관람객들이 이 그림 앞에 멈춰 있었지만, 그들 중에 웃거나 부끄러워하는 사람은 없었다. 꾸르베의 그림은 프랑스 화집에서도 본 적이 없는 그림이었고 지금까지 상상하지 못했던 상식을 뛰어넘는 작품이었다. 이런 그림은 프랑스가 아니면 전시하기도 쉽지 않을 것이고 꾸르베가 아니면 그리기도 어려울 것이다. 아름답고 신성한 여성의 국부는 인간의 역사를 만들어내는 위대한 생명의 출구이며 세상의 기원인 동시에 문명창조의 원초적 발원이다. 나는 여성의 가장 은밀한 부분을 예술적으로 묘사해낸 이 작품에 대해 노벨미술상이라도 수여했으면 좋겠다는 생각을 하면서 작가에게 마음속으로 존경의 박수를 보냈다.

오르세 미술관은 그 자체가 훌륭한 예술작품이며 기념비적 건축물이다. 기차역을 미술관으로 만든 미테랑 대통령은 정치인으로는 그다지 매력적이지 못했지만, 예술적 감수성과 상상력으로 앞을 내다볼 줄 아는 예술 대통령이었다. 우리나라에는 언제쯤 이런 예술 대통령이 등장할 것인가. 건국 이후 여덟 명의 대통령을 겪어 오면서 아직 예술을 아끼고 실천하는 대통령은 한 번도 만나지 못했다.

어린이 사생대회에 나와 함께 그림을 그리고, 인사동 거리축제에 참석해서 시민과 함께 윷놀이를 벌이다가 청와대로 돌아와 국무회의를 주재하는 자리에서 부정을 저지른 장관에 대한 사직서를 받아낸 뒤 저녁 시간에 예술의 전당에서 오케스트라 연주를 즐기는 청렴강직한 대통령을 보고 싶은 것이 나의 소망인데, 그런 소망이 내 생애에 한 번쯤은 이루어질 것이라는 희망을 버릴 수가 없다. 문화와 예술을 사랑하는 대통령이 유권자의 마음을 사로잡고 대중적 리더십을 거침없이 발휘하게 되는 날, 그때 대한민국은 세계가 인정하는 선진국의 문지방을 넘게 될 것이다. 나는 그 희망의 날을 기다리는 마음으로 프랑스를 떠난다.

스위스

SWITZERLAND

국토는 작지만 넉넉하고 풍요로움이 깃든 나라. 지역마다 언어가 다르고 종족의 혈통은 다르지만 타협과 관용의 정신이 호숫물처럼 가득한 나라. 작은 것이 아름다울 뿐만 아니라 위대하다는 것을 일깨워주는 정감 넘치며 냉정하기조차 한 나라. 연방이라는 이름의 이 작은 공간에는 어떻게 사는 것이 행복하게 사는 것인가, 무엇을 해야 유복한 나라를 만들 수 있는가를 알려주는 징표들이 여기저기에 널려있다.

깎아지른 알프스의 봉우리, 맑은 호수, 목가적인 초지, 그림 같은 숲과 그 사이의 목조주택들. 그것들 자체가 더할 나위 없는 구경거리이며 스위스의 매력과 국가경쟁력을 높여주는 요소들이다. 그것은 신이 스위스에 안겨준 천혜의 선물인 동시에 스위스 인들의 땀의 소산이다.

신은 스위스에게 공짜로 자연이라는 선물을 안겨주지는 않았다. 스위스 인들은 은총이 아니라 역경으로 주어진 자연환경을 피땀 흘려 지키며 유복한 터전으로 가꾸었다. 험준한 산록에 자리 잡은 목가적인 마을은 투쟁과 개척의 혼이 담긴 생존의 요새이며 천국과 지옥이 합일된 축복의 요람이다.

이 말이 믿기지 않는 사람은 융프라우 정상에 올라 산 아래를 굽어보고 그곳에 무엇이 있는지를 살펴보면 될 것이다. 맑고 고운 마음의 눈을 뜨고 스위스의 곳곳을 살펴보면 행복의 나라로 가는 길, 아름다운 추억의 세계로 떠나는 길이 선명하게 보일 것이다.

오전 10시 30분 파리 리옹 역에서 테제베 열차를 타고 스위스 제네바로 출발했다. 열차가 프랑스 동남쪽으로 달리면서 창밖의 풍경이 천천히 바뀌기 시작했다. 숲이 점점 많아지고 스위스에 가까워지면서 가파르고 높은 바위산이 나타나기 시작했다. 산허리 군데군데 모여 있는 산간주택들은 노르망디 지역의 주택에 비해 허름할 뿐 아니라, 지붕과 벽의 색깔도 우중충해서 북해변의 에트레타 마을이 다시금 눈에 선했다.

열차는 벨레가르드 역에 잠깐 정차하여 가운데 부분을 분리한 뒤, 다시 출발하여 20분 후인 오후 2시에 제네바 역에 도착했다. 역 앞에는 스위스의 여행 가이드가 소형 승합차를 몰고 와 일행을 기다리고 있었다.

자동차를 타고 제네바 시내와 레만 호수 주변을 한 바퀴 돌았다. 전차가 다니는 시가지에는 바로크 풍과 르네상스 풍의 건물들이 많았는데, 거리는 역사가 오래된 도시답지 않게 단정한 느낌이었다. 제네바 시 중심가 공원 옆에 있는 호수의 물은 놀랄 만큼 맑고 투명했다. 호수에서 백조들이 헤엄치고 물속에 거꾸로 박혀 놀고 있는 모습이 평화로웠다. 호수 건너편에 롤렉스시계 회사의 건물이 보였다.

로잔으로 가는 도로에서 남쪽을 바라보니, 레만 호수의 푸른 물결 너머로

프랑스의 작은 마을 에비앙이 보였다. 광천수로 유명한 온천휴양지 에비앙이 마치 스위스 영토 안에 있는 것처럼 보였다. 도로 주변에는 키 작은 사과나무 밭이 많았는데, 사과나무 위에는 하나같이 검정색 그물을 쳐놓았다. 그물은 새의 접근을 막기 위한 것이 아니라 여름철에 자주 떨어지는 우박으로부터 나무를 보호하기 위한 것이었다. 과일이 귀한 나라에서는 이런 방법으로 과수 관리를 하는 수도 있는가 보다.

로잔 시내에 들어섰을 때 도로 중앙분리대의 화단에서 라벤더 향기가 물씬 풍겨왔다. 이상하게도 향기로운 풀 냄새가 낯선 도시에 대한 그리움 같은 것을 불러일으켰다. 국제올림픽위원회를 비롯한 여러 국제기구가 모여 있는 도시의 규모는 작았지만, 한눈에 보기에도 로잔은 낭만적인 호수의 도시였다.

아직 한낮이었지만 일찌감치 호텔로 들어와 체크인을 했다. 우리 부부가 묵을 알파 팔미에르 호텔 7층 객실의 창문 커튼을 젖혔을 때, '아!' 하는 감탄사가 저절로 튀어나왔다. 레만 호가 바로 눈앞에 펼쳐져 있고 그 너머에 알프스 산맥의 희미한 모습이 보였다. 친구 부부가 묵을 객실도 호수를 바라보는 위치에 있었다. 객실은 시설도 훌륭했지만 남쪽을 향한 전망도 빼어나서 파리에서 묵었던 호텔에 대한 나쁜 기억을 몰아내기에 충분했다.

프랑스에서의 닷새를 뒤로 하고 지금은 스위스 레만 호수가의 한 밤중이다. 아내가 비 내리는 창밖을 내다보며 말했다.

"빗소리는 어느 나라나 똑같네요. 부처님, 예수님이 세상 어디서나 똑같이 들리는 빗방울 소리처럼 진리를 말씀하셨는데, 왜 인간들은 밤낮없이 싸움질을 하고 미워하는지……."

빗소리는 세상 어디서나 똑같이 들릴 것이다. 그것은 대지를 촉촉이 적시는 생명과 축복의 소리다. 그러나 우리가 여행을 하는 이 순간에도 이스라엘과 레바논에서는 전쟁이 계속되고 죄 없는 사람들이 죽어가고 있다. 슬프고 안타까운 일이다.

■ 7월 29일(토) [인터라켄] / 맑음

건물은 인간의 삶을 감싸는 옷자락이다. 나는 그 동안 유럽의 여러 나라를 돌아보면서 도시와 농촌 건물이 지닌 몇 가지 특징을 발견할 수 있었다. 도시의 건물들은 대체로 고전적이며 우아한 맵시와 기품이 있다. 헬싱키, 오슬로, 코펜하겐, 마드리드, 런던, 파리와 같은 유럽의 도시들은 르네상스 풍, 바로크 풍, 빅토리아풍의 고전적인 멋과 품격을 드러내는 건물이 가득하며 건물 하나하나가 예술이며 조각이다. 건물을 추하게 만드는 간판은 찾아볼 수 없다.

도시계획은 장기적이며 시간과 공간을 고려한 심모원려의 산물이라야 한다. 그러므로 도시의 형성에는 선, 실루엣, 색채의 조화가 요구된다. 유럽의 건물들은 세련된 선과 색채, 조화와 균형을 강조하며 도시전체의 독특한 스카이라인을 만들어낸다. 석조건물은 특유의 중후함과 안정감을 풍기면서 거리를 걷는 사람들의 마음을 넉넉하게 해준다. 유럽인들은 자기들이 걷고 싶은 거리를 만들어 놓고 다른 세상 사람들을 그들의 거리로 불러들인다.

도심지 건물들은 대부분 지붕을 씌웠지만, 간혹 옥상이 만들어져 있더라도 그곳에 나무와 꽃을 심어 정원을 만들어 놓았다. 아파트 베란다마다 화분을 놓아 거리의 분위기를 밝게 하여 행인의 눈을 즐겁게 만든다. 유럽의 어느 나라를 막론하고 농촌주택도 지붕을 씌운다. 기와나 아스팔트 싱글을 씌운 지붕에는 한두 개의 굴뚝을 세우며, 두세 개의 박공을 만들어 놓고 다락방의 창문으로 이용하기도 한다. 우리나라 농촌주택에서 보는 슬래브 지붕은 어느 곳에서도 찾아볼 수 없다. 지붕의 색깔은 대체로 붉은색이 많고, 그 다음으로 검은색, 회색, 갈색의 순이다. 이런 농촌주택들은 한두 채를 놓고 보더라도 편안한 느낌을 주는데, 여러 채가 집단을 이루면 집들은 한층 더 예쁘게 보이고 마을 전체가 그림 같은 풍광을 연출하게 된다.

한국의 농촌주택은 어떤가. 건물의 내용과 외관이 아직도 70~80년대 수준을 벗어나지 못하고 있다. 일본의 농촌주택과 비교해 투박스럽고 초라하다. 일본은 이미 30여 년 전에 농촌 주택개량을 마쳤는데, 대부분이 내진설계에 따라 지은 1~2층의 아담하고 단단한 목조주택이며, 지붕은 대체로 검정색 기와를 덮었다. 일본의 농촌주택이 한국의 농촌주택보다 풍요롭고 깨끗하게 보이는 까닭은 지붕을 씌운 주택구조와 단순하고 아담한 외관 때문이다. 70년대에 초가지붕을 걷어내고 함석이나 슬레이트를 씌워 거기에 빨간색, 파란색 페인트를 칠한 가옥이 아직도 우리나라 곳곳에 남아있다. 최근에 새로 지은 집들도 안쪽은 시멘트 벽돌을 쌓고 외부는 붉은 벽돌로 마감하고 있다. 지붕은 여전히 슬래브로 처리하여 햇빛과 빗물의 공격으로부터 자유롭지 못하다. 주택의 외관도 볼품없는 것들이 많다. 건축허가를 내주는 시군 공무원들과 지방자치단체장들의 안목을 의심하게 하는 엉터리 농촌주택들이―사실은 도시주택들도 그렇지만―여전히 한국 농촌의 모습을 가난하고 빈약하게 만들고 있다. 이것은 무사안일한 공무원들과 건축 관련 법률에 별로 관심이 없는 정치인들의 무지와 무책임의 소산이다. 그들은 도시와 농촌의 아름다운 경관이 국가경쟁력의 중요한 원천임을 잊고 있는 것 같다. 아름다운 마을에서 살고 싶은 것이 나 혼자만의 꿈일까. 세련된 도시, 아름다운 농촌에서 산다는 것은 얼마나 행복한 일인가.

레만 호숫가에 있는 성 쉬옹 성(Chateau de Chillon).

　인터라켄으로 가는 도중 레만 호숫가에 있는 쉬옹 성에 들렀다. 쉬옹 성은 12세기에 레만 호수가의 바위 위에 지은 아름다운 성인데, 그 경치가 너무 뛰어나 세계 여러 나라 달력에 자주 등장하는 중세의 건물이다. 낡고 빛이 바래기는 했지만, 황토색의 작은 고성이 풍기는 특별한 매력은 이곳을 지나가는 여행객들의 마음을 사로잡기에 충분하다.

　점심을 먹기 위해 들른 애글 마을의 골목길을 걷다가 노점 과일가게에서 사과 몇 개와 블루베리를 샀다. 그리고 바로 옆에 있는 화원에서 꽃을 사려고 했지만 마침 문을 닫아 발걸음을 돌리려고 할 때, 과일가게 아주머니가 나를 부르더니 꽃이 필요하냐고 물었다. 내가 아내의 생일선물로 필요하다고 말했더니, 아주머니는 자기 집 정원에서 따온 것이라며 히아신스와 데이지 꽃으로 꽃다발을 만들어 주었다.

　꽃다발의 값을 묻자 그녀는 웃으면서 그냥 선물로 주는 것이라고 말했다. 내가 답례로 작은 기념품 휴대폰 걸이를 그녀에게 주고 이름을 물었더니 아주머니는 종이에 아니크 마킨토시라고 적어주었다. 곁에 있던 순박한 인상을 지닌 그녀의 남편도 고맙다는 인사를 하면서 아내의 생일을 축하해 주었다. 부부는 모두 유창한 영어를 구사했다.

애글 마을에는 아주 특별한 박물관이 있었다. 그것은 포도주 박물관이었다. 중세의 작은 고성을 이용해 만든 포도주 박물관은 하우스와인에 관련된 다채로운 전시물과 자료들을 갖춰놓고 있었다. 여기에는 와인의 역사로부터 시작하여 제조방법, 저장기술, 양조기계와 도구, 와인의 종류, 양조의 장인들, 와인에 얽힌 비화를 알려주는 것들로 가득했다. 작은 고성은 포도주의 모든 것을 알려주는 고풍스럽고 신기한 공간이었다. 친구와 나는 포도주 전시판매장에 있는 시음코너에서 여러 종류의 와인을 맛보았다. 판매인이 우리에게 마음껏 시음하도록 허용하는 바람에 이것저것 종류별로 마시다 보니 금세 취기가 오르고 얼굴이 벌게졌다. 판매인의 친절에 못 이겨 그곳에서 18스위스 프랑(13,500원)을 주고 레드와인한 병을 샀다.

애글 마을을 지나 자동차는 마티니 마을의 깎아지른 듯한 산비탈을 오르기 시작했다. 차 안에서 산비탈의 경사면 아래를 내려다보니 기분이 아찔했다. 암벽을 뚫어 만들어놓은 몇 개의 터널을 통과한 뒤 터널 반대편에 있는 고펜슈타인 역에 도착했다. 일행을 실은 자동차는 역에서 승용차운반 전용기차인 뢰츠베르그반(일종의 페리기차)에 옮겨 탔다. 자동차는 페리 기차에 실려 15분 정도 깜깜한 터널을 통과한 후 칸데르슈텍이라는 마을에 도착했다. 평생 처음 타보는 신기한 페리 기차에 관한 재미있는 얘기 한 토막을 여행 가이드가 들려주었다.

"페리 기차를 타는 젊은 남녀는 터널을 지나는 동안 '12분 베이비'를 만들지요. 전깃불도 없는 깜깜한 터널을 지나는데 보통 12분이 걸리거든요. 이 12분 동안에 잽싸게 사랑을 나누어 생기는 아기를 12분 베이비라고 하는 겁니다. 쥐도 새도 모르게 신속하게 사랑을 나누는 장소로는 지구상에서 이만한 데가 없죠.”

인터라켄의 저녁 하늘이 아직 밝을 무렵 린드너 그랑 보 리바쥬 호텔에 도착했다. 이 호텔은 80년 전에 지은 고전적인 시설을 갖춘 호텔이다. 호텔 뒤쪽에는 융프라우의 빙하가 녹아내린 엷은 우유 빛 강이 흐르고 있는데, 강 건너에는 활엽수로 뒤덮인 산이 솟아 있다. 주변 풍경이 이렇게 아름다운 산으로 둘러싸인 호텔은 여행 50일 만에 처음이다.

인터라켄 시내의 간이식당에서 저녁을 먹고 돌아온 뒤 호텔 앞 나무그늘 아래에서 아내의 생일파티를 벌였다. 친구의 아내가 준비한 케이크와 애글 마을 특산 포도주, 프랑스에서 가지고 온 칼바도스 술에 햄을 놓고 축배를 들었다. 집을 떠나 여행길에서 맞은 쉰여섯 번째 아내의 생일이지만, 그것이 여느 때보다도 뜻 깊게 여겨지는 것은 평소 아내의 생일을 변변히 챙겨주지 못한 탓일 것이다.

6·25전쟁이 일어났던 1950년 12월 24일, 중공군의 포위로 인해 생사의 기로에 섰던 미군이 흥남을 철수하던 날, 엄마의 등에 업혀 가까스로 미군 LST에 올라탄 생후 4개월의 갓난아기는 영하 25도의 추위 속에서 죽음의 공포에 맞서야 했다. 콩나물시루 같은 피난민들 틈바구니에서 홑이불에 싸여 숨조차 제대로 못 쉬는 아기를 태운 LST는 며칠 밤낮 파도를 가르며 남쪽 바닷가 거제도에 도착했다. 갓난애와 가족은 거제도 피난민 수용소에서 목숨을 건졌다. 그리고 그곳에서 몇 년을 살다가 춘천으로 올라왔다. 갓난애는 자라서 스물여섯의 처녀가 되었고 그렇게 성장한 무남독녀는 춘천에서 어느 필부를 만나 부부의 인연을 맺었다. 전쟁 때문에 하마터면 저 세상 사람이 됐을지도 모를 아기가 지금 한 남자의 아내가 되어 세계 일주 여행길에 나서고 있다.

우리는 별이 빛나는 인터라켄의 저녁 하늘 아래서 한참동안 그렇게 시간을 보냈다. 남쪽 하늘가에 초승달이 비치고 있었다.

■ 7월 30일 (일) [인터라켄] / 쾌청

융프라우(Jungfrau)는 독일어로 처녀, 아가씨 또는 순결을 뜻한다. 오늘은 유럽의 정상이라는 융프라우에 올라갔다. 등산을 한 것이 아니라 열차를 타고 올라갔다가 역시 열차를 타고 내려왔다. 오전 10시 20분 인터라켄 동역에서 열차를 타고 산위로 오르다가 해발 790m의 라우터부루넨 역에서 톱니열차로 바꿔 타고 다시 올라갔다. 해발 2,061m 높이의 클라이네 쇼이데그 역에서 다른 톱니열차로 갈아탄 후 3,454m의 융프라우 요흐 역에 도착했다. 산 정상에 오르기까지 2시간 20분이 걸렸다.

때마침 융프라우 정상은 맑고 푸른 하늘 아래 하얀 눈이 햇빛에 반사되어 눈부시게 빛나고 있었다. 바람은 멎고 대기는 시원했다. 정상에서 내려다보니 인터라켄의 봉우리들과 산비탈의 드넓은 초지, 초지 위의 집들과 아담한 마을은 자연의 품속에 펼쳐진 한편의 장대한 풍경화였다.

해발 3,000m가 넘는 산에 오르기는 평생 처음이었다. 전망대로 향하는 암벽동굴과 얼음동굴 속을 걸어가면서 아내들은 약간의 현기증과 두통 비슷한 증세를 느꼈지만 잘 견뎌내고 있었다. 전망대에서 컵라면의 따뜻한 국물을 마시며 허기를 채우고 전망대 바깥 눈밭에서 사진을 찍었다. 찬란한 태양, 투명하고 푸른 하늘, 웅장한 산맥이 엮어내는 풍광, 온몸을 휘감는 상쾌한 대기는 가슴 벅찬 해방감과 자유로운 심신에 대한 기쁨을 솟구치게 했다. 산 정상에 오른 수많은 남녀들의 표정은 밝고 행복해 보였다. 우리는 맑은 대기를 들이마시며 시간을 보내다가 산에서 내려왔다.

열차가 느린 속도로 천천히 내려오고 있을 때, 갑자기 차창 밖에서 요란한 종소리가 울렸다. 그것은 선로 주변의 초지에서 풀을 뜯는 소떼가 만들어내는 종소리였다. 소들의 종소리 음악에 승객들은 모두 놀라고 신기해했다. 수백 마리의 소떼들은 저마다 목에 축구공만한 크기의 종을 달고 있었는데, 여러 마리가 움직일 때마다 목에 달린 종이 군악대의 행진과도 같은 요란한 소리를 냈다. 소떼들이 울리는 종소리는 각각 음계의 높낮이가 달랐으며, 종류가 다른 소리가 한데 어울려 묘한 화음을 만들어냈다. 우공들의 종소리 합주는 아마도 스위스가 아니면 보기 어려울 진기한 풍경일 것이다.

융프라우의 눈이 녹아 흘러내린 물은 마치 더러운 걸레를 빤 물처럼 검은색을 띠며 계곡을 흘러내리고 있었다. 계곡수가 인터라켄 마을의 브리엔저 호수에 이르렀을 때는 푸르스름한 옥색으로 변했고, 브리엔저 호수에서 다시 서쪽의 투네르 호수로 빠져나가 흐를 때는 더 맑은 옥색으로 변했다. 좁은 국토에 400여 개의 호수가 널려있는 스위스의 경치를 돋보이게 하는 것은 호수 주변을 에워싼 숲과 산록에 펼쳐진 초지다. 아내는 처음에 스위스의 산에 왜 잔디가 그렇게 많은지 의아해 했다. 캘린더의 사진에 자주 등장하는 스위스의 아름다운 잔디는 소와 양떼들이 한가로이 풀을 뜯으며 배설을 즐기는 녹색의 방목장이었던 것을, 아내는 그것이 천연의 잔디밭인 줄로 여겨왔던 것이다.

저녁을 먹고 나서 인터라켄 시내를 산책했다. 시가지의 호텔, 상점, 레스토랑의 입구와 창가, 아파트의 베란다는 형형색색의 꽃으로 장식되어 있고, 개인주택의 테라스와 창문, 처마 밑에는 화분이 놓여있거나 매달려 있었다. 오가는 사람들에게 동전 한 푼 받지 않고 눈을 즐겁게 해주는 스위스 사람들의 선심과 서비스는 정말 고맙지만, 그들의 최종적인 관심은 다른 곳에 있을 것이다. 아름다운 꽃장식은 여행객의 발길이 자연스럽게 음식점과 상품진열대로 이끌리게 만드는 감성의 미끼이며 돈지갑을 열게 하는 유혹의 열쇠다.

이곳을 찾는 한국의 관광객들은 꽃을 사랑하는 스위스 사람들에게 감사해 하는 마음을 잊어서는 안 되겠지만, 항상 돈지갑의 두께를 염두에 두어야 할 것이다. 이 작은 나라 스위스는 대체 무엇으로 먹고 살까. 아마도 관광객들의 돈주머니, 부자들의 금고, 시계로 먹고 살 것이다.

인터라켄의 어느 주유소 가격표지판에는 고급휘발유 1리터에 1.82스위스 프랑(1,365원), 중질휘발유 1리터에 1.79스위스 프랑, 디젤 1리터에 1.78스위스 프랑으로 표시되어 있었다. 스위스의 1인당 국민소득 49,000달러를 감안한다면 휘발유 값은 한국보다 월등하게 싼 것이다. 그러나 싼 휘발유 값은 외국관광객을 위한 자유로운 여행과 소비를 위한 유인책이 될 수도 있음을 지혜로운 여행자들은 알아차릴 것이다. 스위스에 와서 8년을 살았다는 여행 가이드가 말했다.

"여기 물가는 프랑스, 영국, 노르웨이보다 비쌉니다. 그러나 사지 않고는 못 배깁니다. 스위스에 와서 공부하는 유학생이나 관광객들은 생각했던 것보다 엄청난 지출을 하게 되죠. 돈 없으면 정말 살기 힘든 나라입니다. 스위스 사람들은 외국 방문객의 껍데기를 벗기는 데 기막힌 재주를 갖고 있지요."

외국인 여행객의 주머니를 열게 만드는 매력적인 수단과 방법을 터득한 스위스, 인구 750만의 작은 나라가 선택할 수밖에 없는 생존의 길은 무엇일까를 생각하며, 우리나라와 스위스를 비교해 보았다. 한국은 롤렉스시계의 정밀성을 뽐내는 스위스 인들에게 자랑할 수 있는 초정밀반도체 기술과 골리앗 같은 거대조선기술을 가지고 있다. 작은 나라가 살아나갈 수 있는 길을 스위스와 한국은 공유하고 있다.

여행을 끝내고 귀국한 후 학생들에게 이렇게 말해주면 어떨까. 한국에는 스위스에 없는 바다가 있다. 모든 생명이 시작된 곳, 보물이 숨겨진 인류 최후의 곳간, 바깥을 향해 생존의 터전임을 손짓하는 공간, 재화와 물류의 생명선인 바다가 있다. 그러니 바다에서 꿈을 찾아야 하지 않겠는가. 한국인이 살아갈 공간은 비좁은 한반도가 아니라 반도 밖에 펼쳐진 넓은 대양이다. 영토 확장의 꿈을 바다에서 이루어야 하지 않겠는가. 학생 여러분, 스위스가 한국에게 들려주는 속삭임을 듣기 위해 이곳에 배낭여행을 와보라.'

■ 7월 31일(월) [인터라켄] / 흐리고 비

스위스의 수도 베른으로 가는 중간 지점에 투네르라는 이름의 호수가 있고, 호숫가에는 오베르호펜이라는 오래된 성이 있다. 13세기에 호숫가에 지어놓은 이 멋스러운 성은 에메랄드빛 수면에 잔잔한 그림자를 던지고 있었는데, 그것은 동화나 소설에 나올 법한 고성을 연상하게 하는 전형적인 중세의 성이었다. 나는 호숫가 벤치에 앉아 잠깐 동안 이 성을 스케치해 두었다. 연필 데생만으로도 멋진 풍경화가 될 수 있을 것 같았다. 나중에 집에 가서 더 정확하게 그리기 위해 사진도 찍어 두었다.

베른의 거리는 유럽의 여느 도시와는 약간 다른 특징이 있다. 거리의 상가건물 1층에는 거의 예외 없이 행인들이 비나 눈을 맞지 않고 상점을 출입할 수 있도록 회랑이 만들어져 있다. 건물들은 대부분 연녹색 석회암을 사용해 지었고, 기둥과 천장에 새긴 섬세한 문양과 조각은 뛰어난 예술성을 지니고 있다. 150년 전에 이미 베른 사람들은 시가지 간선도로의 넓이를 21세기의 기준으로 설계하여 그 도로 위를 지금 버스와 전차가 아무 불편 없이 달리고 있다. 한 나라의 수도다운 위엄이나 화려함은

에메랄드빛 수면에 잔잔한 그림자를 던지고 있는 오래된 고성 오베르호펜은 13세기 지어진 것으로, 동화에 나올법한, 호숫가에 지어진 아름다운 성이다.

없지만 소박하고 우아한 분위기를 풍기는 베른 시의 중심가에는 스위스 연방 26개 주의 깃발이 나부끼고 있었다. 국경일도 아닌 날 마치 국가적인 행사라도 벌리려는 듯 거리에는 사람들로 붐비고 활기가 넘쳤다.

베른 시내 광장에 있는 일 그리시노라는 이탈리아 식당에서 스파게티, 페스타치요 메뉴로 점심을 먹었다. 주문한 음식이 나오기 전에 친구와 나는 물 대신 생맥주를 마시고 아내들은 물을 마셨다. 음료수로 마시는 물값이 맥줏값보다 상대적으로 비싼 것은 유럽의 어느 나라에서나 사정이 비슷하다. 다섯 사람의 점심값은 100스위스 프랑이었으며 여기에는 7.6%의 부가가치세가 포함되어 있었다. 엊그제 레만 호숫가 식당에서 먹었던 저녁 식사값 160스위스프랑에 비해서는 싼 편이지만 스위스 물가가 전체적으로 비싼 것은 사실이다. 그러나 그것을 관광국가의 횡포 때문이라고는 할 수 없을 것이다.

베른 교외의 치즈공장을 견학하고 나서 인터라켄으로 돌아오는데, 도로 주변 농촌마을의 경치가 너무도 평화롭고 정겨웠다. 마을 어귀마다 사과나무들이 늘어서 있고 조금이라도 여유가 있는 공간에는 초지가 조성되어 있었다. 동네 야산과 구릉은 사료용 옥수수 밭으로 촘촘히 덮여 있었고 감자밭도 자주 눈에 띄었다. 농가마다 창고와 울타리 주위에 땔감용 장작을 쌓아두고 텃밭에는 토마토와 채소를 심어 놓았다. 자동차가 지나는 마을과 집에는 모두 스위스 국기와 주의 깃발, 마을의 깃발이 걸려 있었다. 8월 1일, 스위스의 건국기념일을 하루 앞두고 스위스 전역에서 붉은 바탕의 백십자기가 나부끼는 광경이 인상적이었다. 그러고 보니 내일은 1513년 스위스가 최초로 통합된 나라를 세운 건국기념일이다.

저녁 무렵 일찍 인터라켄으로 돌아와 베비스 레스토랑에서 스위스 전통음식 미트 퐁뒤를 먹었다. 미트 퐁뒤는 샐러드 오일에 쇠고기, 닭고기, 돼지고기를 튀겨먹는 것이 정통 스위스 요리방식이지만, 우리는 끓는 육수에 고기를 살짝 익히는 소위 샤브샤브 방식으로 직접 요리를 해가면서 먹었다. 기다란 꼬챙이에 잘게 썬 고기조각을 꽂아 끓는 육수에 넣어 적당히 익힌 다음 칠리소스, 토마토소스에 찍어먹는 맛이 우리나라에서 먹었던 샤브샤브의 맛과는 달랐다. 사실 맛보다는 긴 포크에 찍어 소스를 발라먹는 특이한 방식이 호기심을 더 불러일으켰다.

식당 주인 베비스 씨가 직접 손님들 사이를 돌면서 긴 스위스 뿔나팔을 불며 흥을 돋우는데, 손님을 끌어들이는 그의 수단과 말재주가 여간 뛰어난 것이 아니었다. 그는 몇 마디 한국말도 할 줄 알았다. 치즈 퐁뒤, 고기 퐁뒤, 적포도주, 생맥주를 먹고 다섯 사람의 저녁값으로 203.70스위스프랑을 지불했다. 음식 문화 체험과 추억 만들기 대가로 적지 않은 값을 지불한 셈이다.

■ 8월 1일(화) [취리히] / 비온 뒤 갬

인터라켄에서 사흘 밤을 자고 스위스의 마지막 방문지 취리히로 가는 날, 아침부터 비가 내려 융프라우의 모습은 완전히 구름에 갇혀 있었다. 차를 타고 한참 달리다가 마이링겐이라는 마을에 들려 이 지역에서 소문난 빙하계곡을 구경했다. 계곡의 동쪽 입구에서 서쪽 출구까지 1,400m의 꼬불꼬불한 협로를 따라 걷고 있는데, 갑자기 빗방울이 굵어지며 장대같은 비가 암벽 위에 물보라를 튀기기 시작했다.

절벽 높이 180m, 계곡 양쪽 사이 최단거리 1m, 계곡류의 깊이 3m인 좁고 가파른 계곡에는 빙하기 시대에 침식된 날카로운 암석들이 수직의 절벽을 가로지르며 만들어놓은 촘촘한 단층의 흔적들이 뚜렷이 남아 있었다. 절벽 밑으로는 정체를 알 수 없는 동굴들이 여기저기 뚫려 있었다. 스위스의 한 복판을 은밀히 가로지르며 물길을 열어가고 있는 빙하계곡은 세상과 절연된 태고의 소리를 쏟아내고 있었다. 절벽 위에 매달린 나무판자길 위를 걷고 있는데, 발밑에서 굉음을 내며 쏟아져 내려가는 물소리에 가슴이 서늘해졌다. 40분이 넘게 걸려 출구로 나왔을 때는 온몸이 비에 젖어 있었다. 휴게소에서 기다리던 아내가 몸을 씻어주었다.

취리히로 가는 도중에 잠시 들른 루체른은 호수, 산, 건물이 환상적인 조화를 이룬 아름다운 호반의 도시였다. 루체른에 도착했을 때 날은 완전히 개어 하늘에는 밝은 빛이 가득했다. 루체른 시내의 빙하정원 안에는 낮은 암벽 위에 조각된 유명한 빈사의 사자상이 누워 있었다. 루이 16세 당시 프랑스에서 종사했던 스위스 용병들을 상징하는 사자는 등에 창이 찔려 고통스러운 표정으로 죽어가는 표정을 짓고 있었다. 사자 앞에는 스위스 국기를 그린 방패가 새겨져 있고, 방패 앞에는 루이 16세의 창과 도끼가 놓여 있었다.

‘스위스 인이여, 죽어가는 용병들의 고통을 기억하라. 스위스 인의 억눌리고 가난했던 시절을 잊지 마라. 사자의 울음소리를 기억하고 훗날의 번영을 기약하라.’

200여 년이 지난 오늘 빈사의 사자는 되살아나 관광대국을 지키는 수호신이 되어 세계 각국에서 온 사람들의 발걸음을 그 앞에 멈추게 하고 있다.

유럽에서 가장 규모가 크다는 라인 폭포는 낙차가 10m밖에 되지 않고 너비도 30m를 넘지 못하는 작은 폭포인데, 이 폭포가 뜻밖에도 스위스의 명승지라는 사실을 오늘 취리히에 와서 알게 되었다. 폭포 하류에서는 송어 떼가 몰려 구경꾼들이 던져주는 먹이를 다투느라 물거품을 일으키며 펄쩍거렸다. 몇 사람의 스위스 사람들에게 물어보았더니 그들은 하나같이 이 폭포가 라인 강의 발원이라는 사실을 자랑스럽게 말하고 있었다. “라인 폭포는 라인 강의 어머니입니다.”

폭포 구경을 마치고 돌아와 취리히 시내 구경을 하던 중 취리히 중앙역 앞에서 잠깐 차를 세웠다. 역 바로 앞에는 리마트 강이 흐르고 있는데, 다리 위에서 내려다보니 수십, 수백 마리의 송어 떼들이 유유히 헤엄치는 모습이 또렷했다. 도시 한복판, 그것도 사람들이 북적대는 기차역 바로 앞 개천에서 물고기가 떼 지어 노는 모습은 뜻밖이었다. 아내들이 탄성을 지르며 신기해했다.

취리히 시내의 아시아계 식당 라오마이에서 저녁을 먹은 후 거리 구경을 하며 돌아다니고 있을 때 친구가 불쑥 엊저녁 겪었던 희한한 일 한 가지를 들려주었다. 그가 사우나실에서 한참 쉬고 있는데 갑자기 웬 젊은 백인 여자가 들어와 벌거벗은 채 마주보고 앉아 사우나를 즐기더라는 것이다. 친구가 더듬거리며 들려주는 이야기에 나는 배꼽을 잡고 웃으면서 이것이 바로 문화 충격이라는 게 아닐까 하는 생각이 들었다. 좁은 공간

에서 벌거벗은 동서양 남녀의 예고 없는 마주침이 몰고 온 놀라움과 충
격은 친구도 미처 상상하지 못했을 것이다. 짐작컨대 백인여자는 태연했
을 것이고 놀란 것은 동양에서 온 사내였을 것이다.

  힐튼 취리히 에어포트 호텔로 와서 체크인을 하고 짐을 풀었다. 일찌
감치 잠을 자는 것이 좋겠지만 지금부터 나는 할 일이 있다. 아내는 아내
대로 내 일이 끝날 때까지 따로 할 일이 있다. 매일 빼놓지 않고 하는 빨
래와 짐 정리다.

괴테가 평생
사랑한 곳

이탈리아

ITALY

" 괴테의 소설 빌헬름 마이스터의 수업시대 첫 부분에 미뇽의 시가 나온다. 소설의 여주인공 미뇽은 이탈리아 귀족의 피를 이어받았는데, 자신의 핏줄을 알지 못하고 사랑에 빠진 남매 사이에서 태어난 숙명의 소녀다. 그녀는 독일에서 태어났지만, 고향 이탈리아를 늘 그리워했다. 괴테는 이탈리아를 너무도 사랑한 나머지 미뇽의 시를 통해 평생 이탈리아에 대한 꿈과 향수를 가슴속에 담았다.

그대는 아는가, 레몬 꽃 피는 그 나라를.
짙은 나뭇잎 사이로 황금빛 오렌지 불타오르고
부드러운 바람은 푸른 하늘에서 불어오고
뮈르테 나무 말없이, 월계수 높이 솟은 곳
그대는 아는가, 그 나라를.
그곳에 나 그대와 함께 가리라, 오 나의 연인이여

이 미뇽의 시 속에는 괴테가 그토록 사랑한 이탈리아의 모든 것이 녹아있다. 일찍이 로마문명을 싹틔운 풍요로운 대지와 그 위에 남겨진 위대한 발자취들, 맑은 하늘에 빛나는 태양과 푸른 바다, 향기로운 오렌지 동산과 레몬 꽃 피는 언덕에 자리 잡은 르네상스 시대의 건물들, 르네상스의 천재들이 꿈꾸고 설계했던 위대한 문화 도시 피렌체와 물의 도시 베네치아를 괴테는 사랑했다.
이탈리아를 동경하는 여행자들이 거쳐 가게 될 도시와 마을에는 이탈리아의 과거와 현재, 빛과 그림자가 공존하며, 끝없는 영감과 향수를 불러일으키는 것들이 가득하다. 여행을 사랑하며 이탈리아의 땅을 밟고 싶어 하는 사람들이라면 그저 꿈꾸는 것만으로는 아름다운 추억을 만들지 못할 테니, 마음의 문을 열어젖히고 로마행 비행기에 오르면 될 것이다. **"**

■ 8월 2일(수) [밀라노] / 흐렸다 갬

　여행이 53일째를 넘기면서 여행 감각은 조금씩 다듬어지고 눈썰미와 요령도 제법 늘고 있다. 유럽의 한 나라에서 다른 나라로 이동하면서 우리는 한 도시에서 다른 도시로 이동하는 정도의 느낌을 받고 있다. 나라 간의 국경이 유럽을 여행하는 데 아무런 장애도 되지 않고 특별한 의미를 주지 않는다는 사실을 실감하고 있다. 그 대신 비슷비슷한 문화 공간에서 느끼는 각국의 개성이 점점 더 중요해지고 있다. 오늘은 로마문명의 중심이었던 이탈리아로 이동하는 날인데, 그 첫 기착지는 밀라노다.

　취리히 역에서 11시 15분에 출발한 열차는 주크, 아르트 골다우, 벨린조나, 루가노, 치아쏘 역을 지나 이탈리아 국경을 넘어, 코모 역을 거쳐 오후 3시 35분에 밀라노 중앙역에 도착했다. 서울에서 미리 구입해 간 유레일패스는 기차여행하기에 아주 편리한 수단이었다. 열차 안에서 여권 검사 같은 것은 없었고 검표원이 한 차례 기차표를 확인했을 뿐이다. 중앙역에서 우리가 묵을 윈저 호텔로 오는 도중에 관찰한 밀라노는 첫눈에 보기에도 상공업의 도시임이 분명했다. 시내 번화가를 지나는데 어디선가 본 적이 있는 유명 브랜드를 내건 상점들이 즐비했다.

　우리를 안내해주는 30세의 이탈리아 가이드가 상점들을 가리키며 여기가 바로 패션과 디자인으로 유명한 명품거리라고 말했다. 친구와 나는 아내들의 성화에 못 이겨 어느 유료주차장에 차를 세우고 아내들의 뒤를 따라 명품거리를 돌아다니며 눈요기를 했다. 구치, 미소니, 살바토레, 페르가모, 몽블랑, 크리스찬 디오르, 루이비통, 브루노 마글리… 낯익기도 하고 낯설기도 한 수많은 상표들이 상점마다 얼굴을 내밀고 행인들의 시선을 끌고 있었다. 가게들은 모두 깨끗하고 화려한 내부시설을 갖추고 있었다. 우아한 조명이 비치는 진열장에서는 남녀 정장과 캐주얼, 최신

디자인의 가방, 구두, 지갑이 행인들을 유혹하고 있었다.

동대문 시장에서 파는 옷가지와 별로 다를 바 없는 물건에 명품이라는 이름의 브랜드를 붙여놓고 그보다 몇 배 비싼 값에 팔아넘기는 이탈리아 사람들이 상술 좋은 장사꾼인지 아티스트인지 어떻게 분별한단 말인가. 첨단 패션의 거리에서 마주치는 명품이라는 것이 왜 명품인지 알 수 없지만, 세계적으로 소문난 패션가를 자세히 구경할 수 있었던 것도 아내들 덕분이다. 아내들은 아무것도 사지 않았으나, 21세기 유행의 첨단을 이끄는 명품도시에서 패션의 흐름을 확인하는 것이 나쁜 일은 아닐 것이다. 동전 한 푼 들이지 않고 최신유행의 현장을 속속들이 살피는 것도 좀처럼 접하기 어려운 현대 문명 체험의 기회가 될 것이니.

밀라노 시내의 어느 한식당에서 저녁을 먹었다. 피로한 탓도 있었지만 조리의 정성이 부족한 음식은 입맛뿐만 아니라 마음까지 불편하게 만들었다. 친구와 나는 불편한 마음을 가라앉히기 위해 메뉴판에 그라파(grappa)라고 적힌 술을 시켜 거푸 두 잔씩 들이켰다. 그런데 알코올 도수 40%의 독주는 뜻밖에도 혀와 목구멍에 향기로운 자극과 위안을 주었다. 그라파는 독특한 향과 맛을 지닌 이탈리아의 전통주인데, 중국 술 고량주보다 더 부드러운 향과 덜 자극적인 맛을 지녔고 소주의 맛과 비슷했다. 잃어버린 음식 맛을 술맛이 채워 주었지만, 저녁값으로 원화 15만원에 상당하는 122유로를 치렀다. 값싼 현지 음식보다는 그래도 지친 여행길을 미각으로 달래기 위해 한식당을 찾았던만큼 부족했던 입맛의 섭섭함을 스스로 달랠 수밖에 없었다. 저녁 식사를 마치고 일행은 구시가지에 있는 윈저 호텔에 와서 여장을 풀었다.

이탈리아말로 중심이라는 의미를 지닌 두오모는 대성당을 뜻하기도 한다. 오전에 구경한 밀라노 두오모는 피렌체의 두오모와 함께 이탈리아를 대표하는 르네상스 시대의 가톨릭 성당이다. 이탈리아 최대의 고딕양식 성당인 밀라노 대성당은 1386년에 밀라노 영주 잔 갈레아초 비스콘티에 의해 착공된 후 우여곡절의 공사과정을 거쳐 1577년에 헌당되었고, 모든 부대공사를 끝낸 것은 1951년이었다. 건축 당시 독일, 프랑스의 대성당에 필적할 만한 기념비적인 건축물을 만들기 위해 이탈리아 외에 독일과 프랑스 건축가들을 불러들였는데, 설계와 시공과정에서 건축가들 사이에 끊임없는 논쟁이 일고 이를 수습하기가 쉽지 않아 착공 후 200년 가까이 되어서야 헌당되었다.

성당 안으로 들어가기 전에 겉모습을 살펴보니 한 눈에 보기에도 그 규모가 웅장했다. 높이 108m, 너비 92m, 동서 전체길이 146m에 달하는 대성당 꼭대기에는 황금빛 마돈나 상이 서 있고, 마돈나 상을 중심으로 135개의 첨탑이 촘촘하게 솟아있었다. 안으로 들어가자 놀라운 내부규모와 장식이 보는 사람을 압도했다. 내부에는 직경 2.5m의 대리석 기둥들이 천장을 떠받치고 있었다. 로마 가톨릭의 위엄이 돋보이는 공간에는 중세 교황들이 교속을 뛰어넘는 무소불위의 권세를 휘둘렀던 흔적들이 여기저기서 묻어나고 있었다. 친구는 기둥을 만져보고 꽃무늬가 상감된 대리석 바닥을 발로 문지르며 호기심을 발동시키고 있었다. 그의 건축자재 정밀탐사가 진행되고 있을 때, 아내들은 의자에 앉아 기도를 드리고 있었다. 하느님께서 아내들의 건강을 살펴주시기를….

대성당 밖 전면에는 정방형의 널찍한 두오모 광장이 펼쳐져 있고 광장 오른쪽에는 개선문처럼 생긴 회랑 입구가 보였다. 광장 한복판에는 이탈리아 반도를 통일한 빅토리오 임마뉴엘 2세를 기념하여 세운 기마상이 오가는 구경꾼들을 지켜보고 있었다. 무솔리니가 세운 개선문을 개조해 만든 갈레리아는 상가건물이라고는 믿기 어려울 만큼 예술적 균형미를 갖춘 건축물인데, 돔, 아치, 기둥으로 이루어진 내부구조와 르네상스 풍 외관은 이 건물이 범상치 않은 어떤 기념비적 건물임을 짐작하게 했다. 갈레리아 내부의 바닥은 대리석으로 되어 있었고, 꽃문양을 새겨놓은 대리석 바닥은 밟고 다니기가 조심스러울 만큼 반들반들하고 깨끗했다. 갈레리아 안에는 여성들의 시선을 끄는 명품가게들이 즐비했다. 아내들은 상점을 돌아다니며 무언가를 열심히 살피고 있었는데, 50대의 아줌마들도 유행 앞에서는 어쩔 수 없는 호기심과 매력을 느끼는 모양이다.

다음 행선지인 제노바로 가는 도중에 아내들의 요청에 따라 밀라노 교외에 있는 세라발레 아울렛 매장을 찾았다. 넓은 아울렛 매장과 광장에는 여러 나라에서 온 사람들로 혼잡을 이루었는데, 한국에서 온 젊은 남녀들도 쇼핑백을 들고 여기저기 몰려다니고 있었다. 언제부터 우리나라 관광객들이 이탈리아의 아울렛에 구매의 손길을 뻗치기 시작했는지 모르지만, 친숙한 얼굴을 만나는 것은 반가운 일이다. 가게 앞을 지나며 심심파적 삼아 물건값을 메모했다.

프라다 남자 구두 할인가 : 종류에 따라 145유로~195유로

칼빈 클라인 청바지 : 표준가 117유로 / 아울렛 가격 70유로

나이키 티셔츠 : 정상가 30유로 / 공장가 20유로

그런데 이 가격표들은 정말 믿어도 되는 것일까. 만약 아울렛매장의 가격이 터무니없는 것이거나 상품의 품질이 떨어지는 것이라면 소비성향이 까다로운 이탈리아 사람들이 이곳에 이처럼 많이 몰려올까. 어떤

중년의 이탈리아 아주머니에게 아울렛의 물건값이 정말 싼 것인지를 물었다. 아주머니는 "세일할 때 사가세요. 세일 끝나면 두 배 오를 테니까." 라고 말했다. 백화점 물건과 비교해서 가격과 품질이 어떤지를 물었더니 아주머니는 "백화점요? 허가 난 사기꾼들이에요!"라고 소리쳤다. 옆에서 통역을 하던 여행 가이드가 큰 소리로 웃었다.

상점들을 기웃거리다가 어느 스포츠 의류점에 들려 영국 맨체스터 유나이티드 팀의 유니폼 상의 두 벌을 40유로에 샀다. 딱 두 벌밖에 남지 않은 유니폼인데 축구를 좋아하는 두 아들 녀석들에게 이걸 갖다 주면 틀림없이 좋아할 것이다. 친구 부부도 골프 구두 한 켤레와 옷가지 몇 벌을 샀다.

오후 여섯 시가 되었을 때 제노바에 도착했다. 콜럼버스의 고향이자 이탈리아 통일의 선구자였던 마치니의 고향, 그리고 바이올린의 천재 파가니니의 고향이기도 한 항구도시 제노바는 르네상스 시대에 베네치아와 함께 바닷길을 열어 무역으로 번창했던 도시다. 제노바는 한눈에 보아도 역사와 전통이 깊은 중세도시의 모습이 뚜렷했다. 일행의 숙소 졸리 플라자 호텔 앞 언덕에는 마치니의 동상이 서 있었다. 이탈리아 통일의 영웅으로 추앙받는 인물의 조각상이 하필이면 왜 이 호텔 앞에 있는지 궁금하여 호텔 지배인에게 물었더니 그가 대답했다.

"마치니의 고향이 제노바입니다. 이탈리아 통일운동을 할 때 마치니는 우리 호텔에 묵은 적이 있지요. 저기, 저쪽 방에서요. 지금은 호텔 사무실이기 때문에 출입이 안됩니다만."

"그렇다면 이 호텔은 정말 역사적인 장소이겠군요?"

"그렇습니다. 우리 호텔은 역사적인 건물입니다. 150년의 전통을 가지고 있지요."

지배인이 점잔을 빼며 정중히 말했다.

호텔 근처에 있는 작은 레스토랑에서 제노바식 해물요리와 스파게티, 적포도주를 메뉴로 하여 늦은 저녁을 먹었다. 해물요리의 맛은 다소 느끼하고 밋밋했다. 5인분의 저녁 식사값으로 팁을 포함해 118유로를 지불했으니 제노바의 음식 값도 만만치 않았지만, 옛 제노바 왕국의 문화를 먹은 셈 치면 그것으로 족할 것이다.

■ 8월 4일(금) [피사] / 쾌청

제노바는 중세와 현대가 공존하는 무역항이다. 거리에는 거무스레하게 변색된 르네상스식 건물이 많다. 돌로 지은 건물마다 화려한 건축양식과 정교한 건축기술이 넘쳐나고 조각을 새겨 넣지 않은 건물은 단 한 채도 없다. 이 도시가 이렇게 멋있는 도시인 줄 미처 몰랐다. 거리를 걸으며 마치 르네상스 시대로 되돌아간 듯한 기분을 느꼈다. 항구에 인접한 골목에는 거미줄 같은 미로가 많아 함께 걸어가던 아내들이 남자들보다 조금만 뒤쳐져도 길을 잃어버릴 뻔한 경우가 한두 번이 아니었다.

거리마다 골목마다 크고 작은 은행들이 많았다. 800년 전 제노바가 번창할 당시 이곳에 몰려와 거래를 하던 유럽 각국의 상인들을 상대로 돈장사를 벌이던 고리대금업자들은 훗날 거물급 은행가나 금융자본가로 변했다. 돈 장사꾼들은 권력의 칼을 들이대며 으름장을 놓던 영주들과 맞서면서, 한쪽으로 영주들에게 정치자금을 대주고 다른 한쪽으로는 결혼이라는 끈으로 사돈을 맺어 정경유착의 단단한 고리를 만들어놓고 제노바의 모든 것을 주물럭거렸다. 오늘날 유럽의 은행들은 대부분 그 시대의 산물이다.

바다의 배 박물관(Galata Museo del Mare)은 제노바에서 우리에게 특별한 인상을 심어준 희귀한 박물관이다. 박물관에는 로마, 르네상스, 현대에 이르기까지의 배의 역사, 배의 종류, 조선기술, 항해술, 중세의 세계 지도, 해도, 항해도구, 각종 나침반, 경위도측정기, 대포와 갑옷 등 배와 관련된 모든 것이 전시되어 있었다. 배에 관한 지식이 없었던 문외한에게는 박물관의 전시물 하나하나가 비상한 관심과 흥미의 대상이었다.

전시실에는 컴퓨터 시뮬레이션으로 작동되는 폭풍과 표류 체험관이 있었다. 폭풍조작 버튼을 누르자 이내 거센 폭풍우가 몰아치고 산 같은 파도가 정면에서 엄습해오는 입체화면이 전개되면서 배를 부수는 굉음이 울렸다. 전시관의 규모는 방대했고 전시물의 종류도 다채로웠다. 이탈리아에 이런 근사한 배 박물관이 있다는 사실을 어떤 여행정보지에서도 읽은 적이 없다. 우리나라 해군사관생도, 해군장교, 해운업자, 무역종사자, 해양소설을 쓰고자 하는 작가, 바다에 관심을 가진 모든 사람들이 이탈리아를 방문하는 기회가 있으면 이 박물관을 꼭 구경했으면 좋겠다는 생각을 했다. 물론 입장료 5유로가 아깝다고 생각하는 사람은 굳이 관람할 필요가 없을 것이다.

콜럼버스 생가 박물관에 들렀을 때는 비싼 입장료를 절약하기 위해 내가 일행을 대신해서 입장했다. 관리인이 카메라 촬영을 하지 못하도록 주의를 주었지만 친구가 건네준 디지털 카메라의 셔터를 몰래 부지런히 눌러댔다. 나는 아메리카의 발견자가 아닌, 아메리카의 불청객 콜럼버스를 미국으로 데리고 갈 작정이었다.

피사로 향하는 고속도로 중앙분리대에는 분홍과 흰색 유도화 나무가 숲을 이루며 끊임없이 이어지고 있었다. 그것은 스페인에서 보았던 풍경과 비슷한 것이었다. 제노바를 출발한 지 네 시간이 조금 넘은 오후 여섯 시에 피사에 도착했다. 피사 시내로 들어오는 도로변에는 버섯처럼 생긴 특이한 모습의 우산소나무들이 줄지어 서 있었다.

아르노 강을 건너 피사 시내로 들어와 중앙 역 앞에 있는 졸리 호텔에 여장을 풀었다. 호텔 근처에 있는 중국음식점 갈라타 카페에서 육류, 해물, 채소 요리로 저녁을 먹었는데, 입맛에 맞을 뿐 아니라 음식 값도 쌌다. 57유로를 지불하고 다섯 사람이 배부르게 먹었으니 이탈리아에 와서 가장 값싼 한 끼를 먹은 셈이다. 우리는 앞으로 자주 중국음식점을 이용하기로 했다.

해가 지평선에 기울 무렵 저녁 노을에 반사된 아르노 강은 마치 승천을 기다리는 용이 황금빛으로 꿈틀대는 모습을 하고 있었다. 피사의 낙조는 불타는 오렌지색으로 조용히 빛났다.

■ 8월 5일(토) [로마] / 쾌청

그동안 그림이나 텔레비전을 통해 자주 보았던 피사의 사탑은 사실은 종탑이다. 초록색 잔디가 융단처럼 깔린 기적의 광장에는 하얀 대리석으로 지은 로마네스크 양식의 대성당, 종탑, 세례당이 파란 하늘을 배경으로 햇빛에 반사되어 눈부시게 빛나고 있었다. 중세의 지중해 해상 강국 피사의 번영을 상징하는 세 개의 건축물들은 기능은 제각기 다르지만 똑같은 대리석 자재를 사용하여 지어놓은 한 세트의 진주와도 같았다.

12세기 황금기에 피사는 서부 지중해의 해상권을 쥐고 스페인, 북아프리카와 교역하면서 십자군 전쟁을 지원하는 강력한 해양공화국이었다. 바로 이 시기에 피사는 대성당 옆에 종탑과 세례당을 지어 이탈리아 역사와 세계사에 기념비적인 건축물을 남겨놓았다. 종탑은 피사 왕국이 팔레르모 해전에서 사라센 함대에게 거둔 승리를 기념하여 1174년에 착공한 것인데, 탑의 1층이 완성된 직후 기울기 시작하여 3층까지 쌓고 공사를 중단했다. 탑이 기울게 된 원인은 점토와 모래로 된 지반이 물렀기 때문이다. 무거운 대리석의 하중이 가해지면서 탑은 남쪽의 약한 부분으로 기울어지고 조금씩 땅속으로 가라앉기 시작했다. 그러나 피사의 상징이 될 건축물의 완성을 바라는 시민들의 열망과 성직자들의 종교적 결단에 따라 종탑은 착공한 지 거의 1세기가 된 1272년에 공사를 재개하여 1360년에 완공되었다.

흔히 피사의 사탑으로 불리는 기울어진 종탑은 1년에 1mm 정도 기울어져 4m 이상 기울어졌으나, 1990년부터 10년 동안 보수공사를 하여 탑의 경사도를 40cm 정도 바로 세움으로써 300여 년 전의 상태를 회복했다. 그 결과 지금은 중심축으로부터 경사각은 10도가 조금 넘고 거리는 3.6m 가깝게 기운 상태다. 원통형으로 된 로마네스크 양식의 8층 종탑은 높이 약 58m로 탑 내부는 나선형으로 된 294개의 계단을 통해 종루까지 올라갈 수 있도록 되어있다.

세계의 불가사의로 불리는 피사의 사탑이 앞으로 더 기울어 질 것인지 어찌 될 것인지 알 수 없지만, 신의 섭리에 의하든 기계적인 장치에 의하든 이 사탑이 영구히 지금의 모습을 유지했으면 좋겠다는 생각이 든다. 기울어진 상태가 오히려 더 매력적이며 신기하지 않은가. 그러나 이탈리아 사람들의 노력에도 불구하고 사탑은 앞으로도 조금씩 기울어져 기적이 일어나거나 획기적인 조치가 강구되지 않는 한 1~2세기 후에는 무너져 내릴 운명이라고 한다.

피사를 떠나 서쪽으로 티레니아 바다를 끼고 로마를 향해 달리는 도중 올리브와 포도밭이 많은 토스카나 지방의 한적한 농촌을 지나가게 되었다. 그곳에서 도로표지판에 칼리포르니아(California)라고 적힌 도로표지판을 목격했다. 미국 캘리포니아의 어원이 이탈리아였던 것을 여태껏 몰랐으니 나는 별 수 없는 우물 안 개구리다.

국도변 휴게소에 있는 뷔페식당에서 점심을 먹었는데, 이탈리아에 와서 맛본 현지 음식 가운데 가장 입맛에 맞는 음식이었다. 어제 피사에서 먹은 중국음식보다도 더 맛있고 값도 쌌다. 다섯 사람이 감자튀김, 샐러드, 토마토고기볶음을 양껏 기분 좋게 먹고 나서 지불한 돈은 31유로였다. 여행길에서 값싸고 맛있는 음식을 만나는 것은 행운이다.

오후 4시경 로마에 도착해서 여장을 푼 곳은 이름도 그럴듯한 미켈란젤로 호텔이었다. 체크인을 끝내고 객실에서 한참을 쉬다가 오늘의 목적지로 가기 위해 호텔을 나왔다. 그리고 잠시 후에 우리는 호텔에서 아주 가까운 곳에 있는, 지구상에서 가장 규모가 큰 성당 앞에 도착했다.

사람들이 흔히 성 베드로 성당이라고 부르는 산 피에트로 대성당은 교황 율리우스 2세의 명에 의해 건축가 브라만테가 1506년에 착공한 이래 여러 차례 증축과 개축을 거쳐 교황 우르반 8세 때인 1626년 11월 18일 완성한 건물로 120년간의 공사 끝에 오늘의 모습을 갖추게 되었다. 바티칸 광장에서 바라본 대성당의 겉모습이 하도 웅장하여 성당 안으로 들어가기 전에 한참 물끄러미 바라봤다.

이 역사적인 건축물 안에 들어서면서 문득 물과 산의 친구를 생각했다. 문학의 울타리 안에 스스로를 가두고 맑은 신앙심으로 오직 맑고 고운 영감의 숲속에서 순수작가의 길을 단정학처럼 걸어오며 밝은 세상을 위한 영혼의 글을 써온 친구, 군사정권의 박해와 고문에 하마터면 순교할 뻔했던 절체절명의 고독과 고통을 신에 대한 믿음으로 이겨낸 남자. 친구여, 우리 부부는 지금 그대를 가슴에 담고, 그대의 신을 생각하며 로마의 산 피에트로 대성당을 둘러보고 있다네……

동서길이 211m, 남북길이 150m, 천장 평균높이 45m, 중앙 돔의 직경 50m, 종각 꼭대기의 높이 153m, 내부면적 5,600평, 내부 홀의 수용인원 60,000명 규모의 대성당은 미켈란젤로의 설계와 구상이 담긴 바로크 예술의 결정판이었다. 돔과 대리석 기둥으로 구성된 거대 공간 속에서 펼쳐지는 조각과 회화의 향연은 호화 장대의 극치였다. 높이 27m인 여덟 개의 기둥과 라틴십자가 형태의 정면 제단, 예수와 세례 요한을 비롯한 13개의 동상, 미켈란젤로가 조각한 피에타(죽은 예수를 무릎 위에 안고 있는 성모마리아상), 교황 요한 2세를 비롯한 전직 교황들이 묻힌 지하묘소를 둘러보고 나서 우리는 320개의 돌계단을 하나하나 밟으며 성당 꼭대기에 있는 돔에 올라가 로마 시내를 조망했다.

대성당 꼭대기에서 바라보니 로마는 사방이 낮은 산과 구릉으로 둘러싸인 분지였다. 시내 한복판으로 흐르는 테베레 강과 멀리 현대식 건물들 사이로 얼굴을 내밀고 있는 콜로세움의 모습이 보였다. 우리는 전망대에서 한참 동안 로마 시내를 내려다봤다. 잠시 후 성당을 나오면서 친구가 중얼거렸다.

"인간의 한계가 도대체 어디까지나?"

그런데 인간능력의 한계에 대한 의문을 가지게 하는 이 대성당이 건축 당시에는 말도 많고 탈도 많아 유럽 역사에 변화의 폭풍을 몰고 온 주범이었음을 여기에 모여드는 구경꾼들은 기억하고 있을까. 건축자금을 마련하기 위해 교황 레오 10세가 발행한 면죄부의 부당함을 비판하는 마르틴 루터의 95개조 반박문이 세계사를 바꾼 종교개혁의 신호탄이 되었다는 사실을 황홀한 광경에 넋을 잃은 구경꾼들이 알고 있을까.

교황과 추기경들이 예술가들을 강제동원하고 성당건축에 필요한 자재를 얻기 위해 고대 로마유적을 허물어버리는 고의적인 실수를 과감하게 저질렀다는 사실을 알면 구경꾼들의 감동과 호기심은 반감될 것인가. 그러나 오늘 산 피에트로 대성당을 보기 위해 세계 각국에서 몰려든 구경꾼들의 눈동자는 하나같이 감동과 경이로 가득 차, 인간의 능력에 대한 무한한 신뢰를 보내고 있는 것처럼 보였다.

아내들이 때마침 성당에서 열린 저녁 예배에 참석해 기도를 올렸으니 하느님도 대성당을 찾은 일행에게 축복을 내리실 것이다. 예수께서 어부 베드로에게 말씀하시되, '내가 너를 사람 낚는 어부로 삼으리라.' 베드로가 우리 아내들에게 가라사대, '내가 너희들을 남편 낚는 양처로 삼으리라.'

■ 8월 6일(일) [로마] / 맑음

오늘은 일요일, 로마는 휴일이다. 그레고리 펙과 오드리 헵번이 주연한 영화 '로마의 휴일'은 스페인광장을 비롯한 로마 시내의 여러 명소에서 촬영됐다. 우리는 차를 타고 이동하고 부지런히 걸으며 로마 시내의 많은 곳을 돌아봤다. 2000년 전 세계 제국의 자취가 그대로 남아있는 로마의 도로는 제국다운 체계와 운치를 동시에 지니고 있었다. 화강암을 깔아 만든 도로는 미국의 포장도로가 갖고 있지 못한 특별한 아름다움과 정취를 지녔다.

고대에 유럽 세계의 모든 길이 집중되었던 그 길을 따라 하루 종일 콜로세움, 포로 로마노(공중집회장소), 팔라티노 언덕, 트레비 분수, 스페인광장, 판테온 신전, 나보나 광장, 재래시장을 돌아다니며 구경했다. 장대함, 화려함, 정교함에 오랜 연륜이 가미된 로마의 유적들은 가는 곳마다 고대 도시계획의 과학성과 합리성을 보여주었다. 2천 년 전에 만들어놓은 하수도 시스템은 지금도 효과적으로 작동하고 있어, 빗물은 우수관을 통해 테베레 강으로 흘러나가 폭우가 내릴 경우에도 시가지가 물에 잠기는 법이 없다고 한다.

오랜 여행을 하려면 몸의 강단이 필요하고, 가볍고 건강한 다리는 즐거운 여행을 하는데 더없이 좋은 도구다. 온종일 고대제국의 현장을 걸어 다녔지만 일행 중에 다리가 아파 고생한 사람은 없다. 로마에는 지금까지 알지 못했던 흥미로운 것들이 많았다. 로마 시내를 구경하고 나서 나는 로마가 다음과 같은 몇 가지 특징이 있는 도시라는 것을 발견했다.

로마는 광장과 분수의 도시다. 거리가 끝나는 곳에는 광장이 있고 광장이 있는 곳에는 분수가 있다. 광장과 분수가 있는 곳에 사람과 비둘기가 모여든다. 광장은 로마시민이 심신의 피로를 푸는 휴식처이며 공공집회 장소인 동시에 다양한 퍼포먼스의 공연장이다. 젊은 남녀가 사랑을 속삭이기 위해 모여들 뿐 아니라, 여러 나라에서 모여든 솜씨 좋은 소매치기들이 활동하기에도 좋은 열린 공간이다.

로마는 도시전체가 하나의 야외박물관이다. 다양한 건축과 조각이 널려있는 시가지는 땅을 전시장으로, 하늘을 천장으로 하는 거대한 박물관이다. 화강암이 촘촘히 깔린 고대 로마의 도로는 21세기의 자동차를 마음 놓고 달리게 하는 견고하고 아름다운 토목예술이다.

로마는 언어의 전시장이다. 어느 광장이라도 10분 정도만 걷고 있으면 지구상에서 사용되는 언어의 3분의 2를 들을 수 있을 정도가 되고, 이탈리아 어는 오히려 소수민족의 언어가 되어버린다. 로마의 거리와 광장은 뉴욕의 맨해튼 이상으로 21세기 인종과 언어의 전시장이다.

로마는 가짜상품이 춤추는 도시다. 광장과 대로, 재래시장 같은 다중 왕래 장소에는 검은 피부가 번쩍이는 흰 눈동자의 흑인들이 중국산 가짜상품을 노상에서 팔고 있다. 생각만큼 싼 가격이 아닌데도 잘 팔린다는 것은 가짜를 사는 사람들이 많다는 증거인데, 중국산 모조상품이 로마의 지하시장 뿐 아니라 대낮 노점상에까지 진출하는 모습은 상해의 짝퉁시장보다 더 노골적이다.

또한 로마는 아름다운 소나무의 도시다. 로마 시내를 돌아다니면서 신

콜로세움 주위에 늘어선 우산소나무들. 로마는 아름다운 소나무의 도시다.

기하고 특별하게 느낀 또 하나의 명물은 소나무다. 시내 곳곳에 가로수로 심어져 있거나 공원, 언덕, 포로 로마노 같은 유서 깊은 장소마다 심어놓은 소나무들은 모두 우산 모양을 한 채 나뭇가지를 옆으로 넓게 펴 시원한 그늘을 만들고 있다. 특히 콜로세움 주위에 늘어선 우산소나무들의 기이하고 매력적인 자태는 오래도록 잊을 수 없는 추억의 이정표가 될 것이다. 지중해성 기후 지역에서 여름철 강열한 햇빛을 막아주는 이 은혜로운 나무들이 앞으로 더 크게 자라 무성해진다면, 로마는 더욱 멋지고 환상적인 우산 소나무의 도시가 될 것이다.

■ 8월 7일(월) [나폴리] / 쾌청

아름다운 저 바다는 그리운 임의 햇빛,

내 맘속에 잠시라도 떠날 때가 없도다.

향기로운 꽃 만발한 아름다운 동산에서

내게 준 그 언약을 어찌하여 잊을까

멀리 떠나간 그대를 나 홀로 잊지 못해

잊지 못할 이곳에서 기다리고 있노라

돌아오라 이곳을 잊지 말고

돌아오라 소렌토로 돌아오라

이탈리아 작곡가 쿠르티스는 소렌토의 아름다운 풍경을 그리며 떠나가는 연인에게 제발 돌아와 달라고 애원하는 한 젊은이의 애절한 목소리를 칸초네라고 불리는 이탈리아 민요에 담았다. 언제 들어도, 언제 불러도 정답고 아름다운 노래다. 아침에 로마를 떠난 후 소렌토에 도착했을 때, 때마침 점심 시간이 되어 들른 레스토랑은 절벽 위에 지은 건물이어서 소렌토의 전경과 티레니아 바다를 한눈에 굽어볼 수 있었다.

소렌토는 절벽 위로 평평하게 펼쳐진 언덕 위의 작은 마을이었다. 마을은 빨간 지붕과 하얀 벽으로 된 아담한 집들이 들어서 있고, 바닷가에서 수직으로 솟아오른 벼랑 위에는 소나무와 올리브 숲이 우거져 있었다. 눈이 시릴 만큼 푸른 청록색 바닷물을 감싸 안은 소렌토 만에는 잔잔한 파도가 밀려와 흰 거품을 토해내며 해안을 따라 기다란 선을 만들고 있었다.

이 지방의 고유음식이라는 해물스파게티, 생선볶음 요리, 구운 보리빵에 백포도주를 곁들여 먹고 점심값으로 65유로를 지불했다. 백발에 홍안인 식당 주인은 유머러스한 대화에 능숙해 동양에서 온 손님들의 기분을 잘 맞춰주는 유쾌한 노인이었다. 우리는 주인과 함께 어깨동무를 하고 사진을 찍었다. 티레니아 바다의 푸른 기운이 소렌토 해안을 감돌고 있었다. 문득 루치아노 파바로티가 힘차고 매혹적인 목소리로 부른 소렌토

소렌토 남쪽 해변에 위치한 포지타노 마을은
오랜 역사와 바닷가 절벽의
특이하고 아름다운 풍광 때문에
유네스코 세계 문화 유산으로 지정되어 있다.

의 가락이 생각났다.

소렌토에서 남쪽으로 멀지 않은 해변에는 포지타노라는 특별한 마을이 있다. 중세부터 시작된 마을의 오랜 역사와 특이하고 아름다운 풍광 때문에 유네스코는 이 마을을 세계 문화 유산으로 지정했다. 바닷가에 절벽이나 다름없이 솟은 가파른 산등성이에는 그림처럼 알록달록한 색깔의 집들이 빽빽이 들어차 있는데, 그 기상천외한 모습이라니! 집들은 대부분 하얀색 또는 분홍색 벽으로 되어 있고, 아치형의 창문과 테라스, 산뜻한 색깔의 발코니를 갖추고 있었다.

포지타노는 천 년 전 중세기부터 생겨난 마을인데, 세월이 흐르면서 산 위로 많은 집들이 들어서기 시작했다. 이 마을에는 건물들 사이로 입구와 출구를 알 수 없는 미로가 사방으로 연결되어 있는데, 미로를 헤매며 걷는 기분이 특별했다. 집집마다 빨간 부겐빌레아 꽃이 피어있고, 대추야자나무가 뜨거운 지중해의 여름 햇빛 속에 너울거리고 있었다. 모래사장에는 벌거벗고 햇볕을 즐기는 사람들로 가득했다. 비취색 바다 위에는 수십 척의 배들이 떠있고 수평선 위로 분홍색 뭉게구름이 흘러가고 있었다.

'폼페이 최후의 날' 은 소설의 제목이며 영화의 제목이기도 하다. 그 폼페이는 베수비오 화산 아래쪽에 있다. 베수비오 화산은 서기 79년 8월 24일에 폭발하여 산 아래에 있던 그리스 도시국가 폼페이를 순식간에 화산재에 묻어버렸다. 2000년 가까이 묻혀있던 폼페이가 1748년에 세상에 모습을 드러냈을 때 사람들은 경악했고, 폼페이를 통해 인간이 만든 놀라운 역사의 진실을 알게 되었다.

폼페이는 2800년 전에 만들어진 유럽 최초의 계획도시였다. 지혜롭고 면밀하게 짜인 도시계획, 과학의 원리에 기초하여 만든 상하수도 시설은 현대의 도시에 그대로 적용해도 될 만큼 합리적이었다. 사내들의 원초적

욕구를 채우도록 배려한 사창가, 대중 스포츠시설, 반원형 극장은 현대의 정치학자들이 발명해 낸 소위 3S 이론(sex, sports, screen이 대중의 정치적 관심을 다른 곳으로 돌리게 한다는 이론)을 실증하는 모델이기도 하다.

오랫동안 바다에 나갔던 뱃사람들이 돌아오면 가장 먼저 찾는 것이 무엇이었을까. 아내가 있는 선원이면 뒤도 돌아보지 않고 집으로 달려갔겠지만, 홀아비들은 갈 곳이 따로 있었을 것이다. 목욕부터 하고―물론 성질 급한 사내는 목욕도 생략했겠지만―그곳으로 달려가 억눌렸던 본능을 베수비오 화산처럼 쏟아냈을 것이다.

폼페이 유적지 입구에 그 욕구분출의 현장이 남아있고, 발굴된 거리 여기저기에 여인들의 유곽이 모습을 드러내고 있었다. 어느 집터에 들어가니 남녀교합의 적나라하고 원초적인 자세를 세밀하게 묘사한 그림들이 시선을 끌었다. 교합중인 여인이 남자에게 "이렇게 해줘요"라고 하는 듯 팔을 벌리며 자세를 가르쳐주는 장면은 지나칠 만큼 사실적이고 노골적이었다. 폼페이는 과거 속에 묻힌 역사와 인간의 숨소리를 익살맞고 섬뜩하게 재현하는 생존, 죽음, 부활의 박물관이다. 세상의 호사가들이 이곳 폼페이에 와서 그때 무슨 일이 일어났었는지 확인해 보기 바란다.

홀리데이 인 호텔은 나폴리 신시가지에 위치해 있지만, 골목마다 널려 있는 쓰레기뿐 아니라 주변 거리도 지저분한 것이 어쩐지 으스스하게 느껴졌고, 세계적인 미항으로 이름난 도시의 명성과는 사뭇 달라 보였다. 저녁 아홉 시가 넘은 시각에 부둣가에는 불빛이 환했다. 산타 루치아 해변을 걸으며 때마침 모레타 맥주 축제가 벌어지는 현장을 구경했다. 해변 광장 한쪽에서는 남녀노소들이 맥주마시기 시합을 벌이고 있었고 다른 쪽에서는 젊은이들의 춤판이 벌어지고 있었다. 노래와 쇼 공연장에는 사람들이 가득 몰려있었다. 길가의 벤치에서는 젊은 남녀들이 쌍쌍이 껴안고 입을 맞추고 있었다.

산타 루치아 해변을 걷고 있는데 바다 위로 보름달이 둥글게 솟아 있었다. 나폴리의 수호성인 산타 루치아가 나폴리를 보살펴 주듯, 보름달이 우리의 여행길을 밝게 비춰주기를 빌며 아내와 함께 노래를 불렀다.

창공에 빛난 별 물 위에 어리고
바람은 고요히 불어오누나.
내 배는 살 같이 바다를 지난다.
산타 루치아 산타 루치아

■ 8월 8일(화) [로마] / 쾌청

오전 나폴리 부두에서 쾌속정을 타고 50분을 달려 카프리 섬에 도착했다. 얼마나 아름답고 매력적이기에 로마의 황제들이 별장을 짓고 휴양을 했으며 수많은 사람들이 카프리를 노래했을까. 해발 589m 높이의 작은 섬에는 단지 연평균 기온 20도의 부드럽고 시원한 기후 때문에 로마의 아우구스투스와 티베리우스 황제가 별장을 만들어놓은 것이 아니었다. 산 위에서 굽어보는 주변 경관이 너무도 빼어나 황제들은 이곳에서 제국의 정무를 잠시 접어두고 심신의 피로를 풀었다. 부두에서 무개택시를 타고 20여 분간 섬의 절벽 길을 구불구불 오른 다음, 다시 중간 지점에서 리프트를 타고 산 정상에 올랐다. 지중해의 푸른 치맛자락이 사방을 덮고 있었다. 산 아래서는 하얀색의 주택과 별장들이 남청색 바다를 배경으로 환하게 빛나고 있었다. 하늘과 바다의 경계선이 보이지 않았다.

나는 카프리 섬에서 목격한 식물들의 이름을 일일이 메모해 두었다. 카프리 섬의 기후와 생태 지리적 특성을 오래 전부터 알고 싶었기 때문이다. 오렌지, 레몬, 부겐빌레아, 무화과, 호두, 사과, 복숭아, 도토리나무, 고무나무, 대나무, 종려나무, 대추야쟈나무, 밤나무, 아카시아, 포플러, 측백, 올리브, 포도, 선인장, 용설란, 유도화, 칸나, 사루비아, 비름나물…… 그러나 우리가 거쳐 온 유럽의 다른 나라에서 목격했던 그 쑥과 질경이는 끝내 발견하지 못했다. 카프리 섬은 온대일까, 아열대일까. 지중해성 기후라는 교과서적 이론으로 이해하기에 카프리 섬의 기후와 식물들은 너무도 혼란스럽다. 그 혼란 속에 진주 빛 풍광이 펼쳐진다.

절정의 휴가철을 맞은 이탈리아 사람들과 유럽인, 중국인, 일본인들이 섬 전체에 몰려들고 있었다. 아내들은 바닷물의 유혹을 이기지 못해 수영복을 갈아입고 나서 카프리의 바닷물로 뛰어들었다. 물은 맑고 따뜻했다. 그런데 물장난을 마치고 난 후 샤워장에 들어갔던 두 아내들이 갑자기 식당에서 기다리고 있던 나와 친구에게 달려와 불쾌한 표정으로 동전을 달라고 했다.

"똑같은 돈을 냈는데 주인이 이탈리아 여자들한테는 물을 잔뜩 뿌려주고, 우리한테는 반절도 안 뿌려 주잖아요. 그러면서 자꾸 동전을 더 넣으라는 거예요. 20유로씩이나 냈는데, 그런 얌체가 어디 있어요?"

이럴 때는 어찌해야 한담. 선비 체면에 은인자중 체통을 지키는 것이 동방예의지국 사람들이 처신하는 법일 테고… 여긴 남의 나라 땅이니 대꾸하지 말고 그냥 참아야 할까. 그래, 즐거운 앞으로의 여행을 위해 눈감아 주기로 하자. 바가지 일색인 카프리 섬의 음식 값도 오늘만큼은 그냥 참아주기로 하자. 날씨마저 좋으니…….

카프리 섬의 날씨는 하루 종일 푸르고 청명했다. 맑고 푸른 정기가 감도는 신과 요정들의 섬 카프리, 그 하얀 진주같은 섬 속의 풀과 꽃나무, 바위와 절벽, 바다와 하늘을 뒤로 하고 우리는 그곳을 떠나왔다. 배를 타고 카프리 섬을 떠날 때 잘 생긴 갈매기들이 우리 머리 위를 날면서 환송의 노래를 꺼이꺼이 부르던 모습을 잊을 수 없을 것이다.

■ 8월 9일(수) [로마] / 흐림

　이탈리아에 오기 전에 티볼리라는 마을의 이름은 들었지만 도무지 상상이 가질 않았다. 대체 어떤 곳이기에 티볼리, 티볼리 하는 것일까. 로마에서 동쪽으로 30km 떨어진 곳, 아니에네 강변의 나지막한 언덕에 티볼리라는 아담한 마을이 있다. 그곳에는 1550년 추기경 이폴리토 데스테가 수도원을 개축해서 만든 별장과 테라스식 분수정원인 빌라 데스테가 있다.

　로마제국 5현제의 하나였던 하드리아누스 황제는 군인이자 탁월한 정치가였다. 그는 미술, 건축, 문학 등 예술분야에 조예가 깊었으며, 치세 21년 가운데 12년 동안 로마제국의 구석구석을 돌며 여행했다. 서기123년 그는 고대 이집트 건축에서 그리스 건축에 이르기까지, 그가 보고 느낀 것들 중 가장 아름답고 기이한 것들을 모아 로마 동쪽 30km에 있는 티볼리에 거대한 별장 빌라 아드리아나를 지었다. 로마제국이 멸망한 후 하드리아누스의 별장은 폐허가 되어 세인의 기억에서 오랫동안 잊혔다가 15세기에 발굴되기 시작하면서 세상에 모습을 드러냈다.

　16세기 중엽 티볼리 행정관으로 임명된 페라라의 추기경 아폴리토 데스테는 아드리아나 유적발굴에 남달리 관심이 많았다. 화려한 궁정생활에 익숙해 있던 그는 수도원을 개조해서 만든 평범한 집무실과 관저가 마음에 들지 않았다. 그래서 데스테 추기경은 건축가 리고리오에게 명해 기존 건물을 개축하고 기이한 형태의 분수와 숲으로 이루어진 테라스식 정원을 꾸미게 했다. 이것이 오늘날 티볼리의 분수로 알려진 빌라 데스테다.

그로부터 장구한 세월이 흐른 뒤인 1861년, 하드리아누스 황제 못지않은 여행자 한 사람이 검은 수사복 차림으로 티볼리를 찾아왔다. 그는 피아노의 황제로 불리는 프란츠 리스트였다. 매력적인 외모 때문에 숱한 여인들의 유혹을 받으며 염문을 뿌리고 다녔던 그가 가톨릭에 귀의하자, 바티칸 당국은 그를 빌라 데스테에 머물도록 배려했다. 리스트는 이때부터 남은 20년의 생애를 1년에 몇 달씩 빌라 데스테에서 보내면서 종교음악을 작곡하는 데 전념했다. 그는 오선지 위에 음표로써 불후의 음악기행을 썼다. 그의 피아노 모음곡집 '순례의 해 1, 2, 3집' 가운데 3집에는 '빌라 데스테의 사이프러스 나무에 부쳐' 1번 2번과 '빌라 데스테의 분수'가 수록되어 있다. 리스트의 음악기행 중에서 최고의 명곡으로 꼽히는 빌라 데스테의 분수는 종교적 깊이를 느끼게 하는 화음구조와 음빛깔이 듣는 이로 하여금 명상과 침잠의 세계로 빠져들게 한다. 빌라 데스테 입구에 들어섰을 때, 그 앞에 있는 리스트의 기념석판에 헝가리식 이름으로 리스트 페렌츠라고 선명하게 새겨진 글씨가 보였다.

빌라 데스테 정원을 거닐다가 나는 키가 큰 몇 그루의 사이프러스 나무를 보았다. 사이프러스 나무는 한여름 더위 속에서도 하늘을 향해 뾰족한 가지를 힘차게 뻗어 올리고 있었다. 나무에서 들리는 새들의 노랫소리가 분수에서 뿜어져 나오는 물줄기와 어울렸다. 화려한 조각과 조화를 이루며 크고 작은 분수가 내뿜는 물줄기는 움직이는 예술이었다. 걷기만 해도 상쾌함을 안겨주는 100개의 분수 길, 독수리조각이 물을 뿜는 모습, 장쾌한 인공폭포와 정원수의 조화가 발걸음을 자주 멈추게 했다. 싱가포르 센토사 섬의 분수가 기능적 미를 표현하는 것이라면, 티볼리의 분수는 예술적인 미의 집합체라고 할 것이다.

분수공원을 한참 돌아다닌 탓인지 배가 고파졌다. 마을 사람들에게 수

소문한 끝에 티볼리 시내에 있는 어느 피자전문 음식점을 찾았다. 우리는 오징어먹물 파스타와 정통 이탈리아식 피자를 주문했다. 주방장이 반죽을 얇게 하여 둥글게 자르고 그 위에 토마토소스, 향신료, 마늘가루, 올리브열매, 치즈가루를 뿌린 다음 긴 주걱에 올려 화덕 속으로 넣는 모습을 시범삼아 보여주었다. 주방장은 그렇게 만드는 피자가 나폴리피자라고 친절하게 소개했다. 피자라면 질색을 하는 나도 구수한 냄새에 이끌려 맛을 보았는데, 의외로 담백하고 깊은 맛이 있었다. 오징어먹물 파스타를 먹는 친구 부인이 묘한 표정을 짓기에 맛을 보았더니 묘한 표정을 짓는 이유를 짐작할 만했다. 우리는 티볼리에서 점심을 먹은 후 로마로 출발했다. 로마에 도착하자마자 바티칸 박물관으로 갔다. 박물관 입구에는 입장을 기다리는 사람들이 줄을 서서 행렬을 이루고 있었는데 그 길이가 1km를 넘었다. 바티칸 박물관은 1506년 교황 율리우스 2세가 세운 건물로 그 안에 모두 100여 개의 미술관과 박물관, 예배당이 있는데 이들을 총칭하여 보통 바티칸 박물관으로 부른다.

이탈리아의 모든 길이 로마로 통하듯 바티칸의 모든 길은 시스티나 성당으로 통하고, 라파엘로의 방과 바티칸 박물관의 여러 개의 방을 통과하면 결국 시스티나 예배당에 이르게 된다. 시스티나 예배당은 성모승천을 위해 봉헌된 바티칸 궁의 소 성당으로 길이 40.2m, 너비 13.4m, 높이 20.7m의 크기는 성서에 나오는 솔로몬 신전의 규격과 일치한다. 교황 식스투스 4세의 명으로 1475년 피렌체의 건축가 죠반니 데돌치가 착공하여 1483년에 완성한 이 건물은 종교적, 역사적 가치를 지닌 세계적인 문화 유산이다. 이 로마의 솔로몬 신전에서 추기경들이 모여 새 교황을 선출하는 것은 그러므로 신의 뜻일 것이다.

시스티나 예배당 안으로 들어서면서 호기심으로 은근히 긴장하던 가슴이 조금씩 두근거리기 시작했다. 예배당 입구에 들어서는 순간 거대한 벽화 하나가 나의 시선을 고정시켰다. 그것은 미켈란젤로가 예배당 벽면에 그린 '최후의 심판' 이었다. 천장에는 낯익은 '천지창조' 의 장면이, 좌우 벽면에는 모세와 그리스도의 일생이 각각 여섯 면의 프레스코 벽화로 장식되어 있었다. 눈을 크게 뜨고 쳐다보는 동안 가슴은 감동으로 조용히 물결쳤다.

'천지창조'! 그것은 율리우스 2세의 위촉으로 미켈란젤로가 4년 반 만에 완성한 위대한 프레스코 벽화다. 거기에는 빛의 창조, 우주의 창조, 땅과 물의 분리, 아담의 창조, 이브의 창조, 원죄와 낙원으로부터의 추방, 노아의 제물, 대홍수, 노아의 만취 등 아홉 가지 창세기의 내용이 푸른 배경 속에 웅대한 스케일로 그려져 있었다.

예배당의 좌우 양쪽으로는 구약성서의 구원의 장면, 예언자들, 예수의 초상을 그린 33개의 그림이 벽면을 가득 채우고 있었다. 밝고 푸른 배경의 힘찬 채색과 꿈틀거리는 인물들의 형상은 지상의 인간이 아닌 초월세계의 존재를 그려놓은 듯한 신비감을 불러일으켰다. 미켈란젤로는 이 그림을 어떻게 혼자 힘으로 그려냈을까. 그는 천재이거나, 광인이거나, 신의 아들일 것이다. 위대한 미켈란젤로여, 벽면에 그려진 최후의 심판은 또 무엇인가. 심판의 모습을 바라보니 죄와 벌이 속세의 지위와 아무 상관이 없음을 알겠구나. 교황의 의전관일 지라도 지옥행을 면할 수 없고 노예일 지라도 천국으로 올라가는 모습이 보이지 않는가. 선량한 사람들이여, 내세의 희망을 버리지 말지어다.

예수 바로 옆에는 부드러운 표정을 짓고 있는 성모 마리아가 있었다. 성모 마리아는 아마도 미켈란젤로가 영혼의 눈빛으로 사랑했던 여인이었을 것이다. 그리고 예수 왼쪽에서 천국의 열쇠를 받치고 있는 베드로의 모습 아래 순교자인 성 바르톨로메오가 예수를 쳐다보며 축 늘어진 인간의 살가죽을 들고 있었다. 그 살가죽의 얼굴은 바로 미켈란젤로의 자화상이었다. 자신이 겪은 고통을 비참한 살가죽으로 표현한 미켈란젤로의 상상력과 영감에 감탄하며 나는 신과 인간 사이에 놓여있는 역사적 현실을 생각했다.

'하느님, 저는 오늘 선량하고 위대한 광인 미켈란젤로를 통해 하느님의 세계를 보았습니다. 가슴속에 행복한 감동을 간직하고 로마를 떠납니다.'

우리 네 사람은 무엇엔가 홀린 듯 모두 얼빠진 표정이 되어버렸고, 나는 웬일인지 머리가 몽롱해졌다. 도저히 사람의 솜씨라고는 믿을 수 없는 그림의 웅혼함, 그 앞에서 친구와 나는 마치 예술의 잠에서 깨어난 것 같은 표정이 되어버렸다. 천장벽화를 하도 오래 쳐다본 탓에 시스티나 예배당에서 나올 때 목이 아파 한참동안 고개를 바로 세울 수가 없었다. 나는 미켈란젤로에 감염돼버렸다.

■ 8월 10일(목) [피렌체] / 흐렸다 갬

플로렌스로 더 많이 알려진 피렌체는 꽃의 도시라는 뜻을 지닌 르네상스의 탄생지이며 토스카나 지방의 주도다. 오늘은 일찌감치 피렌체에 도착하여 느긋하게 피렌체의 도심을 한 바퀴 돌아봤다. 영어로 르네상스, 이탈리아어로 리나시멘토(Rinascimento)라고 부르는 역사적 사실의 정체가 대체 무엇인지 나는 피렌체의 거리에서 눈으로 확인하고 분위기를 통해 직접 느끼고 싶었다.

대성당 두오모는 미술, 음악, 종교, 철학, 과학이 응집된 문화의 결정체일 뿐만 아니라, 경제, 사회, 정치를 하나로 융합한 중세 피렌체 사람들의 삶의 총체적인 상징이었다. 돈과 권력, 예술과 음악, 과학과 건축술,

신앙의 힘, 그리고 무엇보다도 천재들의 상상력과 영감이 없이 이 성당은 만들어질 수 없었을 것이다. 그 위대한 르네상스의 유산이 눈앞에서 고고하고 장엄한 자태를 드러내고 있었다. 여행 61일이 지나가는 동안 수많은 성당과 교회를 구경했지만 피렌체 대성당은 또 다른 아름다움을 보여주었다.

대성당의 본래 이름은 산타 마리아 델 피오레다. 대성당은 1296년에 아르놀포 디 캄비오의 설계로 착공되었으나 1302년 그의 사망으로 공사가 한때 중단되었다. 그 후 피렌체 모직물조합에 의해 공사가 재개된 이래, 공사감독이 잇따라 바뀜에 따라 아르놀포의 설계는 크게 수정되었다. 성당의 명칭으로 산타 마리아 델 피오레가 채택된 것은 1412년이었다. 최대의 난공사였던 쿠폴라(반구천정)는 이 공사의 설계를 맡은 건축가 브루넬레스키에 의해 1420년부터 1434년에 걸쳐 완성되었다. 브루넬레스키는 건축가인 동시에 금세공가, 조각가, 수학자였으며 근대 건축공학의 아버지였다.

대성당은 기본적으로 고딕양식인데, 특히 반원개에서 엿보이는 명쾌한 조형미는 르네상스가 본격적으로 도래하고 있음을 알리는 상징이었다. 주홍색 반원형의 돔은 종종 세계의 여덟 번째 기적으로 불리기도 한다. 피렌체 건축사의 축도이기도 한 대성당은 내 외부 모두 르네상스 미술의 걸작품들로 장식되어 있었다. 내부는 3만 명이 들어갈 수 있는 공간으로 골조의 기하학적 형태, 조각, 채색 등 다양한 건축술의 총화를 드러내는 전시장이었다. 대성당 남쪽에 솟아있는 84m 높이의 지오토 종탑은 흰색, 분홍색, 적갈색 대리석으로 장식된 피렌체의 또 다른 상징인데, 르네상스를 그리워하는 사람들에게 오래도록 기억될 기념비가 될 것이다. 피렌체 공국의 청사로 사용되었던 베키오 궁은 지금 피렌체 시청사가 되어 있다.

마침 휴관중인 우피찌 미술관 앞 시뇨리아 광장에는 피렌체 르네상스의 천재들을 기념하는 석상들이 서 있었다. 미켈란젤로, 라파엘, 레오나르도 다 빈치, 보카치오, 마키아벨리, 단테, 갈릴레이 갈릴레오의 하얀 대리석 상들이 지나가는 사람들을 응시하고 있었다. 피렌체에서 태어나 피렌체를 사랑했고 분열된 이탈리아의 통일을 염원했던 이 천재들은 오늘날 이탈리아의 생존을 지탱해 주는 정신적 스승인 동시에 경제적 부양자들이다. 피렌체에 와서 르네상스의 현장을 보고나니 전성기 르네상스 시대의 풍요로운 모습이 저절로 상상이 되고 이탈리아 문화의 진정한 빛을 느끼지 못했던 시야가 환히 트이는 것 같았다.

이른 저녁 시간에 그랜드 호텔 메디테라네오 객실에서 여행 가이드가 가져온 전기밥솥에 밥을 짓고, 로마에서 사가지고 온 김치와 깻잎을 반찬으로 하여 저녁을 먹었다. 이탈리아 전통주 그라파를 마시고 창가에 비치는 저녁 노을을 바라보며, 지나간 두 달간의 여정을 이야기하면서 밤늦도록 함께 시간을 보냈다.

그랜드 호텔이라는 이름과는 딴판으로 샤워실이 너무 좁아 나는 간신히 물을 뿌렸을 뿐인데, 친구는 어떻게 샤워 칸에 들어가 씻었을까. 호텔 시설이 르네상스의 발상지답지 않게 허술하다.

오늘 피렌체에서 리미니로 가는 도중에 이탈리아 최대의 아펜니노 산맥을 넘었다. 아펜니노 산맥이라면 이탈리아의 태백산맥 쯤 될 것이다. 아펜니노 산맥 정상에 있는 평지위에서 잠시 차를 멈추고 사방을 전망하고 있을 때였다. 근처를 서성이던 아내들이 큰 소리로 부르기에 가보니 그곳에 엄청나게 큰 고사리 밭이 있었다. 고사리 밭 옆에는 탐스럽게 열매를 맺은 검은 딸기나무들이 숲을 이루고 있었다. 네 사람은 파릇파릇한 고사리 순을 잔뜩 뜯어 여행 가이드에게 주고 이곳을 잘 기억해 두라고 말했다. 한 시간 동안 재미삼아 딴 산딸기는 비닐봉지를 가득 채웠다. 미식가들이 많은 이탈리아 사람들이 고사리의 깊은 맛을 알게 된다면, 식물 채취를 엄격히 금하고 있는 이탈리아의 환경 법률에도 불구하고 아마 이곳 고사리 밭은 남아나지 않을 것이다.

이탈리아의 태백산맥을 넘어 두 시간 동안 달린 우리는 뽀볼리라는 마을에 도착하여 어느 공원 주차장에 차를 세웠다. 그곳에서 미리 계획했던 만찬행사를 시작했다. 가이드가 가지고 온 가스버너에 라면을 끓이고, 라면 국물에 호텔에서 지어온 밥을 말아 김치를 곁들여 먹었다. 통조림으로 만든 깻잎 장아찌는 입안을 개운하게 해주었다. 우리는 녹차까지 끓여 마시면서 느긋하게 점심 식사를 즐긴 후 아드리아 해안에 있는 리미니 시를 향해 다시 출발했다.

리미니 시의 휴양마을에 도착하는 즉시 라마다 호텔에 여장을 풀어놓고 곧바로 산마리노로 향했다. 해발 739m의 티타노 산 위에 자리 잡은, 세계에서 가장 작고 유럽에서 가장 오래된 공화국은 짙은 안개 속에 휩싸여 있었다. 나라 같지 않은 나라, 그러나 산마리노 공화국(Repubblica di San Marino)은 엄연한 주권국가다.

면적 61㎢, 인구 2만 9천 명에 불과한 이 작은 공화국은 리미니 시의 남서쪽 18km에 있는 티타노 산과 주변 구릉지에 자리 잡고 있다. 대다수가 이탈리아계인 주민들은 이탈리아어를 공용어로 사용한다. 유로화를 사용하고 있는 작은 나라의 1인당 국민소득은 2005년 말에 29,000달러를 넘어섰다. 산마리노의 역사는 4세기 초 로마제국의 디오클레티아누스 황제 시대로 거슬러 올라간다. 당시 기독교의 박해를 피해 라브 섬에 살고 있던 석공 마리노가 티타노 산에서 그의 추종자들과 함께 공동생활을 시작한 것이 건국의 시초가 되었다. 1503년 피렌체 공화국의 전제군주 체자레 보르지아에 의해 잠시 지배를 받기도 했지만, 지리적인 특성 덕분에 독립을 지켜왔다. 1862년에는 이탈리아 왕국과 우호관계를 수립했으나 곧 무솔리니의 파시스트에 의해 파괴되었고, 2차 대전 말기에는 전쟁으로 큰 피해를 입었다. 지금 산마리노는 60명의 군인들이 오랜 전통의 공화국을 물샐 틈 없이 지키고 있는 가운데 나라 경제를 지탱하는 관광수입이 국가세입의 60퍼센트, 예쁜 우표를 팔아 벌어들이는 수입이 10퍼센트를 차지하고 있다. 동전 발행과 포도주 판매 수입도 제법 많아 재원의 한 몫을 하고 있다는데, 이 작은 나라가 살아가는 신기한 방법을 눈여겨 볼 필요가 있을 것 같다.

걸어서 한 바퀴 둘러본 산마리노 공화국에는 세 개의 성채, 고딕양식의 성 프란체스코 성당, 대성당, 정부청사 등 고풍스러운 건축물들이 많았다. 거리인지 골목인지 구분이 가지 않는 길을 따라 작은 상점과 기념품가게들이 늘어섰고, 평일인데도 불구하고 엄청나게 많은 사람들이 몰려와 구경을 하고 있었다.

산마리노에서 돌아와 리미니의 어느 식당에서 저녁을 먹고 있을 때였다. 화장실에 간다던 아내가 식당 한구석에 드러누워 꼼짝을 못하고 있었다. 아내는 창백한 얼굴이 되어 허리의 통증을 호소하고 있었다. 저녁식사를 서둘러 끝낸 뒤 아내를 부축해 차에 태우고 급히 호텔로 돌아왔다. 아내는 침대에 누워 꼼짝도 못한 채 눈을 감고 있었는데, 심한 통증 때문에 아무것도 먹지 못한 상태였다. 걸음을 걸을 수 없을 정도로 아픈 증세가 오래 가거나 회복되지 않는다면 여행을 중단하고 돌아갈 수밖에 없다. 여정의 2분의 1도 소화하지 못했는데 큰일이 아닐 수 없다.

저녁에 리미니 해변의 야간축제를 구경하려던 계획을 취소하고 객실에서 아내를 보살폈다. 욕실의 타월을 뜨거운 물에 적셔 번갈아 찜질을 해주고 나서 파스를 붙여준 후 친구 부인에게 빌린 전기 찜질담요를 허리 밑에 깔아주었다. 거의 뜬눈으로 밤을 새우며 아내를 살폈다.

■ 8월 12일(토) [베네치아] / 흐림

아침에 일어나 아내의 몸이 눈에 띠게 회복된 것을 보고 안심이 되었다. 어젯밤에 사용한 전기 찜질담요가 효과가 있었음이 분명했다. 그러나 긴 여행기간 중에 언제 또 악화될는지 알 수 없어 걱정스럽다.

리미니를 떠나 베네치아로 가는 도중에 어느 휴게소 공원에서 차를 멈추고 주차장 뒤편의 나무 그늘 아래 자리를 마련했다. 피렌체의 호텔에서 여행 가이드가 전기밥솥으로 지어온 쌀밥에 오늘 아침 호텔 뷔페 식당에서 가져온 버터와 치즈를 얹고, 로마에서 사가지고 온 김치와 깻잎 장아찌를 반찬으로 하여 점심을 먹었다. 그 맛이 어떠했겠는지를 나의 친구들이 상상해 주었으면 좋으련만.

베네치아로 가는 국도변의 넓은 들판에 무성한 포플러 숲이 나타나기 시작했다. 포플러 숲 사이로 옥수수, 콩, 채소밭이 전형적인 시골 풍경을 만들고 있었다. 한참동안 달리다가 도로변에 있는 어느 농산물 판매점에 차를 멈췄다. 판매대에 늘어놓은 30kg이 넘는 호박, 표주박을 닮은 호박, 길이 50cm의 오이, 타원형의 노란 수박, 하얀색 멜론, 낯선 채소들이 눈길을 끌었다. 직경이 30cm가 넘는 수박 한 개를 4유로 50센트에 사서 먹었는데, 모두들 수박에 배부르기는 처음이었다.

가게 주인아주머니는 장난치는 두 아들을 나무라면서, 일행에게 미안하다는 표정을 지으며 접시, 칼, 쟁반을 부지런히 날라다 주었다. 나는

국도변 농산물판매소에서는 과일, 채소, 포도주를 값싸게 판매하고 있었다.

농가에서 직접 생산했다는 적포도주 한 병을 3유로 50센트에 샀다. 일행이 그곳을 떠나올 때 아주머니가 "차우"(안녕)하며 손을 흔들기에 나도 "차우"하며 답례했다.

베네치아에서 묵을 라구나 팰리스 호텔은 바닷물을 끌어들인 운하 옆에 지은 규모가 크고 깨끗한 호텔인데, 일본인 단체관광객들이 많이 몰려와 있었다. 유럽 어느 곳을 가든지 좋은 호텔에는 예외 없이 일본사람들이 몰려든다. 최근 며칠 동안 묵었던 여느 호텔에 비해 시설이 훨씬 좋은 호텔인 만큼 오늘 밤은 편안히 잠잘 수 있을 것이다. 허리의 통증을 겪고 있는 아내에게 이 호텔은 안정과 회복을 가져다 줄 것 같다. 오늘밤도 아내의 허리를 잘 살펴야겠다.

■ 8월 13일(일) [베네치아] / 쾌청

아침에 일어나 창밖을 보니 간밤에 내린 비는 그치고 베네치아의 하늘은 맑게 개어 있었다. 아내도 몸이 회복되어 얼굴이 환해졌다. 아, 얼마나 다행인가. 여행 64일 째, 이탈리아에 온지 11일 째. 그동안 로마제국과 르네상스의 고장 이탈리아 반도의 3분의 2를 돌아본 셈이다. 오늘 밤이 지나면 12박 13일의 이탈리아 일정을 마치게 되는데, 이탈리아에서 마치 한 달이 지나간 듯한 느낌이다.

월드컵이 끝난 지도 벌써 한 달이 넘었지만, 축구에 열광하는 이탈리아 국민들의 열정이 이 나라의 지형에 그대로 나타나 있는 것 같다. 자세히 살펴보면 이탈리아 반도는 축구선수의 다리, 시칠리아 섬은 축구공 같은 형상을 하고 있다. 이탈리아 영토 전체의 모습이 마치 골을 향해 슈팅을 하기 직전의 모습을 연상하게 한다.

베네치아는 118개의 작은 섬으로 이루어진 물의 도시다. 섬과 섬 사이를 410개의 다리가 연결해 주고, 그 사이에 177개의 운하가 종횡으로 이어져 있다. 바다버스를 타고 베네치아 섬에 도착하여 산마르코 성당과 광장을 구경했다. 화려하고 고풍스러운 건물들이 푸른 대기 속에서 지중해의 해상 강국 베네치아의 옛 자취를 드러냈다.

800여 년 전 베네치아에 화려한 귀족 문화와 풍요로운 삶을 안겨준 것은 십자군 전쟁이었다. 십자군 전쟁은 성전의 기치 아래서 군인들의 온갖 만행이 춤추고 장사꾼들의 농간과 뒷거래가 판을 친 무역 전쟁이었으며 더러운 돈벌이 전쟁이었다. 그러나 그 덕에 베네치아는 무역과 병참의 전진기지가 되어 부를 누리고 풍요로운 바다의 왕국을 건설할 수 있었다. 나폴레옹이 '거대한 화실'로 표현했던 산마르코 광장에는 오전부터 인파가 몰려들고 있었다. 바람둥이 카사노바가 여자를 유혹했던 단골 장소로 알려진 플로리안 카페에는 앉을 자리를 찾기가 어려울 정도였다. 카페에 잠깐 앉아 5인조 악단의 신통치 않은 연주를 들으며 차 다섯 잔을 마셨을 뿐인데 63유로의 계산서가 청구되었다. 찻값이 한 끼 점심값보다

베네치아 운하를 바라보는 바로크양식의 산타마리아 델라 산루테 교회.

비싼 것은 이름값에 덧씌운 그 무엇 때문일 것이다.

그러나 명소의 이름값을 앞세워 바가지를 씌우는 베네치아 장사꾼들의 뻔뻔스러움에 항변 한다는 것은 여행객의 권리를 넘어서는 일일 수도 있다. 잠시 앉아 베네치아의 분위기를 느껴보려고 한 것이 바가지요금을 자초한 셈이 되었지만, 그 대신 비싼 추억을 가득 담고 가면 될 것이다. 광장에서는 비둘기먹이 장사꾼들이 구경꾼들을 상대로 옥수수 몇 알갱이가 들어있는 1유로짜리 봉지를 팔기 위해 목청을 높이고 있었다. 산마르코 광장에는 사람 수보다 비둘기 수가 훨씬 더 많은 것처럼 보였다.

다시 배를 타고 30분을 달려 무라노 섬이라는 곳으로 갔다. 그곳에는 유리공예로 이름난 그리티 유리공장이 있었다. 그동안 말로만 들었던 베네치아 유리공예의 현장을 직접 목격한다는 것은 뜻밖의 행운이었다. 그리티 유리공장에 전시된 공예품들을 보고 나는 경탄을 금할 수가 없었다. 유리공예는 상식과 상상을 초월하는 것이었다. 형형색색의 유리공예품들이 진열대 위에서 영롱한 무지개 빛깔을 뿜어내고, 희한하고 경이로운 형태로 디자인된 부드러운 곡선이 유리의 마술을 뽐내고 있었다. 유리공예는 유선형의 예술이었다. 그리티의 장인들은 입으로 대롱을 불며 작품을 만드는 과정을 시연해 보이기도 했다. 장인 디노 로신이 만든 작품들은 그 가격이 적게는 100유로에서 많게는 3만 유로를 넘는 것도 있었다.

무라노 섬에서 다시 배를 타고 부라노 섬이라는 곳으로 갔다. 그곳에는 종횡으로 연결된 운하 사이로 중세에 지은 건물과 주택들이 서 있었다. 외벽을 다채로운 원색으로 단장한 건물들 가운데는 특히 레이스 공예품점이 많았다. 예부터 어업과 레이스 업이 성했던 부라노 섬에는 짙은 안개가 자주 끼어 고기잡이를 마치고 돌아오는 어부의 눈에 잘 띄도록 하기 위해 섬사람들은 집을 알록달록하게 칠해 놓았다고 한다. 부녀자들이 가업으로 이어왔던 레이스도 요즘에는 중국, 베트남, 필리핀 제품이 쏟아져 들어오기 때문에 다소 활기를 잃었다고 한다.

그런데 어찌된 셈인지 집집마다 골목길마다 키 큰 무궁화나무가 꽃을 활짝 피우고 있었다. 부라노 섬의 무궁화 꽃은 모양과 색깔마저 우리나라 무궁화를 빼닮았다. 섬을 둘러보면서 한 가지 궁금증이 생겼다. 그것은 가장 낮은 부분의 지면이 바닷물보다 겨우 20cm 밖에 높지 않아 언젠가는 이 섬이 물에 잠겨버리지 않을까 하는 의문이었다. 배가 수로를 지날 때마다 찰랑거리는 물이 인도에까지 차오르는 광경은 신기하다 못해 걱정스럽기까지 했다.

베네치아로 돌아오는 길에 배위에서 자세히 보니, 뱃길마다 수로나무(가로수 역할)와 수로등(가로등 역할)이 바다위에 설치돼 있고, 바닷길을 따라 수상버스와 택시들이 분주하게 왕래하고 있었다. 옛날의 화려함은 사라졌지만, 오랜 명성을 밑천 삼아 연간 1,300만 명의 관광객을 불러들이는 법

'베네치아의 추억'. (유화)
무라노 섬에는 유리공예로 이름난 '그리티 유리공장' 이 있다.
유리공예는 상식과 상상을 초월하는 것으로
형형색색의 유리공예품들이 진열대 위에서
영롱한 무지개 빛깔을 뿜어내고 있었다.
현란한 유리공예의 디자인과 색채를 그림으로 재구성하여 표현했다.

석과 분주함이 오늘도 베네치아를 혼잡하게 만들고 있다.

　라구나 팰리스 호텔 뒤 노천휴게소에는 테이블과 의자가 준비되어 있었다. 여행 가이드가 라면을 끓이고 엊저녁 호텔 객실에서 지은 밥을 차려놓았다. 친구가 농산물 판매점에서 사가지고 온 양파를 참치통조림에 넣고 라면 스프와 섞어 양념을 했더니 훌륭한 안주가 되었다. 밥과 안주를 먹으며 농산물 판매점에서 사가지고 온 하우스 와인과 이탈리아의 전통주 그라파를 마셨다. 포도주의 향기는 감미로웠고 그라파의 톡 쏘는 맛은 소주에 대한 향수를 기분 좋게 달래주었다. 주홍색으로 물들어가는 저녁 하늘 아래서 운하위로 물줄기를 뿜어 올리는 분수를 바라보며 우리는 이탈리아에서의 마지막 저녁 식사를 즐겼다.

자연과 음악이
만나는 곳

오스트리아

AUSTRIA

❝ 알프스 산맥, 요들송, 호수와 숲. 모차르트, 베토벤, 슈베르트, 요한 스트라우스, 푸른 도나우 강… 합스부르크 왕가와 마리아 테레지아. 오스트리아를 상징하는 이 키워드들 속에는 오스트리아의 모든 것이 담겨있는 것 같지만, 그 어느 것도 오스트리아를 전적으로 묘사하기에는 부족하다.

오스트리아는 작은 규모의 영토에도 불구하고 아름다운 다양성을 지닌 나라다. 아시아 사람들에게는 여전히 이해할 수 없는 것들이 많은 나라, 상상도 예감도 할 수 없는 것들로 가득 찬 미지의 땅으로 남아있게 될 것 같은 나라, 그리하여 조용하지만 무엇인가 단단한 강철 같은 무게에 의해 지탱되는 문화 강국 같은 느낌이 드는 나라, 심지어는 한 번 살아보고 싶은 다정다감한 나라, 그것이 나의 눈에 비친 오스트리아의 모습이었다.

영화 ‘사운드 오브 뮤직’ 은 음악적 친근감과 자연미를 풍기는 잊지 못할 장면들을 세계인들의 가슴속에 심어 놓았다. 그러나 오스트리아의 자연과 현장의 아름다움은 영화의 화면을 능가한다. 그 때문에 이곳에서 자연은 곧 음악이 되고 생활이 되어 버린다. 오스트리아는 자연과 음악 속에서 행복한 나라다.

나는 기회가 되면 오스트리아를 또 찾을 것이다. 음악의 도시를 찾아서, 도나우 강변의 맛있는 통돼지 갈비 집을 찾아 나그네의 발길을 옮길 것이다. **❞**

오후 1시 41분 베네치아 메스트레 역에서 출발하는 열차를 탔다. 열차는 파도바, 베로나, 트렌토, 볼자노, 브레네로를 거쳐 오후 6시 33분 오스트리아의 인스부르크 역에 도착했다. 인스브루크에는 안개비가 내리고 있었으며 기온은 서늘했다. 오늘로서 네 번째 기차여행을 한 셈인데, 유럽 여러 나라를 연결하는 열차를 자유롭게 이용할 수 있는 유레일패스는 아주 편리했다. 여행을 떠나기 전 국내에서 예매한 유레일패스는 유럽에서 사는 기차표보다 값도 싼 편이다. 열차여행은 자동차여행과는 또 다른 재미가 있다. 열차를 타고 달리는 동안 차창 밖으로 펼쳐지는 풍경을 감상하는 즐거움은 특별한 데가 있다. 사람도 별로 없는 널찍한 열차 칸에서 발을 뻗고 드러누워 잠을 잘 수도 있고, 식탁을 펼쳐놓고 작은 만찬을 즐기는 재미도 누릴 수 있다.

산비탈의 포도밭, 산간주택의 호젓한 모습, 초지에서 풀을 뜯는 가축들의 모습, 숨 가쁘게 바뀌는 마을의 모습, 초목과 숲, 농촌주택 창가의 예쁜 꽃들, 알프스에서 흘러내린 빙하수, 시냇가의 낚시꾼들, 협곡의 양쪽에 솟은 알프스의 봉우리와 깎아지른 보라색 바위절벽의 모습이 네 시간이 넘는 기차여행을 전혀 지루한 줄 모르게 만들어주었다.

나이 육십에 즐기는 유럽에서의 기차여행은 황혼에 젖어드는 상념이 아니라 푸른 꿈의 세계로 향하는 청년의 낭만을 느끼게 한다. 우리 네 사람은 지금 금빛 로맨스와 추억을 가슴에 쌓고 있다. 나이란 수자에 불과할 뿐이라는 말도 있지만, 그보다는 우리에게 이런 말이 어울릴 것이다. '육십은 황금빛 인생의 출발점이다.'

티롤 주의 주도인 인스부르크에서 자동차로 50분 거리에 있는 아헨 호수는 해발 1,000m의 산악지대에 있는, 소나무 숲과 바위산으로 둘러싸인 엷은 에메랄드색의 호수다. 우리는 나무그늘 아래 벤치에 앉아 호수 위에 수련 꽃처럼 떠있는 요트들을 바라보며, 벌거벗고 물에 뛰어드는 어린아이들과 처녀총각들의 짓궂은 물장난을 구경했다. 호숫물은 차가웠지만 거울처럼 잔잔했다. 아헨은 평화가 가득한 산정호수였다. 내가 벤치에 앉아 쉬고 있을 때 아내는 호숫가를 천천히 산책하고 있었다. 아내의 허리가 완전히 나은 모양이다. 정말 다행이다.

호숫가의 휴식과 산책을 뒤로 하고 우리는 인스부르크로 돌아왔다. 인스부르크 시내의 프리드리히 거리에는 유명한 황금지붕 주변에 중세건물들이 밀집해 있고, 마리아 테레지아 거리에는 바로크 풍의 건물들이 가득했다. 중심가의 거리 한 모퉁이에 자리 잡고 있는 황금독수리 식당은 250년 전에 여관으로 사용되었던 건물인데, 식당 입구에는 당시 이 여관에서 숙박한 명사들의 이름을 적어놓은 석판이 벽에 붙어 있었다. 1773년 모차르트, 1786년 괴테, 1828년 파가니니, 1832년 하인리히 하이네, 1923년 바그너, 1972년 장 폴 사르트르… 이 식당이 지금도 여관이었다면 우리 일행도 며칠 묵고 방명록에 이름 석 자씩을 남겼을 것이다.

우리는 인(Inn)강변 노천음식점에서 저녁 대신 소시지와 맥주를 먹고 나서 이 지방의 명물인 티롤 민속공연을 구경하러 갔다. 극장과 음식점을 겸한 공연장에는 벌써 사람들이 꽉 차 있었다. 일행은 맨 뒷자리에 앉을 수밖에 없었다. 긴 뿔나팔인 티롤 호른, 하크브라트, 트럼펫, 하프가 연주되었고, 농부와 목수와 광부들의 춤, 소방울 춤, 요들송, 톱 연주, 보센의 등산행진곡이 이어졌다. 알프스의 목가적 분위기와 생활풍습을 특색 있게 표현한 흥겨운 프로그램이었다.

톱 연주는 마법과도 같은 신비한 소리를 냈다. 전에 어디선가 톱 연주를 들은 기억이 있지만, 톱이 이렇게 매혹적인 음을 내는 악기인 줄은 몰랐다. 티롤 지방에 전해오는 민속춤과 노래는 바이에른 지방의 전통을 이어온 남부 독일 특유의 향수어린 정취와 낭만을 담은 것이기도 하다. 매력적인 무대매너로 시종일관 관객을 사로잡은 여가수 마리아의 요들송을 듣는 동안 나도 모르게 목가적인 감흥에 젖어 아득한 향수 같은 것을 느꼈다. 아내도 행복한 표정이었다.

공연 프로그램의 마지막 순서로 각국의 노래를 메들리한 음악이 차례로 연주되었는데, 어느 순간 악단이 느닷없이 우리 민요 아리랑을 연주하기 시작했다. 우리 네 사람은 자기도 모르게 벌떡 자리에서 일어나 큰 소리로 아리랑을 합창했다.

"아리랑 아리랑 아라리요, 아리랑 고개로 넘어간다.
나를 버리고 가시는 임은 십리도 못가서 발병 난다.
아리랑 아리랑 아라리요, 아리랑 고개로 넘어간다.
청천 하늘에 잔별도 많고 이내 가슴에 수심도 많다."

유난히 키가 크고 몸집이 좋은 친구가 머리 위로 손을 흔들고 춤을 추는 모습에 유럽의 관객들은 눈이 휘둥그레졌다. 장내 관객들의 시선이 일제히 우리 일행을 향했다. 노래가 끝났을 때 관객들이 요란한 박수를 보냈다. 일본과 중국인 관광객들은 많았지만 한국에서 온 사람은 우리 넷뿐이었다.

바깥 세상에 나와 집에서도 부를 일이 없었던 아리랑을 다 부르다니, 정말 얼마 만에 불러보는 아리랑인가. 그런데 이상하게도 아리랑을 부르면서 나도 모르게 목이 메었고, 우리 모두 우리도 모르게 목이 메어 있었다. 아리랑이란 노래가 대체 무엇이기에 이토록 여운을 남기는 것일까.

■ 8월 16일(수) [잘츠부르크] / 오후에 갬

육로로 인스부르크에서 잘츠부르크까지는 190km이며, 잘츠부르크에서 성(聖) 길겐(St. Gilgen) 마을까지는 31km다. 오늘의 행선지인 잘츠부르크를 지나 성 길겐 마을로 갔을 때는 시간이 정오 가까이 되어서였다. 우리는 성 길겐 마을의 경치가 좋은 식당에서 점심을 먹기로 했다.

알프스 산맥이 바라다 보이는 호숫가에 피셔비르트란 이름의 레스토랑이 있었다. 우리는 이 식당에서 모차르트 슈니츨을 먹었다. 모차르트의 이름을 딴 오스트리아 전통음식은 튀긴 돼지고기에 야채를 얹어 만든 것이다. 우리나라의 삼겹살구이처럼 고소한 맛은 없지만, 특별한 이름을 지닌 이 낯선 음식은 그 맛이 돈가스와 비슷했다. 비록 입맛에 꼭 들어맞는 것은 아니지만, 전쟁과 굶주림의 경험을 기억하고 있는 우리 세대에게 오스트리아의 돈가스는 여행이 아니고는 맛볼 수 없는 호사이며 별난 문화 체험이었다.

‘소금의 산’ 이라는 뜻을 지닌 잘츠부르크는 아담하고 깨끗한 아름다운 도시다. 2014년 동계올림픽 유치를 준비하고 있는 도시 가운데 하나다. 도시 한가운데로 맑은 잘차흐 강이 흐르고 강의 남쪽 구시가지 언덕위에 호헨잘츠브르크 성이 잘츠부르크의 상징처럼 위엄 있게 솟아있다. 이 도시의 한복판에 위대한 음악가 모차르트의 생가가 있다. 우리가 번화가인 게트라이데 거리 9번지에 있는 노란색의 6층 건물 앞에 도착했을 때, 건물 벽에는 대형 오스트리아 국기가 걸려 있었다. 그 건물입구의 벽에 모차르트의 생가(Mozart Geburtshaus)임을 알리는 표지판이 붙어 있었다.

이름만 들어도 친근한 음악가 모차르트. 음악을 이해하지 못하는 사람조차도 그의 초상화를 보면 어쩐지 가까이 하고 싶은 충동을 불러일으키는 다정하면서도 위대한 음악가다. 모차르트 생가에 들어섰을 때 나는 즐거운 기분과 함께 가벼운 흥분을 느꼈다. 모차르트 탄생 250주년을 맞는 잘츠부르크에서 나는 마침내 그 시절의 모차르트를 만났다.

모차르트의 생가는 박물관으로 꾸며져 있었다. 모차르트의 머리카락, 그의 초상화 미니어처, 그가 연주하던 피아노, 바이올린과 비올라, 그가 평소에 즐겨 사용하던 노란색 비단돈지갑, 담배케이스, 작은 루비가 박힌 반지, 모차르트 콘서트 입장권이 그 당시 모습 그대로 전시돼 있었다. 노란색의 그랜드 피아노는 모차르트의 손때가 묻고 영혼이 살아 숨 쉬는 그의 분신이며 영원한 소나타의 상징일 것이다. 나는 모차르트가 피아노 앞에 앉아 피아노 협주곡을 작곡하는 모습, 그가 교향악단과 협연하면서 건반을 두드리며 땀 흘리는 얼굴 위로 다정한 미소를 짓는 모습을 상상해 보았다.

그는 죽은 것이 아니라 오선지와 악보 속에, 음반 속에, 그가 남긴 악기 속에, 그가 거닐던 잘츠부르크 거리에, 그를 사랑한 사람들의 추억 속에 생생하게 살아있다. 모차르트 생가는 천재 음악가의 불멸의 영혼이 깃든 아름답고 다정다감한 공간이다. 나는 감시자의 눈길을 피해 그의 피아노를 사진 찍었다. 집에 돌아가면 이 피아노를 연필로 스케치해서 서재에 걸어놓을 작정이다.

모차르트 생가를 나와 뒤쪽에 있는 잘츠부르크 시청사로 갔다. 그때 청사의 종탑에서 오후 여섯 시를 알리는 타종과 함께 여러 개의 종으로 모차르트의 피아노 소나타를 연주하는 소리가 울리기 시작했다. 광장에는 발걸음을 멈추고 종소리를 듣는 사람들의 모습이 보였다. 어떤 마차는 잠시 가던 길을 멈추기도 했다.

호텔로 돌아오는 길에 미라벨 궁전을 구경했다. 궁전 입구에는 영화 '사운드 오브 뮤직'에서 여주인공 마리아가 일곱 남매와 함께 도레미 송을 부르던 그 추억의 돌계단이 있었다. 마리아의 푸른 눈동자가 어른거리고 맑고 투명한 노래 소리가 스며있는 여덟 개의 돌계단이 눈앞에 있었다. 1606년 잘츠부르크의 지배자였던 볼프 디트리히 대주교가 그의 연인 살로메를 위해 지은 이 바로크 양식의 궁전에는 분수와 연못, 그리스 신화에 나오는 영웅들의 조각, 꽃들로 가득 찬 정원이 있었다. 규모는 작지만 지금도 콘서트가 자주 열리고 있는 미라벨 궁전의 대리석 홀에서 모차르트는 자신의 재능을 아껴준 대주교를 위해 연주를 했다. 모차르트가 세상을 떠난 지 215년이 지났지만, 미라벨 궁전에도 모차르트의 이야기와 음악의 향기가 남아 있다.

오늘 우리는 점심으로 모차르트 슈니츨을 먹고, 모차르트 생가를 찾아 그의 삶과 영혼을 교감했다. 모차르트를 아끼고 그에게 연주를 하게 했던 대주교 디트리히의 미라벨 궁전에서 그를 추억했다. 오늘 하루는 볼프강 아마데우스 모차르트의 날이었다. 아내와 함께 모차르트의 고향에 왔다는 사실이 더없이 기뻤다.

■ 8월 17일(목) [잘츠부르크] / 쾌청

잘츠부르크 근교의 잘츠감머굿에 있는 성(聖) 볼프강, 할슈타트, 고사우 마을은 유럽 사람들에게는 널리 알려진 명승지들이다. 성 볼프강 마을에는 우아한 호텔과 식당들이 많은데, 볼프강 호숫가 주변의 경관이 너무도 빼어난 탓에 헬무트 콜 전 독일 수상을 비롯한 세계적 저명인사들이 이곳을 자주 찾았다고 한다. 영화 '사운드 오브 뮤직'에서 여주인공 마리아가 일곱 남매들과 도레미 송을 부른 또 하나의 장소는 볼프강 마을의 뒤편 우테스베르크 산에 있는 드넓은 초원이었다.

할슈타트 호숫가에 있는 할슈타트 마을은 7000년 전 켈트족의 유적이 발굴되어 오랜 문명의 전통을 간직하게 된 마을이다. 기원전 10세기 이후부터 켈트족은 이 지역을 중심으로 청동기와 철기를 함께 사용하는 할슈타트 문화를 만들어냈으며, 중세 이후에는 왕의 영지가 되어 소금을 채굴했던 곳이기도 하다. 또한 뛰어난 풍광과 오랜 문명의 흔적을 간직하여 최근 유네스코로부터 세계 문화 유산으로 지정되었는데, 사람들이 이곳을 오스트리아의 진주로 부르는 것은 자연스러운 일이다.

고사우 호수 주변의 바위산은 수많은 봉우리들이 서로 경쟁이나 하듯 솟아올라 금강산을 닮은 모습을 하고 있었다. 햇빛에 반사된 봉우리들의 웅장하고 기괴한 자태는 묘한 착각과 긴장감을 불러일으켰다. 한여름 산봉우리에 희끗희끗 눈이 쌓인 것처럼 보이는 것은 눈이 아니라 햇빛을 받은 바위산 봉우리들의 반사광이 뿜어내는 빛의 분산현상 때문이었다.

우리가 돌아본 세 군데의 명소는 모두 그림엽서나 캘린더에 자주 등장하는 곳인데, 그 중에서도 특히 할슈타트 마을의 호수와 산, 숲과 언덕의 집들은 영원히 잊지 못할 경이로운 풍경이었다. 할슈타트의 호수에 반해버린 일행은 호숫가에 있는 초록나무(Grüner Baum) 레스토랑에서 점심을 먹으며 산과 물이 어우러지는 황홀한 경치를 즐겼다. 봉사료를 포함해 지불한 점심값 90유로는 경치를 구경하는 자리 값으로 치더라도 결코 비싸지 않을 것이다.

잘츠감머굿에서 돌아오는 길에 바트 이쉴(Bad Ischl)이라는 마을에 들렀다. 이 작은 마을은 금과 은의 왈츠를 작곡한 헝가리 태생의 음악가 레하르가 살던 곳이다. 마을에서는 때마침 레하르 페스티발이 열리고 있었

오랜 역사와 뛰어난 자연 풍광을 지닌
할슈타트 마을은 유네스코 세계 문화 유산으로 지정된
국제적 명소이다. 호수, 산, 마을이
한 폭의 그림같은 환상적인 풍경을 보여준다.

다. 중심가 공원 광장에서는 남녀 어른과 청소년들로 구성된 마을 관악
단이 거리연주회를 벌이고 있었다. 구경꾼들이 악단의 율동에 맞춰 박수
를 치고 어깨춤을 추었으며, 건너편 카페에서는 손님들이 일어선 채 맥
주잔을 부딪치며 악단의 연주에 흥을 돋우고 있었다.

그런데 바트 이쉴 마을은 한때 세계사의 한 페이지를 장식한 인물이
머물러 역사에 기록될 일을 남긴 장소였음을 알고 나는 깜짝 놀랐다. 그
것은 실로 뜻밖이었다. 이곳에는 오스트리아 제국의 사실상 마지막 황제
였던 프란츠 요셉의 별궁 카이저빌라가 있다. 프란츠 요셉 황제의 아들
페르디난트 황태자의 저격사건을 계기로 촉발된 1차 세계대전은 이곳 카
이저 빌라와 숙명적인 인연이 있다. 오스트리아가 세르비아를 상대로 선
전포고를 하는 문서에 프란츠 요셉 황제가 서명을 한 운명의 장소가 바
로 이곳이다.

카이저 빌라 2층 황제 집무실에는 요셉 황제가 1차 대전의 개전문서에
서명을 했던 책상과 의자가 남아있고, 잉크 묻은 펜이 그대로 놓여 있었
다. 6년 동안 세계를 죽음의 전장으로 몰아넣은 선전포고 행위가 이 목가
적인 전원에서 이뤄졌다는 것은 역사의 아이러니다. 별궁에는 사냥 광
요셉 황제가 직접 사냥한 산양, 사슴, 곰, 산돼지의 뿔과 머리 등 2,000
여 개의 박제가 벽에 걸려 있었다. 기울어가는 제국의 운명은 아랑곳없
이 사냥과 향연에 정신을 빼앗겼던 황제 곁에는 아름답고 총명한 황후
엘리자벳—시시(Sisi)라는 이름으로 더 알려져 있다—이 있었지만, 황제는
눈물로 호소하는 황후의 간곡한 충언을 듣지 않고 전제왕정과 전쟁의 길
을 택했다.

황제의 별궁에 걸려있는 산짐승들의 박제표본에는 마치 박제된 것 같
은 전제군주의 오만과 어리석음이 잔영처럼 도사리고 있었다. 전쟁을 일
으킨 장본인의 별장에 들어가는 10유로의 입장료가 아깝지 않았다. 이

별궁은 분명 돌아볼 가치가 있고, 인간에게 전쟁의 교훈과 지도자의 길
이 무엇이어야 하는가를 알려주는 산 역사의 현장이다.

〈2권에서 계속〉

황금빛 세상으로 가는 길 **1**

초판 1쇄 인쇄일   2009년 4월 15일
초판 1쇄 발행일   2009년 4월 20일

지 은 이   남동우
만 든 이   이정옥
만 든 곳   평민사
            서울시 서대문구 남가좌2동 370-40
            전화: (02)375-8571(代)   팩스: (02)375-8573

평민사 모든 자료를 한눈에 −
http://blog.naver.com/pyung1976
이메일: pyung1976@naver.com

등록번호   제10-328호

ISBN   978-89-7115-533-2   03800
ISBN   978-89-7115-532-5   (set)

정 가   13,000원